紅樓小札

俞平伯 著

中国青年出版社

图书在版编目（CIP）数据

红楼小札 / 俞平伯著. —北京：中国青年出版社，2017.12（2023.8重印）
ISBN 978-7-5153-5007-3

Ⅰ.①红… Ⅱ.①俞… Ⅲ.①《红楼梦》研究 Ⅳ.①I207.411

中国版本图书馆CIP数据核字（2017）第288062号

红楼小札

作　　者：	俞平伯
责任编辑：	侯群雄　岳虹
书籍设计：	瞿中华
出版发行：	中国青年出版社
社　　址：	北京市东城区东四十二条21号
网　　址：	www.cyp.com.cn
编辑中心：	010-57350402
营销中心：	010-57350370
经　　销：	新华书店
印　　刷：	北京盛通印刷股份有限公司
规　　格：	889×1194mm　1/32
印　　张：	9
字　　数：	165千字
版　　次：	2017年12月北京第1版
印　　次：	2023年8月北京第3次印刷
定　　价：	48.00元

本图书如有印装质量问题，请凭购书发票与质检部联系调换。联系电话：010-57350370

无故寻愁觅恨,有时似傻如狂。
纵然生得好皮囊,腹内原来草莽。
潦倒不通世务,愚顽怕读文章。
行为偏僻性乖张,那管世人诽谤。

改琦[1] 绘

---

[1] 全书插图均出自改琦。改琦(1773-1828),清代画家。他喜用兰叶描,仕女衣纹细秀,树石背景简逸,造型纤细,敷色清雅,创立了仕女画的新体格,时人称为"改派"。

可叹停机德,堪怜咏絮才。
玉带林中挂,金簪雪里埋。

改琦 绘

可叹停机德,堪怜咏絮才。
玉带林中挂,金簪雪里埋。

改琦 绘

二十年来辨是非,榴花开处照宫闱。
三春争及初春景,虎兕相逢大梦归。

改琦 绘

才自精明志自高,生于末世运偏消。
清明涕送江边望,千里东风一梦遥。

改琦 绘

富贵又何为，襁褓之间父母违。
展眼吊斜辉，湘江水逝楚云飞。

改琦 绘

欲洁何曾洁，云空未必空。
可怜金玉质，终陷淖泥中。

改琦 绘

子系中山狼,得志便猖狂。
金闺花柳质,一载赴黄粱。

改琦 绘

勘破三春景不长，缁衣顿改昔年妆。
可怜绣户侯门女，独卧青灯古佛旁。

改琦 绘

凡鸟偏从末世来,都知爱慕此生才。
一从二令三人木,哭向金陵事更哀。

改琦 绘

势败休云贵,家亡莫论亲。
偶因济刘氏,巧得遇恩人。

改琦 绘

桃李春风结子完,到头谁似一盆兰。
如冰水好空相妒,枉与他人作笑谈。

改琦 绘

情天情海幻情身,情既相逢必主淫。
漫言不肖皆荣出,造衅开端实在宁。

改琦 绘

目　录

001 — 谈《红楼梦》随笔

003 — 前言
004 — 一　《红楼梦》的传统性
006 — 二　它的独创性
011 — 三　著书的情况
018 — 四　《红楼梦》与其他古典文艺
022 — 五　宁国公的四个儿子
023 — 六　大观园地点问题
026 — 七　天齐庙与东岳庙
027 — 八　陆游诗与范成大诗
031 — 九　姬子
034 — 十　贾政

037 — 十一　贾赦

039 — 十二　送宫花与金陵十二钗

043 — 十三　宝玉为什么净喝稀的？

045 — 十四　曹雪芹卒于一七六三年

047 — 十五　刘姥姥吃茄子

050 — 十六　《临江仙》题词

052 — 十七　香芋

053 — 十八　贾瑞之病与秦可卿之病

055 — 十九　记郑西谛藏旧抄《红楼梦》残本两回

059 — 二十　增之一分则太长

061 — 二十一　减之一分则太短

062 — 二十二　《红楼梦》下半部的开始

065 — 二十三　秦可卿死封龙禁尉

068 — 二十四　菂官蒚官藥官

070 — 二十五　宝玉喝汤

073 — 二十六　作者一七六〇年的改笔

076 — 二十七　林黛玉谈诗讲错了

078 — 二十八　曹雪芹画像

079 — 二十九　香菱地位的改变

084 — 三十　曹雪芹自比林黛玉

088 — 三十一　梨园装束

090 — 三十二　宝玉想跟二丫头去

093 — 三十三　谈《红楼梦》的回目

128 — 三十四　记吴藏残本(一)

137 — 三十五　记吴藏残本(二)

140 — 三十六　记嘉庆甲子本评语

159 — 三十七　有正本的妄改

163 — 三十八　再谈嘉庆本

169 — **《红楼梦》中关于"十二钗"的描写**

173 — 一　总说

177 — 二　对宝钗、黛玉的抑扬

184 — 三　晴雯与袭人

203 — 四　凤姐

215 — 五　丫鬟与女伶

235 — **乐知儿语说《红楼》**

237 — 漫谈红学

243 — 红楼释名

245 — 从"开宗明义"来看《红楼梦》的二元论

248 — 空空道人十六字闲评释

250 — 漫说芙蓉花与潇湘子(外一章)

253 — 宗师的掌心(外三章)

254 — 甲戌本与脂砚斋

257 — 茄胙、茄鲞

260 — 七九年六月九日口占

260 — 秦可卿死封龙禁尉(外二章)

262 — 宝玉之三妻一爱人

读《红楼梦》随笔

※ 原载1954年1月1日至4月23日香港《大公报》。

前言

《红楼梦》一名《石头记》，书只八十回没有写完，却不失为中国第一流长篇小说。它综合了古典文学，特别是古小说的特长，加上作者独特的才华，创辟的见解，发为沈博绝丽的文章。用口语来写小说到这样高的境界，可以说是空前的。书的开头说"真事隐去"仿佛有所影射，再说"假语村言"而所用笔法又深微隐曲，所以它出现于文坛，如万丈光芒的彗星一般，引起纷纷的议论，种种的猜详，大家戏呼为"红学"。这名称自然带一些顽[1]笑性的。但为什么对别的小说都不发生，却对《红楼梦》便会有这样多的附会呢？其中也必有些原故。所以了解《红楼梦》，说明《红楼梦》都很不容易，在这儿好像通了，到那边又会碰壁。本篇先就它的传统性、独创性和作者著书的情况粗略地叙说。

---

[1] 顽，旧同玩。编者注。

一 《红楼梦》的传统性

中国小说原有两个系统：一、唐传奇文，二、宋话本。传奇文大都用文言，写爱情神怪的故事。它的发展有两方面，一面为笔记小说，又一面又改编成戏剧，如有名的《莺莺传》之为《西厢记》。话本在宋时，一般地说分四个家数，最主要的是"小说"（这小说是话本特用的术语）和讲史。"小说"更能够反映当时社会的情况，元明两代伟大的长篇小说，如《水浒》《西游记》《金瓶梅》都从这一派变化出来的。从《红楼梦》书中，很容易看出它如何接受了、综合了、发展了这两个古代的小说传统。

《红楼梦》以"才子佳人"做书中主角，受《西厢》的影响很深。书上称为《会真记》，有名的如二十三回黛玉葬花一段，宝玉说"看了连饭都不想吃"。以后《西厢记》几乎成为宝玉、黛玉两人对话时的"口头语"了。本书引用共六七次之多，而且用得都很灵活，如四十九回引"是几时孟光接了梁鸿案"一段，宝黛借《西厢》来说自己的话，非常自然。

再说《水浒》。这两书的关连表面上虽不大看得出，但如第二十四回记倪二醉遇贾芸，脂砚斋评云："这一节对《水浒》记杨志卖刀遇没毛大虫一回看，觉好看得多矣。"这可以想见作者心目中以《水浒》为范本，又本书第二回贾雨村有"正气""邪气"一段演说，跟《水浒》第二回"误走妖魔"意思相同。《红楼》所谓"一丝半缕误而逸出"，实即《水浒》的"一道黑气滚将出来"。

《红楼梦》开首说补天顽石高十二丈,方二十四丈,共有三万六千五百零一块,原合十二月、二十四气、周天三百六十五度四分度之一,跟《西游记》第一回说花果山仙石有三丈六尺五寸高,二丈四尺开阔,说法略异,观念全同。这点有人已经说过[1]。而且,这块高十二丈、方二十四丈的顽石,既可缩成扇坠一般,又变为鲜明莹洁的美玉,我觉得这就是"天河镇底神珍铁"(金箍棒)塞在孙猴子的耳朵里呵。

《金瓶梅》跟《红楼梦》的关连尤其密切,它给本书以直接的影响,近人已有专书论述,这儿不能详引[2]。如《红楼梦》的主要观念"色""空"(这色字读如色欲之色,并非佛家五蕴的"色"),明从《金瓶梅》来。又秦可卿棺殓一节,几全袭用《金瓶梅》记李瓶儿之死的文字。脂砚斋本评所谓"深得《金瓶》壶奥"是也。

如上边简单引用的各例,本书实集合古来小说的大成。不仅此也,它还继承了更远的文学传统,并不限于小说,如《左传》《史记》之类,如乐府诗词之类,而《庄子》与《离骚》尤为特出。脂砚斋本第一回评,明说"《庄子》《离骚》之亚";第六十三回借妙玉的口气说"文是《庄子》的好";第二十一回,宝玉摹拟《庄子·胠箧篇》,这都不必细说。我以为庄周还影响《红楼》全书。它的汪洋恣肆的笔墨,奇幻变换的章法,得力于《庄子》很深。

至于对《离骚》的关系,借本书里最大的一篇古典文《芙

---

[1] 景梅九:《石头记真谛》。
[2] 阚铎:《红楼梦抉微》。

蓉诔》来说明。这文用《离骚》《楚辞》最多,见于作者的原注。其中有更饶趣味的一条,不妨略谈的,即宝玉在这有名的诔文里把他的意中人晴雯,比古人中夏禹王的父亲叫"鲧"的。宝玉说:"直烈遭危,巾帼惨于羽野。"作者原注:"鲧刚直自命,舜殛于羽山。《离骚》曰,鲧婞直以亡身兮,终然夭乎羽之野。"这是特识、特笔。像晴雯这样美人儿,拿她来比自古相传"四凶"之一的鲧,够古怪的;所以后人把这句改为"巾帼惨于雁塞",用昭君出塞的故事以为妥当得多了,而不知恰好失掉了作者的意思。赏识这婞直的鲧本是屈原的创见,作者翻"婞直"为"刚直"仿佛更进了一步。这是思想上的"千载同心",并不止文字沿袭而已。

上边所举自不能全部包括中国古典文学,但《红楼梦》的古代渊源非常深厚且广,已可略见一斑。自然,它不是东拼西凑,抄袭前文,乃融合众家之长,自成一家之言。所以必须跟它的独创性合并地看,才能见它的真面目。若片面地、枝节地只从字句上的痕迹来做比较,依然得不到要领的。

二 它的独创性

《红楼梦》的独创性很不好讲。到底什么才算它的独创呢?如"色""空"观念,上文说过《金瓶梅》也有的。如写人物的深刻活现,《金瓶梅》何尝不如此,《水浒》又何尝不如此。不错,作者立意要写一部第一奇书。果然,《红楼梦》地地道道是一部第一奇书。但奇又在哪里呢?要直接简单回答这问题原很难的。

我们试想,宋元明三代,口语的文体已是发展了,为什么那时候没有像《红楼梦》这样的作品,到了清代初年才有呢?恐怕不是偶然的。作者生长于"富贵百年"的"旗下"家庭里,生活习惯同化于满族已很深,他又有极高度的古典文学修养和爱好,能够适当地糅合汉满两族的文明,他不仅是中国才子,而且是"旗下"才子。在《红楼梦》小说里,他不仅大大地发挥了自己多方面的文学天才,而且充分表现了北京语的特长。那些远古的大文章如《诗经》《楚辞》之类自另为一局;近古用口语来写小说,到《红楼梦》已出现新的高峰,那些同类的作品,如宋人话本、元人杂剧、明代四大奇书,没有一个赶得上《红楼梦》的。这里边虽夹杂一些文言,却无碍白话的圆转流利,更能够把这两种适当地配合起来运用着。这虽只似文学工具的问题,但开创性的特点,必须首先提到的。

全书八十回洋洋大文浩如烟海,我想从立意和笔法两方面来说,即从思想和技术两方面来看,后来觉得技术必须配合思想,笔法正所以发挥作意的,分别地讲,不见得妥当。要知笔法,先明作意;要明白它的立意,必先探明它的对象、主题是什么?本书虽亦牵涉种族、政治、社会一些问题,但主要的对象还是家庭,行将崩溃的封建地主家庭。主要人物宝玉以外,便是一些"异样女子"所谓"十二钗"。本书屡屡自己说明,即第二回脂砚斋评也有一句扼要的话:"盖作者实因鹡鸰之悲,棠棣之威,故撰此闺阁庭帏之传。"简单说来,《红楼梦》的作意不过如此。

接着第二个问题来了,他对这个家庭,或这样这类的家庭抱什么态度呢?拥护赞美,还是暴露批判,细看全书似不能用简单的是否来回答,拥护赞美的意思原很少,暴露批评又很不够。先世这样的煊赫,他对过去自不能无所留恋;末世这样的荒淫腐败,自不能无所愤慨,所以对这答案的正反两面可以说都有一点。再细比较去,否定的成分多于肯定的,在"贾天祥正照风月鉴"一回书中说得最明白。这风月宝鉴在那第十二回上是一件神物,在第一回上则作为《红楼梦》之别名。作者说风月宝鉴,"千万不可照正面,只照背面,要紧要紧。"可惜二百年来正照风月鉴的多。所谓正照者,仿佛现在说从表面看问题,不仅看正面的美人不看反面的骷髅叫正照,即如说上慈下孝即认为上慈下孝,说祖功宗德即认为祖功宗德也就是正照。既然这样,文字的表面和它的内涵、联想、暗示等等便有若干的距离,这就造成了《红楼梦》的所谓"笔法"。为什么其他说部没有种种的麻烦问题而《红楼》独有,又为什么其他说部不发生"笔法"的问题,而《红楼》独有,在这里得到一部分的解答。

  用作者自己的话,即"真事隐去""假语村言"。他用甄士隐、贾雨村这两个谐声的姓名来代表这观念。自来看《红楼梦》的不大看重这两回书,或者不喜欢看,或者看不大懂,直到第三回才慢慢地读得津津有味起来。有一个脂砚斋评本,曾对这开端文字不大赞成,在第二回之末批道:

  语言太烦令人不耐。古人云惜墨如金,看此视墨如土矣,虽演至千万回亦可也。

  这虽然不对,却也是老实话。实在看不出什么好处来。殊不知这两回书正是全书的关键、提纲,一把总钥匙。看不懂这个,再看下去便有进入五花八门迷魂阵的感觉。这大片的锦绣文章,非但不容易看懂,且更容易把它弄拧了。我以为第一回书说甄士隐跟道士而去;甄士隐去即真事隐去。第二回记冷子兴与贾雨村的长篇对白;贾雨村言即假语村言。两回书已说明了本书的立意和写法,到第三回便另换一副笔墨,借贾雨村送林黛玉入荣国府,立即展开红楼如梦的境界了。

作者表示三点:(一)真事,(二)真的隐去,即真去假来,(三)假语和村言。第二即一三的联合,简化一点即《红楼梦》用假话和村粗的言语(包括色情描写在内)来表现真人真事的。这很简单的,作者又说得明明白白,无奈人多不理会它。他们过于求深,误认"真事隐"为灯虎之类,于是大家瞎猜一阵,谁都不知道猜着没有,谁又以为我猜着了,结果引起争论以至于吵闹。《红楼梦》在文学上虽是一部绝代奇书,若当作谜语看,的确很笨。这些红学家意欲抬高《红楼梦》,实际上反而大大的糟蹋了它。

把这总钥匙找着了再去看全书,便好得多了,没有太多的问题。表面上看,《红楼梦》既意在写实,偏又多理想;对这封建家庭既不满意,又多留恋,好像不可解。若用上述作者所说的看法,便可加以分析,大约有三种成分:(一)现实的,(二)理想的,(三)批判的。这些成分每互相纠缠着,却在基本的观念下统一起来的。虽虚,并非空中楼阁;虽实,亦不可认为本传年表;虽褒,他几时当真歌颂;虽贬,他又何尝无情暴露。对恋爱性欲,十分的肯定,如第五回警幻之训宝玉;同时又极端的否定,如第十二回贾瑞之照风月鉴。对于书中的女性，大半用他的意中人作模型，自然褒胜于贬，却也非有褒无贬，是按照各人的性格来处理的。对贾家最高统治者的男性，则深恶痛绝之，不留余地。凡此种种，可见作者的态度，相当地客观，也很公平的。他自然不曾背叛他所属的阶级，却已相当脱离了阶级的偏向，批判虽然不够，却已有了初步的尝试。我们不脱离历史的观点来看，对《红楼梦》的价值容易得到公平的估计，也就得到更高的估计。《红楼梦》像彗星一般的出现，不但震惊了当时的文学界，而且会惹恼了这些反动统治者。这就能够懂得为什么既说真事，又要隐去；既然"追踪隐迹"，又要用"荒唐言"、"实非"之言、"胡诌"之言来混人耳目，他是不得已。虽亦有个人的性格、技术上的需要种种因素，而主要的，怕是它在当时的违碍性。说句诡辩的话，《红楼梦》正因为它太现实了，才写得这样太不现实的呵。

像这样的写法，在中国文学里可谓史无先例，除非拿它来比孔子的《春秋》，在本书第四十二回说过：

> 用《春秋》的法子，将市俗的粗话，撮其要，删其繁，再加润色，比方出来一句是一句。

正是所谓"夫子自道"了。不过《春秋》像"断烂朝报"谁也不想读的，《红楼梦》却用最圆美流畅的白话写出迷人的故事，二百年来几乎人人爱读。从前有一位我的亲戚老辈说过，"做了一个人，不可不读《红楼梦》"。我当时还小，完全不懂，只觉得这样说法古怪。说起书来，书是未有的奇书；说起人，人是空前的怪杰。话可又说回来了，假如《红楼梦》真有一点儿像《春秋》呢,岂不也依然承接了中国最古老的文学传统吗?这里可以看出本文虽分传统与独创两部分来谈,实际上只是一回事,一件事物的两方面。所以并不能指出《红楼梦》哪段是创造的,哪句是因袭的,要说创造,无非创造,要说"古典",无非"古典",就在乎您用什么角度来看。

读者原可以自由自在地来读《红楼梦》,我不保证我的看法一定对。不过本书确也有它比较固定的面貌,不能够十分歪曲的。譬如以往种种"索隐"许多"续书",至今未被大众所公认,可见平情之论,始能服人,公众的意见毕竟是正确的。

三 著书的情况

本节只能谈三个问题:(一)著者,(二)书未完成和续书,(三)著者和书中人物的关系。

大家都说曹雪芹做《红楼梦》,到底他做了没有呢?这个问题首先碰到。看本书对雪芹著书一节并不曾说煞,只在暗示。据通行本第一回:

> 空空道人因空见色,由色生情,传情入色,自色悟空,遂改名情僧,改《石头记》为《情僧录》。东鲁孔梅溪题曰《风月宝鉴》。后因曹雪芹于悼红轩中披阅十载,增删五次,纂成目录,分出章回,又题曰《金陵十二钗》,并题一绝,即此便是《石头记》的缘起。

照这里说,有空空道人、孔梅溪、曹雪芹(有的脂砚斋本,名字还要多一点),到底这些人干了什么事?这些名字还真有其人,还出于雪芹的假托?都不容易得到决定性的回答。现在似乎都认曹雪芹一名为真,其他都是他一个人的化名,姑且承认它,即使这样,曹雪芹也没有说,我做的《红楼梦》呵。脂砚斋评中在第一回却有两条说是曹雪芹做的。先看第一条:

> 若云雪芹披阅增删,然则开卷至此这一篇楔子又系谁撰,足见作者之笔狡猾之甚。

这很明白,无须多说了。再看第二条:

> 雪芹旧有《风月宝鉴》之书,乃其弟棠村序也。今棠村已逝,余睹新怀旧故仍因之。

这里说曹雪芹做《风月宝鉴》,他弟棠村做序。新,指《金陵十二钗》;旧,指《风月宝鉴》。《红楼梦》大约用两个稿子凑起来的,而都出于曹雪芹之手。照"脂评"看,应该没有什么问题的。但旧抄本刻本的序都说不知何人所为[1],可见本书的著作权到作者身后还没有确定下来。

这个事实值得注意。依我的揣想,曹雪芹有时说他做的,有时又不肯明白地说。既做了绝世的文章,以人情论,他也不

---

[1] 程甲本高鹗《序》:"作者相传不一,究未知出自何人。惟书内记雪芹曹先生删改数过。"新发现的乾隆甲辰抄本,梦觉主人《序》:"说梦者谁,或言彼,或云此。"

愿埋没他的辛苦；同时总亦有不愿承认的理由。这违碍太多，如大胆的色情表现，古怪的思想议论，深刻的摹写大家庭的黑暗面，这些就我们现在来看，这又算得什么，在当时却并不如此，可以引起社会的疑怪和非议。而且书中人物事迹难免有些根据，活人具在，恩怨亦复太多。凡此种种都可以使得他不愿直认，只在本书开首隐约其词，说什么"披阅十载增删五次"，有时便借批评家的口气道破一下。这些自然是我的揣想。还有一说，第一回书上虽写了这许多名字，本书又有许多矛盾脱节的地方，我始终认为出于一人之笔。八十回文字虽略有短长，大体上还是一致的。既只出一人之手，这一个人不是雪芹又是谁？所以这《红楼梦》的著作权总得归给曹雪芹。在脂评和其他记载，还有些别的证明，不再多说了。

　　作者问题如此决定了。关于他的生平，我们知道的也很少。曹雪芹名霑，汉军正白旗人。他们上辈做了三代的江宁织造，父亲叫曹頫，雪芹生在南京，到过扬州，后住北京西郊，生活很穷困。生于一七二三，死于一七六三，得年四十[1]。他本预备写一百多回的《红楼梦》，第一段著作时，约在一七四三到一七五二年[2]。十年之中完成本书多少不可考。至迟到一七五九年，有了八十回的抄本，中间还缺两回。此外八十回以后的稿子有五六段，后来都遗失了。再过三年书没有写完，他便死了。身后有妻无子，景况很萧条的。大概我们所知，简括

---

[1]　脂砚斋本评，雪芹卒于乾隆壬年壬午除夕，以公元计，已到一七六三年。根据敦诚的挽诗"四十年华付杳冥"，由乾隆二十七年上推四十年，他应生在雍正元年癸卯，即一七二三年。
[2]　详见本人所著《红楼梦著作的年代》一文。

说来不过如此。近来发现他的画像，跟《枣窗闲笔》所说"身胖头广"相似，这可能有些真实性。

曹雪芹是个早慧的天才，他写《红楼梦》的初稿不过二十岁左右，到一七五四年本书已有再评的本子了。但此后到一七六三这第二个十年中似乎没有续写多少，以致书始终没完。这跟他晚年的穷愁潦倒有些关系。若连遗失的残稿算上，则本书完成约亦有百分之八九十。残稿的情形大概这样：贾府完全破败，宝玉生活穷困，只有宝钗和麝月跟着他。黛玉先死了，宝玉后来出了家。最末有警幻《情榜》备列十二钗的"正""副""又副""三副""四副"的名字共六十人，榜下都有考语，以宝玉居首。这些材料都分散见于脂砚斋评本中。

书一经传抄，流行即很广，大家可惜它没有完。雪芹身后不久，即有高鹗来补书。他说原本有一百二十回的目录，后四十回本文散佚，他陆续的在鼓儿担上配全了。其实后四十回无论回目或本文都出高氏之手，他不肯承认，却被他的亲戚张问陶给说破了。这后四十回的著作权高鹗也在推来推去中，可见当时人对小说的看法跟我们现在很不同。高鹗所续，合并于前八十回，程伟元在一七九一年、一七九二年两次排印，都称为程本。从此社会上流通的《红楼梦》都是这个百廿回本，直到一九一二年以后，方才印行了，后来又发现了好些旧抄的带评的本子，有的残缺，有的完全些，却没有超过八十回的。这些自比较接近作者的原稿，但很多错乱，若不经过整理，有些地方还不如刻本。因程、高二人除续书外，对前八十回也做过一些整理的工作，不过凭了他们的意思不必合于原本罢了。补书在思想上、故事发展和结构上、人物描写上都跟原本不同,而且还不及原本。《红楼梦》用这样本子流通了一百多年,虽然勉强完全了,却是不幸的。

此外《红楼梦》还有一种厄运,便是各式各样主观的猜谜式的"索隐"。近年考证《红楼梦》的改从作者的生平家世等等客观方面来研究,自比以前所谓"红学"着实得多,无奈又犯了一点过于拘滞的毛病,我从前也犯过的。他们把假的贾府跟真的曹氏并了家,把书中主角宝玉和作者合为一人;这样,贾氏的世系等于曹氏的家谱,而《石头记》便等于雪芹的自传了。这很明显,有三种的不妥当:第一,失却小说所以为小说的意义。第二,像这样处处粘[1]合真人真事,小说恐怕不好写,更不能写得这样好。第三,作者明说真事隐去,若处处都是真的,即无所谓"真事隐",不过把真事搬了个家,而把真人给换上姓名罢了。因此,我觉得读《红楼梦》,必须先要确定作者跟书中人物的关系,尤其是雪芹本人跟"宝玉"的关系。且分作两层来说:

(一)书中人物有多少的现实性?看本书第一回及脂砚斋评,当初确有过一些真人;有几个特出的人,如林黛玉、王熙凤之类,真实性更多。但虽有真人做模型,经过作者文学的手腕修饰以后,却已大大改变了原有的面貌。如将近事一比,即容易了然。如鲁迅先生的《阿Q正传》,据说绍兴确有过一个阿桂。鲁迅小说里的阿Q,虽以真的阿桂为"范",却并非当真替阿桂写传,如阿Q大团圆,阿桂并未被杀之类。以此推想,曹雪芹即使有个情人叫"阿颦",评书的还想为她画像,但真

---

[1] 粘,旧同"黏"。编者注。

人的美丽怕决赶不上书中的"潇湘妃子"。她工愁善病，或者有之。这样说来，书中人物的现实性是有限制的，作者的意匠经营，艺术的修饰，占了重要的地位。

（二）为什么要这些人物？即书中人物功能的问题。这些人，若大若小，男男女女，生旦净末丑角色各异，却大伙儿都来表演这整出的戏叫《红楼梦》。所以他们在某种情况下都可以代表作者的一部分，却谁也不能，谁也不曾代表他的全体。书既自寓生平，代表作者最多的当然是贾宝玉。但贾宝玉不等于曹雪芹，曹雪芹也不等于贾宝玉。

就曹雪芹不等于贾宝玉这一点来说，作者的范围比书中主角照例宽得多，如焦大醉骂，即作者借此大发牢骚；妙玉说"文是《庄子》的好"，即作者赞美《庄子》；黛玉跟香菱谈诗，不妨看作悼红轩的"诗话"。如宝玉的《芙蓉诔》、黛玉的《葬花吟》，同样地有资格收在曹雪芹的文集里。就贾宝玉不等于曹雪芹这一点来说，书中宝玉的一言一动，未必合于曹雪芹的日记。宝玉和他本家的关系，未必都合曹氏的谱系。如曹家有过一个王妃，曹雪芹的姑母，而书中元春却是宝玉的姊姊。如曹寅只有一个亲生儿子曹颙，次子曹頫是过继的；而书中却说贾母有两个儿子，而她喜欢次子贾政且过于长子贾赦，恰好把亲生过继的差别颠倒过来一般。如果处处附会，必致种种穿凿。雪芹以宝玉自寓，也不过这么一说。即如书中说宝玉与秦氏私通[1]，若把这笔账直写在曹雪芹的名下，未必

---

[1] 详见本人所著《红楼梦研究》中《论秦可卿之死》；又胡适《考证红楼梦的新材料》中"秦可卿之死"一节。

合于事实,更不近乎情理。他为什么自己骂自己呵。书中人物要说代表作者,哪一个都能够代表他,要说不代表作者,即贾宝玉也不能代表他。我另做一比喻,这都好像棋中的棋子,宝玉好比老将,十二钗好比车马炮,而贾赦、贾政之徒不过小兵而已。那些棋子们都拥护这帅字旗,而这盘棋的输赢也以老将的安全与否来决定的;但老将和车马炮甚至于小兵的行动,都表现下棋人的心思,却谁也不代表棋手这个人,他们的地位原是平等的。若说只有老将代表下棋人,岂非笑话。

在此略见一斑,大家可以想到《红楼梦》里有许多麻烦的疑问。不但此也,《红楼梦》还有不少自相矛盾,前言不搭后语的地方,我在上文既称为绝世无双,读者如发现了有些缺点,恐不免要怀疑。我觉得在最后必须解释一下,这些疑窦和缺点,跟本书的遗憾是相关连的。

本书的不幸,作者的不幸,第一,是书没写完;其次,续书的庸妄;再其次,索隐的荒唐;再其次,考证的不能解决问题,其中尤以书的未完为先天的缺陷,无法弥补。假如写完了,我想有些疑问可以自然地解决,有些脱枝失节自相矛盾处,经作者的最后审定,也能够得到修正,但这些还都是小节。

没有写完的最大遗憾在什么地方呢?正因为没有完篇,那象征性的"风月宝鉴"还正悬着,不能够像预期完全翻过身来。这个影响未免就太大了。正照镜子的毛病原不能都推在二百年读者的身上,作品的自身至少要负一半的责任。惟其如此,更容易引起误解。反对这书的看作诲淫的黄色书籍,要烧毁它;赞成这书的,产生了"红迷",天天躺在床上看。对待的态度似绝对相反,错误的性质却完全相同,都正看了这书,而这书,作者再三说,必须反看。他将在后回书中把它翻过身来,可惜这愿望始终没圆满。到了今日,谁能借大荒山的顽石补完这残缺的天呢。

我们对这未完之作觉得加倍的爱惜,读的时候又必须格外的小心,才对得起这样好书。我们应该用历史的观点还它的庐山真面,进一步用进步的文艺理论来分析批判它,使它更容易为人民所接受,同时减少它流弊的发生,考证研究的工作都配合着这总目的来活动。我们必须对我们的伟大的文学天才负责,我们必须对广大的人民负责。

四 《红楼梦》与其他古典文艺

《红楼梦》在中国小说中首屈一指,称为空前并非过誉,但即极伟大的著作亦不能前无所承、破空而起。我尝说它最能发挥近代国语(北京语)的特长,超越明代诸小说若《水浒》《西游》等书而大大地进了一步。除这开创性的优点外,作者必有所承。他又受了些什么古典文艺的影响呢?要回答这问题也很有兴味的。我觉得他至少受了下列各书的影响。在古代诗文跟近古戏曲小说里各有两部。当然也不限于这四部书,我认为对《红楼梦》曾发生最大的影响的有这四部书罢了。

《红楼梦》第一得力于《庄子》。宝玉喜欢读《南华经》,并戏续了一节,见本书第二十一、第二十二回。这是显而易见的。脂砚斋乾隆庚辰评本(此书现藏北京大学,下简称脂庚)

在二十二回"山木自寇""源泉自盗"下都有注,作者自己注的。又如第六十三回邢岫烟述说妙玉"赞文是《庄子》的好"。书中人的话,当然也代表了作者的意见。

更得力于《楚辞》。第十七回写蘅芜苑(今本作院):

> 忽迎面突出插天的大玲珑山石来,四面群绕各式石块,竟把里面所有房屋悉皆遮住,且一株花木也无,只见许多异草,或有牵藤的,或有引蔓的,或垂山巅,或穿石隙,甚至垂檐绕柱,萦砌盘阶,或如翠带飘飘,或如金绳蟠屈,或实若丹砂,或花如金桂。

这把《楚辞》芳芬的境界给具体化了。随后宝玉又说了许多香草的名字,而总结为"《离骚》《文选》所有的那些异草"。

尤可注意第七十八回的《芙蓉诔》,是本书里最精心结撰的一篇前骈体后骚体的古典文,可窥见作者的文学造诣。此文名为诔晴雯,实诔黛玉,在本书的重要可知。这文脂庚本有注,亦出作者之手。主要的共十八条,却八引《离骚》《楚辞》,六引《庄子》,已得十四条,约占全数百分之八十。借这个数目字来表示《红楼》作者得力于什么古书,再明白没有了。

当然,《红楼梦》既为话本小说,更应有它直接系统的承受。它脱胎于近古的白话小说和戏曲。就戏曲看,虽引《荆钗》《还魂》《虎囊弹》等剧,最特出的要算《西厢记》,引用也最广泛,几乎成为宝、黛二人日常谈情的口头语了。

(一)有名的如二十三回黛玉葬花。宝玉说:"真是好文章,你看了连饭也不想吃呢。"下文就引《西厢》:"我就是多愁多病身,你就是那倾国倾城貌。"黛玉急了,然而后来也说:"呸,原来是苗而不秀,是个银样蜡枪头!"所以宝玉说:"你这个呢,我也告诉去。"两个人都在发《西厢》迷哩。

(二)如二十六回写黛玉在潇湘馆长叹,念着:"每日家情思睡昏昏。"宝玉在窗外听见,笑道:"为什么每日家情思睡昏昏?"后文宝玉借着紫鹃说:"好丫头,若共你多情小姐同鸳帐,怎舍得叠被铺床。"

(三)第四十九回文字较长,节引于下:

> 宝玉便找了黛玉来,笑道:"我虽看了《西厢记》,也曾有明白的,几回说了取笑,你曾恼过,如今想来竟有一句不解。……那'闹简'上有一句说得最好,'是几时孟光接了梁鸿案'。这句最妙。孟光接了梁鸿案,这五个字不过是现成的典,难为他这'是几时'三个虚字问的有趣。是几时接了?你说说我听听。"黛玉听了……笑道:"这原问的好,他的问的好,你也问的好。"……宝玉方知缘故,因笑道:"我说呢,正纳闷是几时孟光接了梁鸿案,原来是从'小孩儿口没遮拦'就接了案了。"

活用《西厢》成句已极微妙委宛之能事。这可谓无一处不大引特引其《西厢记》了。却还不止此。

书中有些境界描写,实暗从《西厢》脱胎换骨的。脂砚斋曾经指出,这儿也引两条。(一)第二十五回:"宝玉……只妆着看花儿,这里瞧瞧,那里望望,一抬头只见西南角上游廊底下栏干上似有一个人倚在那里,却恨面前有一株海棠花遮着,看不真切。"脂砚斋评曰:"余所谓此书之妙皆从诗词句中泛出者,皆系此等笔墨也。试问观者,此非'隔花人远天涯近'乎?"("隔花"句出《西厢》"寺警"折)(二)同回下文叙红玉事,"展眼过了一日"。脂评,"必云展眼过了一日者是反衬红玉'挨一刻似一夏'也,知乎?"(此句出"赖简"折)

这两条评评得真不错,他说"知乎?"好比问着咱们,"你们知道么?"但他又怎么会知呢?这很奇怪。我近来颇疑脂砚斋即曹雪芹的化名假名。不然,作者作书时的心理,旁人怎得知。

《红楼》源本《西厢》,诚然不错,但尤其直接受了影响的,为明代的白话长篇小说《金瓶梅》。(当然,《水浒》也有些关系。)近人阚铎有《红楼梦抉微》一书,专就这点立说,亦不免有附会处,但某些地方却被他说着了,如《红楼梦》叙秦氏死后买棺一节几全袭用《金瓶梅》李瓶儿之文。

在"脂评"里也有两条明说《红楼梦》跟《金瓶梅》的关系的。(一)即在第十三回买棺一段上,脂庚本眉评:"写个个皆到,全无安逸之笔,深得《金瓶》壶奥。"(二)第二十八回,冯紫英、薛蟠等饮酒一节,脂砚斋甲戌本眉评:"此段与《金瓶梅》内西门庆、应伯爵在李桂姐家饮酒一回对看,未知孰家生动活泼。"这跟脂庚本第二十四回倪二醉遇贾芸一段眉批很相似。彼文云:"这一节对《水浒》记杨志卖刀遇没毛大虫一回看,觉好看多矣。己卯冬夜脂砚。"这些显然都是作者自己满意的口气。《水浒》《金瓶梅》《红楼梦》三巨著实为一脉相连的。《红楼》与《金瓶梅》的关系则尤为密切,在这里不暇详说了。

我总觉得《红楼梦》所以成为中国自有文字以来第一部的奇书，不仅仅在它的"独创"上，而且在它的并众长为一长，合众妙为一妙"集大成"这一点上。

五　宁国公的四个儿子

《红楼梦》第二回冷子兴说，"宁公居长生了四个儿子"，各种脂评旧抄本及程伟元第一次排本（即程甲本）均同；到了程氏第二次排本（即程乙本）却改为两个儿子。四个儿子或两个似乎没甚关系。亚东本《红楼梦》序言者有这样一段话：

> 我的脂砚斋《石头记》残本也作"四个儿子"，可证"四个"是原文。但原文于宁国公的四个儿子，只说出长子是代化，其余三个儿子都不曾说出名字，故高鹗嫌"四个"太多，改为"两个"。但这一句却没有改订的必要。脂砚斋残本有夹缝朱批云：贾蔷贾菌之祖，不言可知矣。
>
> 高鹗的修改虽不算错，却未免多事了。

他虽认为高氏修改未免多事，却不算错，这个判断是不对的。本书的第七十六回上有这一段文字：

> 尤氏笑道："我也就学了一个笑话，说与老太太解解闷。"贾母勉强笑道："这样更好，快说来我听。"尤氏乃说道："一家子养了四个儿子，大儿子只一个眼睛，二儿子只一个耳朵，三儿子只一个鼻子眼，四儿子倒都齐全，偏

又是个哑巴。"

这正在遥遥呼应第二回的"宁公四个儿子",自来却很少有人注意到。这样对贾氏祖先无情的嘲笑讽刺,偏偏出自尤氏口中,作者之意深切著明。下文说,"贾母已蒙眬双眼似有睡去之态,尤氏方住了口"。接得又自然之至,好像一味描写凄凉,而微言已在暗中度出。其实贾母即使不睡着,尤氏也说不下去了呵。高鹗的修改越改越错,不但看上文不看下文,而且把《红楼梦》极重要的暗示,对封建破落户的暴露揭发当作一个没说完、没趣味的笑话来听,可谓看朱成碧,颠倒黑白了。

六　大观园地点问题

本书所说贾家的地点约在北京城西北部分。第四十三回,宝玉骑马出北门,茗烟却说,出了北门的大道,冷清清没有可顽的,这很像德胜门。第五十七回邢岫烟说的"恒舒典",在鼓楼西大街,亦近德胜门。地址都相符,大概没有什么问题,不过曹家在这地段是否有过住宅,那就很难说了。

说到大观园,似乎贾宅的地点已经确定,大观园所在的问题也随着解决了。可惜并不这样的简单。这里有三种的因素:(一)回忆,(二)理想,(三)现实。以回忆而论,可在北京,亦可能在南京。曹𫖯罢官以后尽管住在北京,但作者忆想他家的盛时,在金陵曾有一个大大的花园,这可能性依然很大的,亦即所谓"秦淮残梦忆繁华"。袁子才所谓"大观园即余之随园也",究竟是否谎话,亦不易确说。

以理想而论,空中楼阁,亦即无所谓南北,当然不完全是空的,我不过说包含相当的理想成分罢了,如十八回贾元春诗云,"天上人间诸景备,芳园应锡大观名",显明表出想象的境界;否则园子纵好,何能备天上人间的诸景呢,而且京中的巨室豪门,附带的园林每每不大,事实上亦很明白的。

以现实而论,曹家回京后,还过了一段相当繁荣的时期,则他们住宅有小小的庭园自属可能。这就是真的大观园,再说明白些,即大观园的模型。地点随着住宅当然在北京西城,何况,宝钗诗"芳园筑向帝城西",为最明确的内证。

这三种成分哪一种占优势呢?自然很难说。以我看来,现实的成分固然有,回忆想象的却亦不少。如四十九回"琉璃世界白雪红梅",显然出于虚拟、回忆或者想象。像近人周汝昌君所说,我觉不很对。他说"亦并未言定非盆中所植"(《红楼梦新证》五〇六页),栊翠庵的红梅,宝玉隔墙看见,决非盆景;且在五十回中说,折枝有二尺来高,横枝有五六尺长,如何会是盆栽。像这样拉扯,没有什么意义。不管成林也罢、成片也罢,十数株的红梅映雪而开,久住北京的恐谁都没有见过这样境界,也等于说北京事实上不曾有过。至于偶然有一两棵梅花短期间在地面上活了,这些珍奇之例,显与本书叙述无关。若青苔翠竹,景物固似江南,但北京亦或有之,不足深论。

更有人以为大观园名为大观,其实并不太大,书中云云乃形容之词。这果然也有些道理。不过假定它不大或很小,事实上也有困难,让我且用粘滞的看法来看。据本书第十六回:

> 从东边一带,接着东府里花园起至西北,丈量了一共三里半。

故老相传,京师各城门间的距离为三里,我却没量过。书上却说,大观园从东到西有三里半。南北不知道,未必是见方三里半罢。就是这样也很可以。假如偏西北角,该从西直门直抵德胜门;假如正北,又该从德胜门直抵安定门。这在北京城里是个奇迹,仿佛把故宫给搬了个家。而且更有一点古怪的,十二钗朝夕步行往来其间,岂不都要累坏了么?所以《红楼梦》有些话真是所谓"荒唐言",不让我们穿凿地来考证它。而且还有一说,宁府的花园在第十六回上曾再三地说并入大观园了,如云:

> 先令匠役拆宁府会芳园的墙垣楼阁,直接入荣府东大院中。

这例最明白。可是在第七十五回上又跑出一个会芳园来了!

> 贾珍……备了一桌菜蔬果品在会芳园丛绿堂中……赏月。

您想,这如何能够考证?又前回说天香楼在宁府花园中,建造大观园时想必亦已拆改归并了,但七十五回又说,"天香楼射鹄子",则此楼还在,亦很奇怪。

反正大观园在当时事实上确有过一个影儿,我们可以这样说。作者把这一点点的影踪,扩大了多少倍,用笔墨渲染,幻出一个天上人间的蜃楼乐园来。这是文学上可有应有的手腕。它却不曾预备后人来做考证的呵。

作者明说荒唐言,我们未免太认真了。假如在北京城的某街某巷能够找出大观园的遗址来,在我个人自感很大的兴味,但恐怕事实上不许我们有这样乐观的想法,所以我最近的意见还跟《红楼梦研究》里所说差不多少。

七　天齐庙与东岳庙

即以现实的成分来说,亦不太简单。如前篇所云《红楼梦》中有些近真的地名,如宝玉出的北门是德胜门,如鼓楼西大街是北京真的街名等等。但本书并非只用一种笔法,如东西南北或如实而道,或指东说西,所以碰到了这些地方,读者须用自己的常识来判断。如看了一个西字便认为真西,看了一个东字便认为真东,有的地方讲得通,有的地方便讲不通了。这儿举一个例来说明:

第六十三回记贾敬的死,"令其子孙扶柩由北下之门入都",这北下之门亦可说为德胜门,但我想西直门或者更像一点。京畿名迹多在西郊,贾敬可能在那一带养静。这"北"字已不能十分呆看,但还不很显明。如第八十回叙宝玉"坐车出西城门外天齐庙来烧香还愿",这西城门明明白白是我现今所住的齐化门。其证明有二:

(一)天齐即东岳。唐玄宗开元十三年,封泰山神为天齐王,见《诏书·礼仪志》。俗称东岳为天齐本此,即《西游记》所谓齐天大圣殆亦从此设想。(二)依本书叙述天齐庙,正和今之朝阳门外东岳庙相合。

宝玉天性胆怯,不敢看狰狞神鬼之像。这天齐庙本系前朝所修,极其宏壮,今年深岁久又极其荒凉,里面泥胎塑像皆极其凶恶。(据脂砚斋庚辰本)

逛过东岳庙的想必都会说光景宛然的罢。天齐庙既定为东岳庙,则宝玉出的是朝阳门,而西门是东门的反语影射无疑。反过来看,有些关于方向的记载并不颠倒,例如四十三回的北门便是。若处处相反地讲,则又跑到"前外""宣南"去了,说冷冷清清没可顽的,岂非笑话。

我认为《红楼梦》一书用笔灵活且多变化,决不可看呆了。看呆则这儿对了,那儿又错了,弄得人到处碰壁,有走入迷魂阵的感觉。

八　陆游诗与范成大诗

小说摹写人情,以能够意趣生动引人入胜为贵,其中引用书卷不过是陪衬而已,文字每每跟原本稍有出入是无妨的。实不必改,亦不应妄改,且有时竟不能改。这儿以《红楼梦》引陆放翁、范石湖诗句为例。

《红楼梦》中有一个重要人物大家熟悉的而且对她为人

究竟如何议论纷纷的,便是袭人。她的命名也很特出,书中再三表示,似乎有某种暗示,以致"红学家"种种猜疑,或拆为龙衣人,或以谐音格读为花贱人等等。她的命名三见本书,除第三回只说旧人诗句有"花气袭人"四字,未引全句外,其他两处第二十三回、第二十八回俱引全句,作"花气袭人知昼暖"。第二十三回尤特别郑重地表示出来。兹引如下:

> 贾政便问道:"谁叫袭人?"王夫人道:"是个丫头。"贾政道:"丫头不拘叫个什么罢了,是谁起这样刁钻名字?"王夫人见贾政不喜欢了,便替宝玉掩饰道:"是老太太起的。"贾政道:"老太太如何晓得这样的话?一定是宝玉。"宝玉见瞒不过,只得起身回道:"因素日读诗,曾记古人有句诗云:'花气袭人知昼暖',因这丫头姓花,便随意起的。"

这样重复地郑重地说,似乎决不会得错,而事实上这句七言诗却偏偏有了个错字。原诗见陆游《剑南诗稿》卷五十:

> 红桥梅市晓山横,白塔樊江春水生。花气袭人知骤暖,鹊声穿树喜新晴。坊场酒贱贫犹醉,原野泥深老亦耕。最喜先期官赋足,经年无吏叩柴荆。(《村居书喜》)

原作"骤暖"不作"昼暖",误"骤"为"昼",以二字音近容易搞错之故。且"昼暖"的意境亦复甚佳,不减于"骤暖"。无意误记么,有意改字么,亦不得而知。我们自应该说他引错了古诗,但在《红楼梦》上却无须用古诗原文来硬改,这样蛮干对于《红楼梦》怕没有什么好处的。

另外有一个引范石湖的诗的例子更比较复杂,同样郑重的提出,同样有了错字,而且这错字决不能改,改了便会闹笑话。偏偏真有人改了。

第六十三回邢岫烟引妙玉的话:

> 他常说,古人中自汉晋五代唐宋以来皆无好诗,只有两句好,说道,"纵有千年铁门槛,终须一个土馒头"。

既然两千年来只有两句诗好,想其情形这两句话总不会搞错了罢,不幸偏偏又错了。兹引范成大《石湖诗集》卷二十八:

> 家山随处可行楸,荷锸携壶似醉刘。纵有千年铁门限,终须一个土馒头。三轮世界犹灰劫,四大形骸强首丘。蝼蚁乌鸢何厚薄,临风拊掌菊花秋。(《重九日行营寿藏之地》)

有"门限"与"门槛"之别。范诗有出处,不比"昼暖""骤暖"不过形容之词,这个矛盾是尖锐的而不能调和的。分原典及小说两方面来说:

(一)依原典论,必须作"铁门限",而且范诗作"铁门限"本不会错。范引用六朝的故事:智永以书法得名,宾客造请,门阈穿穴,以铁固其限,故人号曰"铁门限",见《宣和书谱》。虽然引用,却跟原典意思稍不同。诗意说身后之事,一个人保卫自身像千年不坏的"铁门限"一般,但终究要埋在坟堆里去的。

(二)依小说论,必须作"铁门槛",硬依原典来改便成为笑话。第一,我们白话只说"门槛"而不说"门限",曹改原诗是有他的理由的。第二,《红楼梦》作者既特别喜爱这两句,在别处还大用而特用,如第十五回"王凤姐弄权铁槛寺,秦鲸卿得趣馒头庵",这难道也能改为铁限寺么?况且六十三回贾宝玉还明说"怪道我们家庙说是铁槛寺呢,原来有这一说"。

所以《红楼梦》的铁门槛、铁槛寺是一回事、一句话,无论在哪里都不能瞎改的。刻本如程甲、乙本以及道光王雪香本都还不曾改,到了光绪间石印《金玉缘》本便改了。

……只有两句好,说道:"纵有千年铁门限,终须一个土馒头。"(注云:"此范石湖自营寿藏诗也,实为本书财色二字下大勘语,故为十五回对待题目,特用秦宝熙凤演之,遂为众妙集大成也。一寺一庵名义到此方出,可见当日谋篇不是枝枝节节为之。")

注者的确查了原书,惟其如此所以要改,亦惟其如此所以会错。他既明白"作者的一寺一庵(铁槛寺、馒头庵)名义到此方出",他亦明白"特用秦宝熙凤演之",为什么把六十三回所引诗句原作"铁门槛"的给改了呢?改了,即跟"铁槛寺"之"槛",名目不符成为两段,把本书血脉相通、神情一贯的好处给打了个折扣。

征引原书一字不易,在做考证研究的工作上是值得称赞和学习的。小说却又当别论。小说必须意趣生动活泼,最怕掉书袋。当然,生动活泼,不一定要把书给引错了;不过偶然错了一两个字,于文义无妨,即无关系,若有好处更不应妄改。《红楼梦》把"门限"改为"门槛",一字的差别,即活用了古诗,把它相当地白话化了融会入小说中,正是点石成金的妙手。依我揣想,大概是作者有意如此改写,并非错忆或笔误。在这里,我们该专对范石湖来负责呢,还是该对曹雪芹来负责?这必须首先考虑的。若《金玉缘》本的太平闲人,名为依证改字,殊失作者之意,不止大杀风景而已。幸而像这样本子不甚流传,现在通行本还作"铁门槛"的多。

若说对付这样问题原很容易的。注解附原文之后,引了原曲原句,其是非得失读者一览自明,何须谬改前文,成为蛇足呢。

九　姬子

第五十六回"敏探春兴利除宿弊"有这么一段文字:

> 探春笑道:"你这样一个通人,竟没看见姬子书。当日姬子有云:'登利禄之场,处运筹之界者,穷尧舜之词,背孔孟之道。'"宝钗笑道:"底下一句呢?"探春笑道:"如今断章取意[1],念出底下一句,我自己骂我自己不成。"

---

[1] 见于唐代张鷟《游仙窟》:"……断章取意,唯须得情,若不惬当,罪有科罚。"编者注。

……三人取笑了一回,便仍谈正事。(据亚东排本)

姬子书到底是部什么书呢,谁也说不上来。特别前些日子把这一回书选为高中国文的教材,教员讲解时碰见问题,每来信相询,我亦不能对。

这原来是一个笑话。上文宝钗先说朱子又说孔子,探春就说你这么一个通人,竟没看见姬子。拿姬子来抵制她,比朱子孔子再大,只好是姬子了。殆以周公姓姬,作为顽笑。至于这四句文章乃探春信口诌的,大意讲做官做买卖的便得违反尧舜孔孟之道,本无下文。所以宝钗问她,"底下一句呢?"仿佛在说,你还编不编了?我看你怎么编?果然没有下文了。探春再说下去,她亦不便肯定官僚买卖人而否定孔孟的,所以她说,"念出底下一句我自己骂我自己不成"。这个对话的意思原很明白,不想最近有人认为真有过这样的书。

以下除掉我不知有这书一点以外,更举几点来说明这个:

(一)我所藏图注《金玉缘》本,太平闲人注云:"闲人穷,藏书少,实未见姬子书。"看他语气似乎说不知道,其实说压根儿没有呵。从前人知道是作者杜撰的。

(二)就中国书籍文字的常识看,百家诸子中决不可能有姬子这样的名目;所以造出这样的书名也不怕人误会。周公虽姓姬,古代男子自来不以姓冠在名上。像"姬旦"这样说法,六朝以后间或有之,却违反古代原来的习惯。

(三)脂庚本与通行本文字稍稍不同,试节引一部在下方:

探春笑道:"你这样一个通人,竟没看见子书。当日姬子有云"……三人只是取笑之谈,说了笑了一回便仍谈正事。

比较前引有两点不同:一、只作"子书",是用口语,不作"姬子书",这是对的,探春编造出姬子来,那就说姬子,也不该说姬子书。犹如我们引《庄子》即说《庄子》,不说庄子书。引《老子》《墨子》《列子》亦然,不说老子书、墨子书、列子书。这姬子书三字是不通的。二、普通本虽有"取笑了一回"之文,却未明言上文是笑话,脂本却明说"只是取笑之谈"。若探春正经地引了一部子书上的话,岂非一点风趣都没有,何笑话之有。这地方作者明明告诉我们不可认真,偏偏我们依然要认真。

此外本书还有一个类似的例,不妨一谈。第三回有一部书叫做《古今人物通考》恐怕也出于杜撰,兹引如下:

宝玉道:"《古今人物通考》上说:'西方有石名黛,可代画眉之墨。'况这妹妹眉尖若蹙,取这个字岂不甚美。"
探春笑道:"只怕又是杜撰。"宝玉笑道:"除了四书,杜撰的也太多呢。"

宝玉虽似明征确引,探春已叫破了他,"只怕又是杜撰"。假如真有这书,宝玉大可驳回,他却不,绕着弯儿说,"除了四书,杜撰的也太多呢"。既不说有,也不说没有,口气圆滑。这就是所谓"明明德以外无书",宝玉一向的痴想;同时,在这里默认或明认出于杜撰。我想,这或是作者想要编写的一部书罢。

有人或者要问为什么净瞎捣乱,造书名?我回答,这是小说。若引的书,每部都有,那岂不成了图书馆的目录卡片了。

十 贾政

近人考证《红楼梦》的以宝玉即雪芹自寓,推算起来,雪芹的父亲曹𫖯便该是书中人贾政,如胡适便屡次这样说。(见《红楼梦考证》及《考证红楼梦的新材料》)他又引了甲戌脂本,在第二回"赐了这政老爹一个主事之衔……升了员外郎"的旁边也有朱批:

嫡真实事,非妄拥也。(此"拥"乃"拟"字之误)

他认为颠扑不破的证据。我觉得这样看法,《红楼梦》上贾家的世系即等于曹家的家谱了,这未免太呆板。现在从另外一个角度来看,《红楼梦》中对贾政并无怨词,亦无好感。若贾政是事实上的曹雪芹的父亲,似乎不应该这样写。

(一)贾政跟宝玉是敌对的。宝玉每到贾政那里去,一家人都替他担惊受怕,等他平安回来方才放心,屡见本书。突出的像三十三回这样的打法,仿佛要致之死命一般。这无论如何,不能说作者对贾政有好感。

(二)从给他取名这一点,即在贬斥。书中贾府的人都姓贾原不足奇,偏偏他姓贾名政。试想贾字底下什么安不得,偏要这政字。贾政者,假正也,假正经的意思。书中正描写这么样一个形象。

(三)读者或者要问,贾政命名亦许偶合罢,何必谐音。《红楼》作者他似乎也想到这点,所以用烘云托月的办法把贾政的身边人都一古脑儿搬了出来,其姓名见于第八回,分列在下面,括弧内均系甲戌脂本评。

门下清客相公詹光。(妙,盖沾光之意)
单聘仁。(更妙,盖善于骗人之意)
管库房的总领吴新登。(无星戥)
仓上的头目戴良。(大量)
买办钱华。(亦钱开花之意)

这是非常明白的。谐音格在白话小说里通行,但《红楼梦》人名并不大用这个的(不是不用),独有贾政的贴近的身边人管财务的人一系列地这样写法,岂无深意?况且詹光名曰沾光,我们在书里却也看不出他的沾光的行为;单聘仁,我们也看不出他善骗人的伎俩来;跟《海上繁华梦》的计万全、萧怀策不同,又何必用这样恶名加在他们身上呢?这没有别的解释,无非烘托出贾政之为假正罢了。

(四)当然,《红楼梦》之恶贾政,并不单靠这谐音法来表现,应该有些具体的描写。正面的话不多,多了便失去微文刺讥的作用,依然烘云托月写他的身边人。《红楼梦》人物中有一个人人惹厌个个摇头的,便是赵姨娘,而这"政老"偏最宠爱这赵姨娘,可谓味在酸咸之外。书中有周姨娘一角,若隐若现,似有如无,仿佛赘疣,这也专为衬托赵姨娘的,而赵姨娘被宠又为衬托贾政的为人而设。《论语》说"察其所安"。贾政所安如此,则贾政亦可知矣。

(五)第七十六回击鼓传花,花到贾政手中,作者偏给他开顽笑,叫他说个笑话,他只得说了一个怕老婆的故事。怕老婆也很容易描写的,他却说那个人舔老婆的脚,恶心要吐,描写得很恶赖。这也十足地表出贾政的低级趣味来。

(六)宝玉每作诗,贾政总不肯赞好,甚至于"断喝一声",似乎他总该对诗很有研究罢。但"大观园试才题对额"一回,贾政虽屡说宝玉作得不好,自己却只字未题。第二回说贾政"酷喜读书",但通观全书,贾政并无一文一诗一词,我们常笑他,怕没有别的能为,只会得断喝一声罢了。

从上列六点来看,贾政确是如此的。曹雪芹写他父亲的形象应该如此否,是另一个问题。反正《红楼梦》对贾政有贬无褒,退多少步说,亦贬多于褒。再者,贾政的配偶王夫人,作者对她亦并无好感。如第七十七回她跟晴雯的一场恶斗,百世之后,千载以下,同情王夫人呢,还是同情晴雯?我想,不用我来多嘴了。

我们的感想也就是作者的感想。作者,他要我们对"梦"中人采用这样的态度,这样的看法的。可惜程伟元、高鹗每不懂这样意思,于所补后四十回对贾政既屡有好评,最后还让宝玉给他磕了一个头才去。即在前八十回中亦妄增字句,如第三十七回开首,贾政放学差,脂本非常简单地说,程本却加了数十字大恭维贾政一阵,说他"人品端方风声清肃"等等,可谓痴人说梦了。

程、高固喜欢贾政,但这种看法却也不从他二人起始的。在程刻以前甲辰第二回便给贾政加了上上的考语,说什么"为人端正方直"(这话脂本也没有),可见此话亦源流甚远,已非一日了。

十一　贾赦

《红楼梦》对在封建家庭占统治地位的男人,一概都没有好评,如贾敬、贾赦、贾政、贾珍、贾琏、贾瑞、贾蓉等,其中尤以对贾赦、贾珍贬斥为甚。如十三回记秦可卿之死写贾珍痛不欲生,如丧考妣,走路都扶着拐杖,形象的丑恶不必说了。贾赦更作恶多端,陷害良民,显明的例见第四十八回:

> 谁知雨村那没天理的听见了,便设了个法子,讹他拖欠官银子,拿他到衙门里去,说所欠官银,变卖家产赔补,把这扇子抄了来,作了官价送了来。那石呆子如今不知是死是活。老爷拿着扇子问着二爷说:"人家怎么弄来了?"二爷只说了一句:"为这点子小事,弄的人坑家败业,也不算什么能为。"老爷听了就生了气,说二爷拿话堵老爷了。因此,这是第一件大的。还有几件小的,我也记不清,所以都凑在一处,就打起来了。

贾赦为了想得一些玩好,勾结了贾雨村,利用官面的势力,弄得老百姓家败人亡。"石呆子如今不知是死是活",平儿言外意,死多活少。这些行为直接虽出雨村,授意显系贾赦。这段文字暴露封建大地主跟官僚狼狈为奸的实情非常明白,斗争的意味很尖锐。本回题曰,"滥情人情误思游艺,慕雅女雅集苦吟诗",似写薛蟠,香菱;薛蟠出行,以便于香菱进园学诗入社,尤以香菱为主,原是一回很风雅的文章。其叙平儿跟宝钗说话,不过插笔而已。其实不是的,而且正相反。依我看,名为插笔反是正文,而正文反是陪衬。本回主要的目的,即攻击贾赦。

贾琏也够坏了,比起他父亲来还好一些。他说:"为这点子小事,弄的人坑家败业,也不算什么能为。"贾赦的行为连他儿子都看不上眼,其恶可知。从这里又可以看出,《红楼梦》对人物的褒贬,含有相对性,即贾琏虽坏,比贾赦却好;因此有些地方虽亦贬贾琏,在这儿因欲形容贾赦之恶,便不得不把贾琏提高了一步。这个笔法是很深刻严冷的。至如第四十六回"尴尬人难免尴尬事",尴尬者,邪僻不正的意思。这回书里深恶贾赦、邢夫人,人人皆知,无须多说了。

关于贾氏诸人,特别是男人的坏处,本书有一句归总的话,读者看了,便知作者之意。见于第四回之末:

不上一月,贾氏族中凡有的子侄俱已认熟了一半,……引诱的薛蟠比当日更坏了十倍。

上文说过薛蟠打死冯渊,是个杀人的凶手,这儿说"更坏了十倍",试问再坏到哪里去?好像有点儿不通,而贾氏诸人的坏亦可想了。

《红楼梦》既表示得这样明白,最奇怪的,后人偏有点儿喜欢贾赦。这个道理,我始终不大懂。如第七十六回,贾母吃饭一段,有人把这文字给修改了许多,仿佛上慈下孝一般,另见"《红楼梦》校例",这儿不说了。第二回贾赦在冷子兴口中初见时,脂本、戚本都没有考语,到乾隆甲辰抄本上便加上一句"为人平静中和"。这"平静中和"在古代乃上上的考语,却无端加在贾赦身上,可谓不伦不类,妄谬极矣。偏有程伟元的初次排本(即程甲本)还依照甲辰之文,想来程伟元、高鹗也很喜欢这贾赦的。到了第二年排的程乙本,却改为"为人却也中平",大约程、高二人想了一想,觉得这样恭维贾赦未免太过了,所以又改回来一些。我平常每说程甲本胜于程乙本,为着程甲稍接近原本一点。但如程甲已经妄改了,程乙加以修订,碰到这些地方,程乙反而比程甲会好一点,像这例便是。所以程甲、乙本的优劣是相对的,究竟谁优谁劣,必得有人仔细将两本对勘过,才能够水落石出呢。

十二　送宫花与金陵十二钗

脂砚斋重评石头记甲戌本首有《红楼梦》旨义云:

> 是书题名极多。《红楼梦》是总其全部之名也。又曰《风月宝鉴》,是戒妄动风月之情。又曰《石头记》,是自譬石头所记之事也。此三名皆书中曾已点睛矣。如宝玉作梦,梦中有曲名曰《红楼梦》十二支,此则《红楼梦》之点睛。又如贾瑞病,跛道人持一镜来,上面即錾"风月宝鉴"

四字,此则《风月宝鉴》之点睛。又如道人亲眼见石上大书一篇故事,则系石头所记之往来,此则《石头记》之点睛处。然此书又名曰《金陵十二钗》,审其名则必系金陵十二女子也。然通部细搜检去,上中下女子岂止十二人哉。若云其中因有十二个,则又未尝指明白系某某,及至《红楼梦》一回中亦曾翻出金陵十二钗之簿籍,又有十二支曲可考。

《红楼梦》的许多异名在本书中皆有点睛之笔,以上引文已说明了。其论《石头记》《红楼梦》《风月宝鉴》都很对,惟对于《金陵十二钗》说得很拖沓,尚不得要领。我以为本书第七回"送宫花贾琏戏熙凤",即金陵十二钗之点睛也。这回薛姨妈说:

> 这是宫里头作的新鲜样法堆纱的花儿十二枝。

即十二根金钗的另一写法非常显明,却不是配给十二个人每人一枝,假如这样点题固然醒豁了,却未免太呆。

他给了六个人每人一对,这六个人是:迎春、探春、惜春、凤姐、可卿、黛玉。

拿了宫花的当然不成问题了,其不拿宫花的六个人又怎样呢?我以为有三人是借笔法来间接地点破的,即宝钗、李纨、巧姐。

宝钗从不带花。薛姨妈道:"姨娘不知道宝丫头古怪着呢,他从来不爱这些花儿粉儿的。"但花儿本是她的呵。至于

李纨、巧姐,周瑞家的虽不曾把宫花送给她们,却在送花时走过她们住的所在。书上说:

> 便往凤姐儿处来,穿夹道,从李纨后窗下过,隔着玻璃窗户,见李纨在炕上歪着睡觉呢。(脂本)

脂评曰,"细极,李纨虽无花,岂可失而不写者,故用此顺笔便墨,间三带四,使观者不忽"。这是对的。又周家与凤姐送花,事实上到了巧姐的房里。书上说:

> 周瑞家的会意,忙蹑手蹑足往东边房里来,只见奶子正拍着大姐儿睡觉呢。周瑞家的悄问奶子道,姐儿睡中觉呢,也该清醒了。奶子摇头儿。

似乎闲笔,实系暗地关合巧姐儿。脂评曰,"总不重犯,写一次有[1]一次的新样文法",是关于李纨一种写法,关于巧姐儿又是一种写法,说得也很明白的。

如今总算起来,所谓"十二钗"跟这十二枝宫花有关连的已占了四分之三,即九人;剩下三人:元春、湘云、妙玉。湘、妙其时尚未出场,自无缘牵扯。迎、探、惜三春都有了,则元春虽然没有,笔不到而意已到。况且什么花儿不好送,偏要送宫花呢?又说"宫里头作的新鲜样法"。原从元春那里来的呵。其

---

[1] 有同"又"。编者注。

关合之法与前文宝钗云云实相类似。

大体说来,作者包括地、扼要地将这"十二钗"给点醒了。打破了呆板的每人一枝的方式,用笔变化而意无不周,可谓神妙矣。但又不止此,第七回全回,似乎用几桩零碎事凑合的,我从前也这样想,列举大端如下:

(一)宝钗谈冷香丸,(二)周瑞家的送宫花,(三)凤姐宝玉到宁府初会秦钟,(四)焦大醉骂。这许多事只是一意转折,一气呵成的。如冷香丸就跟这送宫花是分不开的。如"十二两""十二钱""十二分",共用了十一个"十二";脂评曰,"凡用十二字样皆照应十二钗"是也。以蜜糖为丸,以黄柏汤送,则先甘后苦;脂评曰,"末用黄柏更妙,可知甘苦二字不独十二钗,世皆同有者"是也。至于送宫花跟贾琏、熙凤之事以及宁府诸事,皆为不可分析的整体,所以末了借醉汉一呼,而全文振动,好像天气闷热久了,忽遇迅雷暴雨一般,岂不快哉。

作者在本回之初,自题云:

十二花容色最新,不知谁是惜花人。相逢若问名何氏,家住江南姓本秦。

这诗好极,把我这里要说的都给他说尽了。足证冷香丸送宫花不特为十二钗之点睛,且为金陵十二钗之点睛,不然,他为什么说"家住江南姓本秦"呢。可卿一人本书虽淡淡写来,常在宾位,实为书中主人。即第五回太虚幻境的册子曲子她均居末位,若当作颠倒叙次看,她实际上是首座亦未尝不可。既兼钗、黛之美,即为钗、黛二人之合影,(书中秦氏从不与钗黛对话办交涉,这点很可注意)其当为十二钗之首,实无可疑者。此诗以可卿名氏领十二花容即此意耳。

十三　宝玉为什么净喝稀的?

这是版本校勘上的一个小插曲。第八回上,宝玉在梨香院饮酒,通行本大抵相同。引一七九一的程排甲本及一九五三的作家出版社的新本为例,以有正本作为参考。上文都记载着:

> 宝玉已是三杯过去了。

后来薛姨妈说,"姨妈陪你吃两杯,可就吃饭罢。"但宝玉偏偏没有吃饭。主要的文字这样:

> 幸而薛姨妈千哄万哄,只容他吃了几杯,就忙收过了。作了酸笋鸡皮汤,宝玉痛喝了几碗,又吃了半碗多碧粳粥。一时,薛、林二人也吃完了饭,又酽酽的喝了几碗茶。

这是非常奇怪的。我们且替宝玉算算这篇账看。上文说"已是三杯过去了",后来不知又喝了几钟[1]。照前引文,最后是吃了几杯酒,又痛喝了几碗酸笋鸡皮汤,又吃了半碗多的碧粳

---

[1] 钟:〈书〉同"盅"。编者注。

粥,又酽酽的喝了几碗茶,总有十几碗了罢,比卢仝七碗茶还多。他为什么老这样喝稀的?实在不可解。有正本所记稍微少了一点,大概也因为他喝得未免太多了罢。录有正之文:

> 幸而薛姨妈千哄万哄,只容他吃了几杯,就忙收过了。作酸笋鸭皮汤,宝玉痛嗑了两碗,吃了半碗碧粳粥。一时薛、林二人也吃完了饭,又漱上茶来,大家吃了。

如酸笋鸡皮汤(有正本作鸭皮是很可笑的),程本今本作"痛喝了几碗",有正本作"两碗";"半碗多粥"为"半碗粥","喝了几碗茶"作"大家吃了",不记数目字。这些地方比较起来,的确减去了不少,然而也还够多的。

从上下左右来看,更觉奇怪。第八回上宝玉到梨香院,一进门薛姨妈便命人沏滚滚的茶来,后来宝钗又叫莺儿倒茶来,又嗔怪她不去倒茶,可见宝玉总先喝过茶了。再看下文,茜雪捧上茶来又喝了半盏,然则他回房又去喝茶。李嬷嬷说过,"哪怕你喝一坛呢",莫非他真想喝一坛么?为什么不吃干饭呢?

假如说,宝玉养得娇,东西吃得少,但也不该比弱不禁风的美人儿吃得更少更加娇气呵。书上明记钗、黛是吃了饭的,说:

> 薛、林二人也吃完了饭。

那么,宝玉的不吃干饭,分明是各本漏写无疑了。解决的办法

很简单,让他吃些干的不就结了。引脂砚斋甲戌己卯本之文:

　　吃了半碗饭碧粳粥。

庚辰本同,旁注两字是后人加的,写在括弧内:

　　吃了半碗饭(合些)碧粳粥。

依我们看,无论如何不该删去"饭"字的,为什么偏偏删去"饭"字呢?这缘由从上引庚本可以想象得到。他们大约以为"半碗饭碧粳粥"文气不顺,或增"合些"两字如庚本,或干脆删去饭字,成为"半碗碧粳粥";或不干脆删去饭字保留下面多一字的痕迹,成为"半碗多碧粳粥"。这都是不用新式标点之故。

　　我们现在看:

　　吃了半碗饭、碧粳粥。

是毫无问题了。雪芹当初不曾点断,便闹出笑话来。不过这个笑话一搁就二百年,也不大听人说起,总算《红楼梦》的好运气。您要说是它的不幸,自然也随您的便。

十四　曹雪芹卒于一七六三年

　　关于曹氏的卒年本不成什么问题。在脂砚斋甲戌评本有了明文：

> 壬午除夕书未成，芹为泪尽而逝。

壬午是清乾隆二十七年，那年的除夕即一七六三年二月十一日。这批虽不能定为何人手笔，却靠得住；因这个人跟曹氏的关系非凡密切，下文又这样的写道：

> 余尝哭芹，泪亦待尽，每意（欲）觅青埂峰再问石兄，奈余不遇癞头和尚何，怅怅。……甲午八月泪笔。

甲午八月乃一七七四的九月，以公历计算在他死后十一年。

但近来却有了异说。有人认为曹雪芹死于乾隆二十八年癸未。证据在雪芹的朋友，有个旗人叫敦敏的，他的《懋斋诗钞》上有一诗《寄曹雪芹》，本诗虽不题年月，却编在题癸未年的诗的后面，遂认这首诗也是癸未年作。既然癸未年尚有人送他诗，则曹氏决不能卒于壬午了。不过这个说法很悬虚。本诗既不题年月，安见得不是错编在癸未年的诗后面呢？这也出于我的揣想，且不去讲他。且述正面的理由。

第一，上引脂评没有什么可疑的，即主张新说的人也不完全否定它。壬午他虽认为癸未之误记，（又怎么知道他记错了？）而除夕却又说不错，于是折衷为癸未除夕，即一七六四年的二月一日，新版《红楼梦》就这样写着的。殊不知主张新说，必须把旧的推翻了才成。若东拼西凑，折衷为癸未除夕，这新说便站不住了。因为牵涉到另外一个证据。

第二,雪芹的另一个朋友叫敦诚的,有挽他的诗,题甲申年(一七六五)。诗云:

四十年华付杳冥,哀旌一片阿谁铭。孤儿渺漠魂应逐(前数月伊子殇因感伤成疾),新妇飘零目岂瞑。牛鬼遗文悲李贺,鹿车荷锸葬刘伶。故人惟有青山泪,絮酒生刍上旧坰。

末两句分明是隔了一年来上坟的口气。"旧坰"即旧坟,《礼记》所谓"朋友之墓有宿草而不哭焉"。我们且把两个说法比较一下。雪芹若卒于壬午除夕,葬于癸未,到甲申年有人做诗这样说,正合式了,若移后一年便乱了。死在癸未的"年三十",不得不葬于甲申;葬于甲申当年有人去凭吊他岂非簇簇新新的新坟,为什么要说"旧坰"呢? 毛病出在不曾把敦诚的诗意看得明白,只依据敦敏的一首本未题年月的诗,这样模糊影响的证据创为异说。这完全是不必要的。

因此我主张依据"脂评",说曹雪芹卒于一七六三年;再用敦诚的诗"四十年华"往上推,即生于一七二三年。这样说法就不会出大错,因为诗上的"四十年华"也不宜十分呆看的。

十五 刘姥姥吃茄子

俗语北方乡下人进城,说"刘姥姥进大观园"。的确刘姥姥进大观园,闹过不少的笑话儿。且讲一讲她那天吃的茄子。

从版本上看,有"茄鲞""茄胙"的不同。大约各本均作"茄鲞",独有正本作"茄胙",不仅名目不同,做法也完全两样的。先录脂砚斋庚辰本之文:

贾母笑道:"你把茄鲞揝些喂他。"凤姐儿听说,依言揝些茄鲞送入刘姥姥口中,因笑道:"你们天天吃茄子,也尝尝我们的茄子,弄的可口不可口?"刘姥姥笑道:"别哄我了。茄子跑出这个味儿来了,我们也不用种粮食,只种茄子了。"众人笑道:"真是茄子,我们再不哄你。"刘姥姥诧意道:"真是茄子,我白吃了半日。姑奶奶再喂我些,这一口细嚼嚼。"凤姐儿来又揝了些放入口内。刘姥姥细嚼了半日,笑道:"虽有一点茄子香,只是还不像是茄子,告诉我是个什么法子弄的,我也弄着吃去。"凤姐儿笑道:"这也不难。你把才下来的茄子把皮劖了,只要净肉,切成碎钉子,用鸡油炸了,再用鸡脯子肉,并香菌、新笋、蘑菇、五香腐干、各色干果子俱切成钉子,用鸡汤煨干,将香油一收,外加糟油一拌,盛在磁罐子里封严。要吃时拿出来,用炒的鸡瓜一拌就是。"刘姥姥听了摇头吐舌说道:"我的佛祖,到得十来支鸡来配他,怪道这个味儿。"

各本大致差不多。最近作家出版社本承亚东本之误,把"用炒的鸡、瓜子,一拌就是了。"这样标点。把瓜子一拌又怎么吃呢?这是非常可笑的,炒的鸡瓜或炒的鸡瓜子,即炒鸡丁呵。

有正本则作"茄胙",做法不同,节引如下:

凤姐笑道:"这也不难。你把四五月里的新茄包儿摘下来,把皮和穰子去尽,只要净肉,切成头发细的丝儿,晒干了,拿一只肥母鸡靠出老汤来,把这茄子丝上蒸笼蒸的鸡汤入了味,再拿出来晒干。如此九蒸九晒,必定晒脆了,盛在磁罐子里封严了。要吃时,拿出一碟子来,用炒的鸡瓜子一拌就是了。"刘姥姥听了摇头吐舌道:"我的佛祖,到得十几只鸡儿来配他,怪道好吃。"

读者要问这两个做法哪个好吃,或者可以做,我非厨师傅不能解答这问题,依常识想来,哪一个都似乎没法做,更别提好吃了。不过有正本的"茄胙"似乎更不能做。区区一茄子,乃切成头发细的丝儿,九蒸九晒,那连茄子的魂灵儿都没有了。这还能够"必定晒脆了"?茄鲞当然也不好做,但比茄胙稍近情一点。

它说的菜事实上既没法做,就会牵扯到一个似乎严重的问题:即这样是否妨碍了《红楼梦》的现实性?我的回答,毫不妨碍。《红楼梦》只是小说,并非食单食谱,何碍之有?照了小说去烧菜吃,这也未免太天真了吧。

菜既不能做,做了也未必能吃。他为什么这么写?这是大有深意的。要知道,他在讽刺贵族生活的不近情理的奢侈。照茄鲞的说法,要用鸡油、鸡脯子肉、香菌、新笋、蘑菇、五香腐干、各色干果子、鸡汤、香油、糟油、炒的鸡瓜,这么许多东西来配它,难怪刘姥姥摇头吐舌地说:

> 我的佛祖,到得十来支鸡来配他,怪道这个味儿。

言外也并不怎么佩服。作者之意盖可见矣。

再看"茄胙"。上文说过,把柔软的茄子切成头发一般细的丝,试问这是什么手艺?又把它去九蒸九晒,试问成什么了?这多么荒乎其唐,凤姐儿叫刘姥姥"尝尝我们的茄子",也难怪刘姥姥说:

> 别哄我了。茄子跑出这个味儿来了,我们也不用种粮食,只种茄子了。

是的,"不种粮食,只种茄子",老百姓吃什么呢。这大有东晋惠帝"何不食肉糜"之意。《红楼梦》原是非常现实的,而有时好像不现实。惟其貌似违反现实,更表现了高度的现实性。

十六 《临江仙》题词

《红楼梦》有些诗是作者自己留题本书的,如甲戌本有这一首就很好。

> 浮生着甚苦奔忙,盛席华筵终散场。悲喜千般同幻渺,古今一梦尽荒唐。谩言红袖啼痕重,更有情痴抱恨长。字字看来皆是血,十年辛苦不寻常。

近来校治《红楼梦》，追怀作者，辄有所感，为赋《临江仙》调一词，略附诠释，以便省览。

惆怅西堂人远，（第二十八回，薛蟠、宝玉饮酒一段，甲戌本脂批："谁曾经过，叹叹。西堂故事也。"庚辰本脂批："大海饮酒，西堂产九台灵芝日也，批书至此宁不悲乎。壬午重阳日。"是西堂乃曹氏旧日书斋。）仙家白玉楼成。（用李贺故事。雪芹卒年才四十耳。）可怜残墨竟纵横。（第一回甲戌本脂批："壬午除夕书未成，芹为泪尽而逝。"）茜纱销粉泪，绿树间啼莺。（本书第五十八回："杏子阴假凤泣虚凰，茜纱窗真情揆痴理"，暗示书中主角宝黛将来的情形，详见本人著《谈红楼梦的回目》之十三。）　多少金迷纸醉，真堪石破天惊。（作者以补天荒石自喻，信乎言大而非夸也。）要从生际见无生。（第一回曰："自色悟空。"盖种种风月繁华，只是多方比喻而已，所谓"假语村言"也。）千秋宁有待，（作者下笔有千秋之想，此愿果酬于身后。）一梦与谁听。（"一梦"已见前所引诗。又曰："都云作者痴，谁解其中味"，则知音之少。作者已自知而自言之矣。）

顷承叶遐庵先生赐以和词，文义隽雅，不胜抛砖引玉之感，并录于下：

证忆怡红泪墨，萦怀早燕新莺。镜花谁与计亏成。态浓心自远，调苦曲难听。　幻觉依然直觉，有生宁识无生。海枯石烂底须惊。忘言清磬断,醒梦坠钗横。

十七　香芋

本书第十九回宝玉讲故事给黛玉听,有这么一大段,节引如下:

>小耗道:"米豆成仓,不可胜记。果品有五种:一、红枣,二、粟子,三、落花生,四、菱角,五、香芋。"……只剩香芋一种。因又拔令箭问谁去偷香芋。只见一个极小极弱的小耗应道:"我愿去偷香芋。"……"我不学他们直偷,我只摇身一变也变成个香芋,滚在香芋堆里。"……"我说你们没见世面,只认得这果子是香芋,却不知盐课林老爷的小姐才是真正的香玉呢。"

北语"芋""玉"同音,作为谐谑。说了这半天"香芋",香芋到底什么东西?这不是芋头(南方叫芋艿),而另是较小的一种。按"香芋"有两说,一说即落花生。《本草纲目》卷七引《花镜》,"落花生一名香芋",这当然文不对题。上文已有了落花生。其二说见于《本草纲目拾遗》卷八:

>土芋即黄独,俗名香芋,肉白皮黄,形如小芋,一名土卵,与野芋不同。《群芳谱》,土芋,其根惟一颗,色黄,故名黄独。

《中国药学大辞典》卷上土芋条下亦云,别名黄独,土豆,香芋,肉白皮黄,可食用,则大略相同。本书所云香芋,大概就是这个了。

旧抄本这一段到底全作"香玉",不写出"芋"字来的,当另有缘故。虽写香玉,意思还影射这个香芋说的。不然,就不能跟枣、栗、花生之类并列了。

十八　贾瑞之病与秦可卿之病

本书第十二回上记贾瑞之病:

(贾瑞)不觉就得了一病,心内发膨胀,口内无滋味;脚下如绵,眼中似醋;黑夜作烧,白日常倦,下溺遗精,嗽痰带血,诸如此症,不上一年都添全了。于是不能支持,一头跌倒,合上眼还只梦魂颠倒,满口说胡话,惊怖异常。百般请医疗治,诸如肉桂、附子、鳖甲、麦冬、玉竹等药,吃了有几十斤下去也不见个动静。倏又腊尽春回,这病更又沉重。

"倏又腊尽春回"承上"腊月天气"而言;"又"者又是一个腊月也。其说贾瑞病了一年原很明白的,也向来不成问题。即近来发现脂砚斋己卯本、庚辰本等亦并作"不上一年"。近有人据不知名的晚近本子(据说是蝶芗仙史评本),妄改为"不止一月"。殊不知,(一)贾瑞本来是个小伙子没有什么病的,若心内发胀、口无滋味、脚如绵、眼似醋、黑夜作烧、白日常倦、下溺遗精、嗽痰带血,这许许多多的病症,就医学上谈,不上一月万无添全之理。(二)不到一个月如何能把肉桂、附子、鳖甲、麦冬、玉竹等药吃了几十斤下去?即使方剂开得重些,也断不可能有这么多。像这样乱改,可谓越改越胡涂了。

不过贾瑞病了一年,而这一年书中无话,完全空白,确很古怪。这样的写法自有一种缘故,这关于秦氏之死。若不了解秦氏之病、之死,是不能够了解贾瑞之病、之死的。换句话说,作者正为着秦可卿的缘故,才这样写贾瑞的。主要的是"时间证明",告诉我们确过了一个年头。

本书记秦氏之死费了很大的周折。说她没有病,或有病而不重,不行;书中既不肯明说她是吊死的,那就必须有病,有重病才行。不然,一个人好端端地,忽然死去,于文义为"不词"。但说她因病而死也不成,她原不是病死的呵。因此表面上必须写她病得很厉害,如第十一回:

> 凤姐儿低了半日头,说道:"这个就没法儿了,你也该将一应的后事给他料理,冲一冲也好。"尤氏道:"我也暗暗的叫人预备,就是哪件东西不得好木头,且慢慢的办着罢。"

暗地儿须使她病好了,即使不好,也不致命了。本文借张大夫、凤姐、秦氏本人屡说过了春分就可无碍。现既有一年之久,则历春夏秋冬四季,病即使不好,也转为慢性的了。但这写法却万不能明显,稍一明显,又将前文病得很厉害的空气给冲散了。一言蔽之,在文字的表面上,必须病重与死相连;

这样，才能表示她好像是病死的。在文字的骨子里，必须说她病见好而忽然死；这样，才能表明她的确不是病死的，而以后全家的"纳罕""疑心"等等才有所根据。一张嘴要说两家话，好像是算学上的难题。因此用史家"附见"之法，而借重了贾瑞。过了一年这句话，不见于秦可卿传里，也不见于其他的地方，没有其他的情事（所以成为空白），只附见于贾瑞传中，而轻轻一笔带过。

近人不识本书有明文的贾瑞病死，既确为一年，也不明白本书所暗示的秦氏非病而死，尤其必须一年，却相信不可靠的、传讹的本子来改本书，我认为这是错误的。

十九　记郑西谛藏旧抄《红楼梦》残本两回

近承郑西谛（振铎）兄惠借此本，即记所见。旧抄《红楼梦》一册，两回。题"石头记第二十三回第二十四回"，中缝每页俱书《红楼梦》，共三十一页；每半页八行，每行约二十四五字。本刻乌丝栏抄，首有"晰庵"白文图记。

这本抄写字迹工整，惟讹脱依然很多。如二十三回"梨香院墙下"（二十三回，十二页上）用今本比照，脱落一大段，约二百五十字以上。若零碎的讹脱，且不去说它。

话虽如此，从异文比较来看，区区短篇却尽有些特别处。以下分四点叙说：

（一）书中人名的不同。这不必有什么关系，有些似乎不很好，但差异总是非常显著的。如贾蔷作贾义（二十三回，一页上），贾芹母周氏作袁氏（同页下），花儿匠方椿作方春（二十四回十五页下,按"方椿"本是"方春"的谐音,这儿直把谜底给揭穿了),秋纹作秋雯(十六页上),檀云作红檀。书只有两回,名字却已不同了五个。

(二)名虽无异,而用法非常特别,如茗烟焙茗。原来《红楼梦》里,一个人叫茗烟又叫焙茗,虽极小事,却引起许多的麻烦。大体讲来,二十三回以前叫茗烟,二十四回起便叫焙茗[1]。从脂评抄本这系列来说,二十三回尚是茗烟,到了二十四回便没头没脑地变成焙茗。我认为这是曹雪芹稿本的情形。程、高觉得不大好,要替他圆全。所以就刻本这系列来说,程甲本二十四回上明写着"只见茗烟改名焙茗的"(九页),以后各本均沿用此文。无论从抄本刻本,都可以分明看得出作者的原本确是二十三回叫茗烟,二十四回叫焙茗。

这抄本虽只剩了两回,恰好正是这两回,可谓巧遇。查这本两回书一体作焙茗,压根不见茗烟。我想这是程、高以外,或程高以前对原稿的另一种修正统一之法。就新发现的甲辰本看,又俱作茗烟,不见焙茗,虽似极端的相反,其修改方法实是同一的,均出程高"改名法"以外,可能都比程、高时代稍前。因假如改名之说通行以后,便可说得圆,并无须硬取消一名,独用一名了。

---

[1] 为什么在二十四回上便叫焙茗,也稍微有点原故。这回里把宝玉的小厮一古脑儿开列出五个来:锄药、引泉、扫花、挑云、伴鹤,只剩了孤零特出的茗烟,不在排行内,所以便作焙茗。这是曹雪芹的一忽儿这么写,一忽儿又那么写,他在举棋不定,并非书中人宝玉要把小厮改名,所以程甲本这般的说法,似乎合理了,实在是错误的。我认为这些地方,读者用常识来看,自然明白,并无需硬改为一致的。

(三)关于小红(红玉)的出场叙述,颇有不同,也分几点来说:一、有正本第二十四回说:(贾芸)"只听门前娇声嫩语的叫了一声哥哥。贾芸往外瞧时,却是一个十六七岁的丫头……"(各本大略相同)我从前看到这里总不大明白,小红亲切地"叫了一声哥哥"的不知是谁,下文又绝不见提起。在这残本便作"只听门外娇声嫩语叫焙茗哥"(二十四回十三页上),说明了叫的是谁,比秃头哥哥,似比较明白些。是否合作者之意,却另一说。二、小红出场时的姓名,各本都用作者的口气来叙述的。如有正本说:"原来这小红本姓林,小名红玉,只因玉字犯了林黛玉、宝玉,便都把这个字隐起来,便叫他小红。"但这残本,却是在小红嘴里直接向宝玉报了名的,下文便也不再用作者的口气来叙了。

那丫头听说,便冷笑一声道:"爷不认得的也多,岂止我一个。我姓林,原名唤红玉,改名唤小红。……"(二十四回,十七页)

最特别的是二十四回的结尾一段。残本文字简短,又跟各本大不相同。如有正本"原来这小红本姓林"以下至结尾,约有三百七十字,这本却短得多,只有约一百四十字。兹抄录于下:

原来这小红方才被秋雯、碧痕两人说的羞羞惭惭,粉面通红,闷闷的去了;回到房中无精打彩,把向上要强的心灰了一半,朦胧睡去。梦见贾芸隔窗叫他,说:"小红,你的手帕子我拾在这里。"小红忙走出来问:"二爷,哪里拾着的?"贾芸就上来拉他。小红梦中(此处脱去一字)羞,回身一跑,却被门槛绊倒。惊醒时却是一梦。细寻手帕,不见踪迹,不知何处失落,心内又惊又疑。下回分解。(二十四回,十八页下至十九页)

这个写法跟各本大不相同。特别是结尾很好,描写她梦后境界犹在,以为帕子有了,细细去找;这仿佛苏东坡的《后赤壁赋》结尾的"开户视之,不见其处",似乎极愚,却极能传神。从心理方面说,把白天意识下的意中人在梦中活现了;又暗示后文手帕确在贾芸处,过渡得巧好。我认为这样写法善状儿女心情,不仅表示梦境恍惚而已。若一般的本子,如有正本:

那红玉急回身一跑,却被门槛绊倒唬醒,方知是梦。要知端的,下回分解。

便是照例文章,比较的平庸了。

(四)零零碎碎的异文,当然不能列举,略引三条:一、绣凤一把推开金钏,叹道:"人家心里正不自在,你还奚落他,趁这会子喜欢,快进去罢。"(二十三回四页至五页)这个推开金钏的人,各本俱作彩云,不作绣凤。二、春夜即事云"露绡云幄任铺陈,隔岸嚣更听未真。"(同回七页下)"露绡"各本俱作"霞绡";但"露绡"可能是错字。"隔岸嚣更",脂庚有正俱作"隔巷暮更"。甲辰本作"隔巷暮声",程甲本作"隔巷蛙声"。这当然也有些好坏,在这儿不能详辨了。三、那丫头穿着几件半新不旧的衣裳,到是一头黑鬖鬖的好头发,……(二十四回,十六页下)黑鬖鬖,脂庚作"黑真真",有正作"黑鬒鬒",甲辰、程甲并作"黑鸦鸦"。

从上面说的看来,这飘零的残叶,只剩了薄薄的一本,短短的两回,却有它鲜明的异彩。它是另一式的抄本,可能从作者某一个稿本辗转传抄出来的,非但跟刻本不同,就跟一般的脂评本系统也不相同(甲辰本虽不题脂评,实际上也是的)。这是此本最特别之点。书既零落,原来有多少章回当然不知道,却不妨武断为八十回本。再者,书名《石头记》,又称《红楼梦》,这也是旧抄本的普通格式。书无题记,年代也不能确知。其原底必在一七九一程伟元排印本以前,也似乎不成问题了。草草翻阅,姑记所见,质之西谛,以为如何。

二十　增之一分则太长

从前有好文章一字不能增减之说,我不大相信,认为过甚其词,说说罢了的。近校《石头记》,常常发现增减了一字即成笑话,方知古人之言非欺我者。

如第二十一回"贤袭人娇嗔箴宝玉",脂砚斋庚辰本有一段:

> 袭人冷笑道:"我哪里敢动气,只是从今以后别进这屋子了。横竖有人伏侍你,再别来支使我,我仍旧还伏侍老太太去。"

只说,"从今别进这屋子",谁别进这屋子?似乎上边缺一个字。再看有正本程甲本。引程甲之文:

> 袭人冷笑道:"我哪里敢动气,只是你从今别进这屋子了……"

通行各本大抵相同(有正本亦有"你"字)。"只是你从今别进这屋子了",意思虽比较清楚,这个"你"字却大可斟酌。你看,袭人如何能叫宝玉别进他自己的屋子呢?岂非把和尚赶出庙么?改为"我"字如何?如作"只是我从今别进这屋子了"也不通。袭人本在这屋里,只可出去,无所谓进;应该说"只是我从今别耽在这屋子了"才对。但本书文字又不是那样的。

有"你"字不通,换"我"字又不通,怎么办呢,干脆不要这个字,像上引脂本云云就结了。这句话根本没有主词的。没主词不成句,一般文法上虽如此说,却不能机械地用在文艺方面。

这里不但无须主词,且不能有主词,一有主词便呆了。袭人这句话的意思,确冲着宝玉来的。宝玉黑家白日跑到黛玉、湘云的屋里去,所以袭人说"从今以后别进这屋子了",是气话亦是反话,原当有"你"字的。不过在当时她的身份地位上,在本书的事理文义上,却不能说"你"。说了你,便不是袭人告退,而是她撑宝玉了。因此含胡其词,不说煞谁别进这屋子,好像宝玉,又好像她自己。说的是她自己指的却是宝玉,极"手挥五弦,目送飞鸿",灵活离合之妙。后人不知,妄增"你"字,虽只一字之差,却有仙凡之别。

二十一　减之一分则太短

更有因减一字而闹笑话的，也举一个简单明了的例子。如第十回"张太医论病细穷源"有这么一段：

> 旁边一个贴身伏侍的婆子道："何尝不是这样呢，真正先生说得如神，倒不用我们说的了。如今我们家里现有好几位太医老爷瞧着呢，都不能说得这样真切，有的说道是喜，有的说道是病，这位说不相干，这位又说怕冬至前后，总没有个真着话儿。求老爷明白指示。"那先生说："大奶奶这个症候，可是众位耽搁了。要在初次行经的时候就用药治起，只怕此时已全愈了。"（程甲本）

后来的刻本如程乙本、道光本均同。冲着婆子们说，则"众位"云云当然指婆子。这不大好懂。那先生为什么把秦氏患病给耽搁了的责任，都归在婆子们身上呢？她们能够管这个吗？我从前看到这儿，总觉得有些别扭似的。

再看有正本、脂庚本，这句话多了一个"那"字，作：

> 可是那众位给耽搁了。

这就一点不错了。"那众位"者，指太医院的大夫们，即张先生的同行也，言外自大有不满之意，妙合医生的口气。若删去"那"字指婆子说，不但不通得可笑，而且当面这样说人也不妥当。

"那"字在文法上大概叫指示形容词罢。有了"那"字和没有"那"字,一般说来好像差别不多;在有些地方呢,进出却很大,如这里便是,断断乎删它不得。

从这两个简单的例子来看,文章的确有一字不能增,一字也不能减的境界,并非前人故神其说,或夸夸其谈。从校勘《红楼梦》的工作里,完全证明了这个,因而借用宋玉赋里的话,题为"增之一分则太长,减之一分则太短"。

二十二 《红楼梦》下半部的开始

在本书第五十五回开端,脂砚斋庚辰批本(此本现藏北京大学)有一节文字:

> 且说元宵已过,只因当今以孝治天下,目下宫中有一位太妃欠安,故各嫔妃皆为之减膳谢妆,不独不能省亲,亦且将宴乐俱免,故荣府今岁元宵亦无灯谜之集。

这似无关紧要、不甚精彩的文字,且跟上文亦不很符合。本书第五十三,"宁国府除夕祭宗祠,荣国府元宵开夜宴";第五十四,"史太君破陈腐旧套,王熙凤效戏彩斑衣";两回接连,是非常热闹红火的场面,紧接本回却说"荣府今岁元宵亦无灯谜之集",好像过年过得很不起劲的光景。莫非作者忘了吗?翻过一页纸来立刻就忘,未免太怪了。

各本均缺,脂庚本独有这一段,虽似闲文,实颇紧要,必

须补入,分说如下:

(一)地位的重要。《红楼梦》原书一百多回,上半部与下半部在哪里分界?我以为应在五十四、五十五之间,即到第五十五回已入下半部。这一节文正在五十五回的开首,转关的位置上。

上下半部应在这里分界,须要说明。我们看五十三、五十四这两回花团锦簇的文章实有极盛难继之感。在本回已屡次暗示,例如:一、演戏是《八义观灯》,以春秋时晋赵氏之破败暗示贾氏。二、凤姐说笑话,开头非常热闹,子子孙孙的说了一大串,后来"冰冷无味",她自己说,"年也完了,节也完了"。她的第二个笑话是聋子放炮仗,一哄而散。三、那天直到后半夜的"晚会"最后的节目是打莲花落,满台抢钱(我疑心后来补书的,有说宝玉为乞丐,未尝不受此文的暗示),一言蔽之,这五十三、五十四两回,是书中热闹的顶点,以后便要急转直下了。

作者在五十五回开端即下这样文字,显然含有深意,并非他忘了,实系自己把前文给否定了,所谓繁华过眼、空花幻泡一般。要证明这个很容易:一、本书第一回,"好防佳节元宵后,便是烟消火灭时",好像只指甄氏英莲,实系统括全书。甲戌本脂评云"前后一样""伏后文"是也。这后半部书便实写这烟消火灭的实情。二、从五十五回起属后半部,还有一个更好的证明。本书第二回,讲金陵甄府,脂评云,"甄家之宝玉乃上半部不写者"。这里上半部下半部的分别有了明文。按五十四回前绝不提甄宝玉,讲甄宝玉在五十六回。所以分界应放在五十五回上,毫无问题。大段落的区分决定,便可以明了作者特提这几句话的缘由了。

(二)跟这个联带的,便有文章风格变异的说法。这仿佛音乐中的变调。戚本第五十五回有一总评甚好:"此回接上文,恰似黄钟大吕后转出羽调商声,别有清凉滋味。"这个感觉是不错的。我们读到这里好像"沉了下去"。《红楼》后半净是些清商变徵之声,即再有繁华场面,如"怡红夜宴"之类亦总不似从前,有些强颜欢笑,到了"品笛""联诗",无非哀怨,凄凉气氛入骨三分。这是人人共有之感了。

(三)从形迹方面看,有章法上的结上启下的关系。这里明文消缴上文两件事:一小事,一大事。所谓小事者,即第五十回"暖香坞创制春灯谜";大事者,即第十七回"荣国府归省庆元宵"。上文屡说要做了灯谜预备年下顽,到五十三、五十四回上写过年虽很热闹,却偏不曾顽这灯谜,似亦须有所说明。这还是小节,主要的是元春不再归省了。原来元春去时曾说,"倘明岁天恩仍许归省"(第十八回),直到第五十三回贾蓉还在那儿说,"再一回省亲只怕也就净穷了"。但从这回起却把省亲一事从此搁下不提。精确地说,本书所谓"极盛",当指归省而言,元春不复再归,即是"难继",正如第十三回秦可卿托梦凤姐时,所谓"瞬息繁华,一时欢乐,盛筵必散"。本书屡屡表出这个意思,如四十三回写凤姐做生日亦然。不过到了第五十四回上,便算真到了顶点,以后明明白白地走下坡路。所以这几句不仅近结五十三、五十四两回,并从五十回往前到四十三回,再往前到十七回,虽寥寥短语,而全篇筋脉俱动,上半部就此结住。

至于"启下",更为明显。如第五十八回,"谁知上回所表的老太妃已薨",这句话现行各本都还有的。所谓"上回",即五十五回,所谓"所表",即"太妃欠安"也。脂庚本固合,各本俱不可通。照这些本子,又何尝表过这位老太妃呵,岂非在那里自己说梦话。这样明白的错误,不用多说了。然即此可见这段文字的删掉或残缺,是不对的。

老太妃的死写得如此隆重,恐有当时实事作为背景的,疑指康熙通嫔之死。因她是康熙的妃子,从乾隆时说来称为老太妃,详见《红楼梦的著作年代》一文中。

在文章的布局上,这样一来便于贾母、王夫人比较长期离开荣府,生出种种嘈杂打岔的琐事。各本在此没法可删改,也只好留着,却忘了和上文已不接头了。

二十三　秦可卿死封龙禁尉

本书叙秦可卿之死每多微言,已见《红楼梦研究》。这儿谈一个版本上的问题。第十三回"秦可卿死封龙禁尉",照脂砚斋评看来,原作"秦可卿淫丧天香楼",后来删改本文,连目录也改了,改得似乎不妥,我曾这样说过:"秦可卿丈夫捐得龙禁尉,似乎也不应该说秦可卿死封龙禁尉呵。"文字上的毛病且不去说它。

首先要说,龙禁尉在满清时代,并没有这样的官名,大约暗射乾清门侍卫之类。有些官虽可以捐,而"侍卫"这一种缺,皇帝贴身的近卫,向例不能捐的。书中说捐官已非事实,而且说死封龙禁尉,果然当真封了,也没有什么奇怪的。好顽在似乎并没有封。我们且看本回的文字:

> 贾珍因想着贾蓉不过是个嚼门监,灵幡经榜上写时不好看,便是执事也不多,因此心下甚不自在。……戴权道:"……如今三百龙禁尉短了两员……既是咱们的孩子要捐,快写履历。"

明说要捐这龙禁尉了。龙禁尉到底有多么大呢?它的品级下边也有明文:

> 起一张五品龙禁尉的票,再给个执照。

五品龙禁尉真就那样的大、那样的阔吗?本是瞎说。后来,果然在灵幡经榜上写了。在十三、十四两回共有三处,自乾隆甲辰抄本,有正书局的戚序本,程伟元初次排印的本子以及各种坊本大都这样写着的;兹引较早的甲辰本:

> 灵前供用执事等物俱按五品职例。灵牌疏上皆写天朝诰授贾门秦氏宜人之灵位。
> 僧道对坛,榜上大书世袭宁国公冢孙妇,防护内廷御前侍卫龙禁尉,贾门秦氏宜人之丧。(十三回)
> 前面铭上大书诰封一等宁国公冢孙妇,防护内廷紫禁道,御前侍卫龙禁尉,享强寿贾门秦氏宜人之灵柩。(十四回)

这无论如何看不出任何错处,五品封宜人,谁都知道的。

但看脂砚斋乾隆己卯本、庚辰本,偏这三处的"宜人"都作"恭人"。若说明显的笔误,抄写之误罢,却不能一连三处都错,若说作者连三品恭人五品宜人都搞不清楚罢,他还写什么《红楼梦》呢。况且脂本十三回"灵牌疏上"云云的上文也作按"五品职例",上面方说五品,下面接写恭人,可称矛盾之至!难道他立刻就忘了吗?

这明系特笔,在秦可卿这一段书上的特笔。恭人既是三品封,那么谁是三品呢?本书却有明文,即上文所说的履历:

上写着:"江南应天府江宁县监生贾蓉,年二十岁。曾祖原任京营节度使,世袭一等神威将军贾代化。祖丙辰科进士贾敬。父世袭三品爵威烈将军贾珍。"(甲辰本)

原来这三品是贾珍的品级,却无端移到秦可卿的灵牌、经榜、铭旌上去了。这个写法,是没情没理的"硬来",作者之意也就深切著明到了极处。他似乎要让咱们相信,因为要摆阔,要好看,要面子才捐这个官的,其实满不是那么一回事。不管五品的龙禁尉也罢,三品的威烈将军也罢,就该这样排场的吗?上文说过龙禁尉根本不能捐,捐官已是谎话;为了排场阔绰而捐官,更是谎而又谎。所以这品级即使写对了,也并不真对;搞错了,也没有关系。作者却借这个,故意卖个破绽给我们瞧。换句话说,作者虽把"淫丧天香楼"的文字删去了,却另外用一种笔法来写这回书。校刊各本的人不明了这个,用官制的常识来衡量,简单的改为宜人,自然一点不错,表面上的破绽矛盾都消灭了,作者之意也因而不见。且对原意不免有所误解,真好像捐了龙禁尉才能这样阔绰,忘了如此写来反而不通。即作者在这龙禁尉、三品封、五品封等处用的本是虚笔,虽然自相矛盾,反乎常识,倒不大要紧;后来各本使他合理化了,便坐实了。一用实笔,反与全篇发生真的矛盾。我们都想问,一个五品封的宜人,为什么这样阔?这也可以说虽误不误,不误反误之例,不过要多绕一些弯子才可明白罢了。

看《红楼梦》一书,现实荒唐每相交错,说现实,便极现实,说荒唐又极荒唐,如用"胶刻"的方法来考证它,即处处发生障碍。这儿不过举例来说明。作者写秦氏之丧多微词讽刺,并不止这一处,但这"一字之差"却是画龙点睛之笔。

二十四　葯官葯官藥官

本书里藕官有一个情侣,叫做……。今本作什么藥官。用吃药来取名够古怪的,莫非是芍药花吗?

> 芳官道:"他祭的就是死了的藥官儿。""藥官是小旦。""藥官儿一死。"(亚东一九二七排本第五十八回一七页)

三处俱作"药"。有正本呢,却发现一件好玩的事,三处却有了异文。

> "他祭的是死了的藥官。""藥官是小旦。"

俱作药。但下文却作"药官一死",不写"藥"字了。

"藥""药"本是两字,但通俗每把这"药"当作"藥"字的简笔小写用,这由来已久了。传统的刻本石印本,如程甲本、道光本、光绪本,这三处文字俱作"藥"。旧抄本如甲辰本亦同。因为"药"是香草,《楚辞·湘夫人》"辛夷楣兮药房"。王逸注:"药,白芷也。"她以香草为名,自比用很苦的"药"来取名要合理些。有正本校者或抄写者大约已在误认"药"为"藥"的俗体,改了两个,还剩得一个没有来得及改的"药"。到亚东校者便更不客气,一切校正清楚了。

作"药"的固比作"藥"的好,但"药"也是讹字。脂庚辰本正作"菂"。这"菂"字很好,"菂"是莲子,与"藕"配合。这五十八回"杏子阴假凤泣虚凰,茜纱窗真情揆痴理",在《红楼梦》全书非常重要。藕、菂二官的身世实为将来的宝、黛二人作影,已详另篇。很明显的,"菂""药"字体相近,"菂"之一误为"药"原系抄写的形误。同时"药"为香草的一种,也还适合女子取作名字。后人却并忘却古字古谊,反认"药"为"藥"之俗体。俗体要不得,不如把它改正了吧,于是再误。始而传讹,继而妄改,自己以为合理,殊不知越来越错。校理唐宋以来小说戏曲的人每将俗字改写正体,这虽是对的,但也必须特加小心。你认为错字的,它也未必准错。即使是错字,你也不一定能够知道它究竟是哪一个字的错。假如不知道清楚就去改,会不会越改越错呢?我想,这是很可能的。

二十五　宝玉喝汤

整理古书工作的基础应该是校勘。校勘工作没有做好，其他的工作即如筑室沙上，不能坚牢。如标点注释都必须附着本文，若本文先错了，更从何处去安标点下注解呢。这是最浅显的事理。这儿举本书一个最明白的例子来说明。

《红楼梦》第五十八回，一般的本子都有这么一段文字，兹引甲辰本之文：

> 一面又看那盒中却有一碗火腿鲜笋汤，忙端了放在宝玉跟前，宝玉忙就桌上喝了一口，说道好汤，众人都笑道，菩萨能几日没见荤面，馋得这样起来，一面说，一面端起来，轻轻用口吹着；因见芳官在侧，便递与芳官说道，你也学些服侍，别一味呆憨呆睡，口儿轻着些，别吹上唾沫星儿。（程甲本、道光王本、光绪《金玉缘》本、亚东排本大致相同。）

因不好标点，只简单地断了句。这段文字显然有错误，再看脂庚本则不如此，引脂庚本略加校正如下：

> （上略）宝玉便就桌上喝了一口，说"好烫"。袭人笑道："菩萨能几日不见荤，馋的就这样起来"；一面说，一面忙端起，轻轻用口吹；因见芳官在侧，便递与芳官，笑道："你也学着些伏侍，别一味呆憨呆睡，口劲轻着，别吹

上唾沫星儿。"

这两个系统的版本的主要差别有两点:(一)宝玉所说"好汤"与"好烫"之异;(二)"袭人笑道"与"众人都笑道"之异。先说(一)点:假如作"好汤",文理固未尝不通;但不过一碗火腿笋汤罢了,宝玉又何必说好汤。从下文看,细细地描写吹那汤,可见这碗汤很烫。若汤不烫,又何必这样你吹我吹的呢。作"烫"的自优。其所以致误,则因二字形音俱近,容易缠错。照古义说来,汤是开水,本来很烫的,烫可作为汤之俗体看;但却不便应用于近代的白话小说上。音讹形讹之外,我还有一个说法,便是妄改,可能即从下文的馋字发生了误解。要形容嘴馋,必须说"好汤";会不会有人这样想?殊不知说"好汤"固然十足地形容馋,说"好烫"也未尝不形容馋,且更觉形象化哩。脂庚本评"画出病人",评得不错。他急不及待去喝那汤,才烫了嘴呵,无怪下文袭人笑他嘴馋了。

就(二)点来说,牵涉文义更广。表面地一看,作"众人都笑道"也是非常不妥的。宝玉才喝了一口汤,那起丫头们便群起而笑之,"你多们馋呵。"这情景已很奇怪。再看下去,上文既作"众人都笑道",下文的"一面说"乃承上之词,当然还在指众人,那么"一面说,一面端起"(汤),谁端起呢?"一面说,一面端起",联络之语,中间不能切断的。端起来,轻轻地用口吹;谁吹?因见芳官在侧,递给芳官;谁递?更教训芳官一番话,谁教训?若说全是某一个人,则书上没有明文,而且文字连连络络的下去,无从中断。我们不得不定为这惟一的文法上的主词为"众人"。"众人"这个主词管着一连串的动作:仿佛异口同声地笑话宝玉,一齐端起汤来,一齐用口吹,一齐把碗递给芳官,再异口同声地去教导她。世上可有这事?若不是这样,又应该哪样?《金玉缘》本太平闲人夹评稍稍见到了这个,在"轻轻用口吹着"下评曰"是谁吹?""别吹上唾沫星儿"下评曰"吹汤人未明指,而语气恰是晴雯。"他曲为之说,假定为晴雯。书上既没说,他从何处知道。总算他看到这点,亦可谓"读书得间"了。

改从脂本,则文字平顺,情事恰合。以袭人平日的地位,自不妨对宝玉略致嘲笑,一也;她自然地拿起汤来吹,二也;她把汤递给芳官,教她怎么吹,责备她还带着一些招呼的意思,正合袭人的身份、行为和性格,三也。晴雯尖酸,这些话算她说的,不很恰当,可见太平闲人是猜错了。本为袭人一人的事,文字连串,自无问题。

这致错误的原由,我揣想先把"袭人"误作"众人";既曰"众人",便又加了一"都"字,成为今本这样子。但作"众人笑道"的版本现在并没有,这无非空想,不必多说了。

错误的文字必发生矛盾,用旧式的句读或竟不句读,还可马虎得过去;若加上新式标点,这矛盾立刻突出、尖锐化起来,使你不解决它不成。按今本的文字,不能切断。切断便没有主词,立刻发生这些事"谁干"的问题。亦不能连连不断,不断只有一个主词,又发生"一齐干"的问题。无论啥事,大家一齐来。举一实例,咱们且看亚东本(新近作家出版社本大致相同):

宝玉便就桌上喝了一口,说道:"好汤!"众人都笑道:"菩萨能几日没见荤腥儿?就馋的这个样儿!"一面说,一面端起来,轻轻用口吹着;因见芳官在侧,便递给芳官,说道:"你也学些伏侍,别一味傻顽傻睡。嘴儿轻着些,别吹上唾沫星儿。"(第五十八回一五页)

分明众人一起在吹,试问这碗汤宝玉他还喝不喝了。

这倒不怪今本标点得坏,因为照这文字,谁也无法标点得太好。基本上不是标点好坏问题,而是该不该、能不能标点的问题,也就是校勘上的问题,如本文开头所说。

就标点而论,我也有两句题外的话。自有新式标点以来,在文化事业上立功固多,造下的罪过、闹出的笑话也实在不算少了。有了标点,使你看文章比较容易明白,有时却使你更加胡涂起来,应了俗语所谓"你不说我还明白,你越说我越胡涂了"。我们不能因噎废食,但下标点的必须特别小心,看书的人也须时时警觉,自求文义,别一味依靠这拐棍儿。有些古书用新式标点根本上有困难,在这里不能多说了。

二十六　作者一七六〇年的改笔

第九回闹学堂后段,记宝玉的话,从乾隆己卯(一七五九)到一九五三年的本子,大致均同。兹录脂砚斋己卯本为例:

> 瑞大爷反派我们的不是,听着人家骂我们,还调唆他们打我们。茗烟见人欺负我,他岂有不为我的。他们反

打伙儿打了茗烟,连秦钟的头也打破,这还在这里念什么书。

直到晚近的本子都这么写着的,好像没有错。但看脂砚斋庚辰本(一七六〇)却不如此。

大爷反倒派我们的不是听着大家骂我们还调唆他们打我们茗烟连秦钟的头也打破这还在这里念什么书茗烟他也是为有人欺负我的不如散了罢。

仔细地看,方知此本之佳,而各本皆误。尤有兴味的,己卯本那样,庚辰本这样,表示这段文字是曹雪芹在一七五九年到一七六〇年之间改动的。他为什么要这样改动?想必因这里宝玉的言语与上文事实必须相符之故。

先言各本之谬。如说"还调唆他们打我们",但他们并没打秦钟和宝玉呵。又说"他们反打伙儿打了茗烟",打茗烟事诚有之,不过并没有大伙儿打。几时群众起来大打茗烟呵?照这叙述,似乎他们先要打宝玉秦钟,然后茗烟进来帮宝玉,又打了茗烟,最后把秦钟的头也打破了。读者试检上文是这样的么?既不是这样,岂非宝玉在那边讹诈人,造谣生事,颠倒黑白吗!无论如何,这跟书主人宝玉的身份和个性是决不相当的。

再言庚本之佳。复引前文,加以点句:

大爷反倒派我们的不是,听着大家骂我们,还调唆

> 他们打我们茗烟,连秦钟的头也打破,这还在这里念什么书。茗烟他也是为有人欺负我的。不如散了罢。

与前例相反,句句都符合事实的。"我们茗烟"四字连读,我们茗烟者,对李贵而言,犹说咱们的茗烟也。上文所谓:

> 哪里经得舞动长板,茗烟早吃了一下。

则说"打我们茗烟",当然是事实。"连秦钟的头也打破"者,是他们也不曾安心打秦钟,含有误打误撞的意思。如上文:

> 秦钟的头上早撞在金荣的板上,打起一层油皮。

书上不说金荣的板子打着秦钟,却说秦钟的头撞在金荣的板上;所以宝玉这里也只说"连秦钟的头也打破"了。连者,牵连之意。讲起茗烟的闯祸来,他说:

> 茗烟他也是为有人欺负我的。

这句话文理虽不很好,意却可通,而且也不坏。茗烟捣乱虽然不对,他也为有人欺负了他主人才这样的。宝玉话中自有回护茗烟之意。末了说:

> 不如散了罢。

这句总结，有行为上的决定性，也断不可少。若如各本"还在这里念什么书"，以仅仅商量口气作结，还是不大够的。李贵劝"哥儿不要性急"云云，针对这"不如散了罢"而发。

经过仔细分析，方知脂庚本此处绝佳，言言恰当，字字精严，口气之间妙有分寸，合于当日宝玉的身份，也合于《红楼梦》书主人的地位，其为作者最后定稿无疑矣。

二十七　林黛玉谈诗讲错了

《红楼梦》中文字有各本皆同，实系错误，又不曾被发现的。如第四十八回，香菱跟黛玉学诗，黛玉告诉她说：

> 平声对仄声。虚的对实的，实的对虚的。若是果有了奇句，使平仄虚实不对，都使得的。

好像不错，实则大错而特错。当真做律诗，把虚字对实字，实字对虚字，岂不要搞得一塌胡涂？难道林黛玉这样教香菱而《红楼梦》作者又这样教我们么？这是承上文"平声对仄声"，句法顺下，因而致误。恕我不客气说，恐非抄者手底之误，实为作者的笔误。语曰："智者千虑必有一失。"此殆万虑中之一失也。

我向来不赞成"以意改字"，但碰到有些情形又当别论。像这样明显的错误应当校正的。因为这儿发现的错误，不仅从做诗的实际分明看得出来，即从本书的文字说，也同样的分明看得出来。

平声对仄声,当然仄声对平声了。虚的对实的,当然实的对虚的了。这还用说吗,每样一句就足够了。试看平对仄,本书只有一句:

平声对仄声。

这是不错的。但虚之对实偏是两句:

虚的对实的,实的对虚的。

为什么?一句不也够了?下文以"平仄虚实"平列连称,这儿偏用两样的句法,岂不表示情形本有点不同。平对仄,仄对平(恕我这样啰苏地说),而实不对虚,虚不对实,所以平仄一句而虚实两句,作者偶尔笔误,忘记校正,事或有之,而文理未尝讹谬,亦无冗赘,固无伤其日月之明。其原本当作:

虚的对虚的,实的对实的。

可谓毫无疑问的了。从《红楼梦》的语法文法看,本来如此,则这样的改法既不同用做诗的方法来硬扣,亦非以意改字,只是以《红楼梦》来改《红楼梦》。而且这样性质的错误,若再不改正,未免对不起读者了。

这条例子固最浅近;惟其浅近,更值得我们的注意,因往往会失之眉睫之间也。

二十八　曹雪芹画像

曹雪芹的画像,前闻陶忆园先生说,在上海曾看见两种:(一)蒋家一直幅,(二)李家一手卷。后陶复晤蒋,蒋则云初未收藏此画。李藏手卷,顷有照片流传。据陶先生云两帧相貌相同,自属可信。画像胖胖的,微须,眉梢下垂。裕瑞《枣窗闲笔》云:

> 闻前辈姻戚有与之交好者,其人身胖头广而色黑,善谈吐,风雅游戏,触境生春。闻其奇谈娓娓然,令人终日不倦,是以其书绝妙尽致。

所记形貌,与画像又相合,可以帮助证明此画像的真实性。

李藏画卷为王南石所绘,画上却未题"雪芹"字像,只有一标签,书明悼红轩小像,系后人所题,闻后尚有跋语甚多,均未得见。顷从叶遐庵先生处得读李祖韩君致遐老一笺,述说画像者及诸题跋,节录于下:

> 曹雪芹像卷昔年曾经鸿题,后为友人借久不归,致无法钞录。上次寄呈照片,系前为《美术周刊》所摄底片重印者。当时韩附有题识一则云:"此独坐幽篁图小像,乃王南石为雪芹所绘者。南石名冈,江苏南汇人,黄本复弟子,乾隆庚寅年卒(见《画史汇传》)。近人谓雪芹生于康熙卒于乾隆三十年左右,果尔,则雪芹绘此像时当在

晚岁矣。题咏有皇八子(有宜园印)、钱大昕、倪承宽、那齐、穆礼、钱载、观保、蔡以鏊、谢墉等，皆一时闻人。近时又经樊樊山、朱彊村、冯煦、褚德彝、叶恭绰等题跋，尤为可贵。"

其言虽不详，然因此可知画者生平、年代及题跋者姓名，此图当非伪作也。

二十九　香菱地位的改变

香菱在《红楼梦》是非常重要的一个人，她首先出场(第一回)作者特致珍重惋惜之意，名曰"英莲"实"应怜"的谐音，与"娇杏"之为"侥幸"相对待。"应怜"云云不仅对香菱一人说，实包括书中的十二钗，即大观园中一切女子而言。如十二钗之"元迎探惜"即谐音"原应叹息"，亦与"应怜"相同。作者之意非常显明的。

还有一点，香菱有列在副册或又副册的问题，在一般本子都把她列在副册之首。在脂砚斋批里则有两种不同的说法：一说在副册，又一说在又副册。这矛盾的情形表示作者对她的列入册子当时也经过一番游移的。最后大约仍把她列入副册罢。

这里牵涉到《红楼梦》一个比较基本的观念，就是在封建家庭地位高的，它不一定是赞美；地位低的，它不一定是瞧不起。而且正相反，越是占高位的，越贬斥得厉害；越是地位卑微，越对他表示同情。《红楼梦》作者就用了这个方式来初步批判了封建家庭。因此提高身份不等于褒,降低身份不等于贬,似乎颠倒,实很深刻,后来续书如高鹗的后四十回,因为同情平儿,凤姐死后便说把她扶正。这充分地表明了他不懂得曹雪芹的意思。

现在谈到香菱地位改变的问题。香菱有姨娘的身份,见于本书第十六回凤姐的话:

> 也因姨妈看着香菱模样儿好,还是末则,其为人行事却又比别个女孩子不同,温柔安静,差不多的主子姑娘也跟他不上呢。故此摆酒请客的费事,明堂正道的与他作亲。

这比袭人平儿她们的身份总要高一点。但到了第八十回上却把香菱的境遇写得非常的不堪,成为一个被虐待的小丫头了。

> 今夜令薛蟠和宝蟾在香菱房中去成亲,命香菱过来陪自己先睡。先是香菱不肯。金桂说,他嫌脏了,再必是图安逸,怕夜间劳动伏侍。……薛蟠……忙又赶来骂香菱"不识抬举,再不睡,就要打了"。香菱无奈,只得抱了铺盖来。金桂命他在地下铺睡。香菱无奈,只得依命。刚睡下便叫倒茶,一时又叫捶腿,如是一夜七八次,总不使其安逸稳卧片时。

香菱受夏金桂的压迫折磨而死,在第五回册子上原有

"自从两地生孤木,致使芳魂返故乡"这样明文的,续书人不了解,以致搞错了。这早已说过,不在话下。(《红楼梦研究》四四、四五页)她的地位忽然猛跌,表面上似乎因金桂的欺凌,实际上并不如此简单,主要的还是薛蟠的态度骤然变了。何以骤变,则与宝玉有关。细看本书,其中蛛丝马迹历历可循。

第四十八回"滥情人情误思游艺,慕雅女雅集苦吟诗",作者费了许多的力量使香菱进了大观园。在脂砚斋庚辰本有一段长批说明这创作时心理的经过,这分明是作者自己批的。他费了这么大的气力,难道果真只为让香菱学作诗吗?恐怕没有那么风雅呵。主要的要写这"呆香菱情解石榴裙"。这第六十二回原是很可注意的一回书。《金玉缘》本护花主人评曰:

> 宝玉埋夫妻蕙并蒂菱,及看平儿鸳鸯梳妆等事,是描写意淫二字。香菱叫住宝玉红了脸,欲说不说,只嘱裙子的事,别告诉薛蟠,脸又一红,情深意厚,言外毕露。

大某山民评曰:

> 香菱换裙时有人在侧,伴教宝玉背过脸去,及袭人既走,即来拉手,以后脸红脉脉,至半晌方云裙子的事。其蝶媟之痕,西江不能濯也。

试引本回最末一节文字:

香菱复转身回来，叫住宝玉。宝玉不知有何话说，扎煞着两只泥手，笑嘻嘻的转来，问作什么。香菱红了脸，只管笑，嘴里却要说什么，又说不出口来。因那边他的小丫头臻儿走来，说二姑娘等你说话呢。香菱脸又一红，方向宝玉道："裙子的事，可别和你哥哥说就完了。"说毕，即转身走了。宝玉笑道："我可不疯了，往虎口里探头儿去呢。"

拿这一段文章和上文所引诸评来参看，知道他们原说的不错，不过也还没有说得很透彻，因这里又在搞微词曲笔了。表面一看似无问题，再看去便觉得不通，必须细看细想，方知作者用意的深刻。我们试想：香菱为什么要叮嘱宝玉这些话？难道不叮嘱，宝玉真就会告诉薛蟠：我曾如何如何调戏你的爱妾吗？这在情理之外，绝对不可通的。难怪宝玉说："我可不疯了。"

这话得分"事理"和"文理"两面来看。就"事理"说，不但无此必要，而且这样写法根本上不通。就"文理"来说，又必须这样，才能表示宝玉、香菱的关系，如评家所云是也。这"事理"跟"文理"是矛盾的，而作者恰好通过这矛盾来说出他的真意所在。这里原有个破绽的。惟其有破绽，才便于读者的觉察，并非当时说话真正如此。质直言之，宝玉跟香菱有必须瞒着薛蟠的事。

再说薛蟠一边。薛蟠号为"大傻""呆霸王"，其实这个人的性格很不单纯，这里暂不能详说，只提出一点来。薛蟠是非常嫉妒，而且时时刻刻害怕宝玉偷他的爱妾，所以香菱进园是一个重要的关键。及她再出园,薛蟠的态度马上就变了。好像香菱直被夏金桂逼死,其实何尝如此。薛蟠真喜欢香菱,难道不会"宠妾灭妻"么?

这儿恕我提起一段怪文,一段老话,趁这机会我对《红楼梦研究》修正一点,因这段文字原系《红楼梦辨》的旧文:

> 戚本虽也有好处,但可发一笑的地方却也不少。如高本(即程刻本)第二十五回,"贾政心中也着忙,当下众人七言八语……"文气文情都很有贯串,而戚本却平白地插进一段奇文,使我们为之失笑。
>
> 贾政等心中也有些烦杂,顾了这里丢不了那里。别人慌张自不必讲,独有薛蟠更比诸人忙到十分了,又恐薛姨妈被人挤倒,又恐薛宝钗被人瞧见,又恐香菱被人臊皮,知道贾珍等是在女人身上做工夫的,因此忙的不堪;忽一眼瞥见了林黛玉风流婉转,已酥倒那里。当下众人七言八语。……
>
> 不但文理重沓,且把文气上下隔断不相连络。评者反说"忙中写闲,真大手眼,大章法!"这也是别有会心了。(第八十九页)

在这里我不赞成戚本(脂本也如此),对于脂评也不赞成,像这样的说法是浅薄的。因为那时不曾联想到薛蟠、香菱、宝玉等人的复杂微妙的关系,只觉插进这一段怪文不大通顺。现在看这段怪文仍有这样的感觉,不过认为作者原稿的确如此。这里说明"又恐香菱被人臊皮",又明说"知道贾珍等是在女人身上做工夫的"。"贾珍等",只一个"等"字便包括宝玉在内了。其实以《红楼梦》而论,宝玉是书主人,贾珍虽领衔反是陪客。此句若改为:"知道宝玉是在女人身上做工夫的"。便明白晓畅之至了。不过这样过于现露了,又非作者之意。必须将前后文统看,方知这段怪文大有用处,不该删去的。

香菱地位的降低是作者的特笔。他为薄命女儿抒悲,借香菱来写照。就身份而论确是贬;然而这个贬正是作者对她同情最多、最深切的地方,又最容易引起读者同情的地方,这就是褒。所谓褒,不一定封王封妃;所谓贬,不一定作婢作妾,甚至于可以反过来说。至于假如把她列入又副册呢,其理由相若,也决不是贬。看十二钗册子,以为"正"最重要,"副"次之,"又副"又次之,这是从形式上看问题。譬如晴、袭二人都在又副册,试问《红楼梦》中人物还有比她俩更煊赫的么。香菱若与之同列,其重要并不减于她为副册的首座。作者一度想把她列入又副册,恐怕是这个原由罢。

三十　曹雪芹自比林黛玉

近来人都相信曹雪芹以书中人宝玉自寓生平,甚至于有想得过分,讲得过火的,仿佛书主人贾宝玉一举一动都代表曹雪芹似的。这样的说法,非但是错误,不能解决什么,而且不必要,还会生出更多的麻烦来。我在《红楼梦简论》里曾经谈过一点,这儿只提出"曹雪芹为什么也可比林黛玉"那样的问题,来破除这类迷惘的见解。

我曾说过书中人谁都可代表作者的一部分,却谁都不能代表他的全体;又说假如宝玉的《芙蓉诔》有资格收入曹雪芹的文集,那末黛玉的《葬花诗》岂不同样同等有这样的资格么?因此有人拿林黛玉来比曹雪芹,作者且以之自比,似乎很奇怪,实在一点不奇怪。所以觉得奇怪,只为咱们被"自传说"所惑,一死儿把作者曹雪芹拴在贾宝玉的身上哩。

脂砚斋甲戌本第一回在"满纸荒唐言,一把辛酸泪"上眉批:

能解者方有辛酸之泪,哭成此书。壬午除夕,书未成,芹为泪尽而逝。余尝哭芹,泪亦待尽。

"芹为泪尽而逝"一句,再明白没有了,评者拿雪芹来比书中人林黛玉。按"还泪"之说见于第一回,兹录庚辰脂本之文:

那绛珠仙子道:"他是甘露之惠,我并无此水可还。他既下世为人,我也去下世为人,但把我一生所有的眼泪还他,也偿还得过他了。"因此一事就勾出多少风流冤家来陪他们,去了结此案。那道人道:"果是罕闻,实未闻有还泪之说。"

"泪尽"之说见于第四十九回:

黛玉拭泪道:"近来我只觉心酸,眼泪恰像比旧年少了些的,心里只管酸痛,眼泪恰不多。"宝玉道:"这是你哭惯了心里疑的,岂有眼泪会少的。"

若其他黛玉每哭哭啼啼都不引了。"欠泪的泪已尽"是林黛玉有名的故事,为什么拿她比雪芹呢?不但此也,甲戌本第一回另有两条脂评,更进一步地表现了这个。

知眼泪还债大都作者一人耳,余亦知此意,但不能说得出。

眼泪还债只有作者一人知道,可见这事与作者有非常密切的关系了,这且不说。其另一条似更有关系,在"绛珠草一株"本文旁,夹批云:

点红字。细思绛珠二字岂非血泪乎。

这不但把林黛玉来比曹雪芹,简直用"绛珠仙草"来比。你怎么知道?按"血泪"之说见于甲戌本开首题诗:

字字看来都是血,十年辛苦不寻常。

血泪云云明为作者真实的自叙。绛珠即血泪的影射,其可以比曹雪芹,不但应该这样,而且是惟一可能的合理的比喻,即上文所谓"知眼泪还债大都作者一人耳"。

或者有人会说这都是批者的话,作者自己似乎不曾这样说。他有血泪,林黛玉亦有血泪,但他几时把黛玉跟自己拉扯在一块呢?不错,这是批者的话。但这样的话已分明代表了作者的意思,把"血泪"跟"绛珠"合起来看,决不算胡拉扯,这姑且都丢开。实在,作者自己也这样说了。如上引"字字看来都是血,十年辛苦不寻常"已是作者的话,尤值得注意的是上边的两句诗:

  谩言红袖啼痕重,更有情痴抱恨长。

这分明上一句说林黛玉,下一句指自己。翻成白话,即"莫说美人爱哭,情痴的人亦复如此"。雪芹自己既这样说了,那"甲午八月"的评称为"泪尽而逝",不管是脂砚还是畸笏吧,反正深得作者之意。若雪芹没有这样的意思,没有这样说过,则脂砚、畸笏之流如何能把书中的女子来比雪芹呢?

  上文历历证明"的确已如此",下文说"为什么要如此",这样写法有什么意义。我认为这问题的解答也很必要的。

  "还泪"之说本是寓言,作者借此发发牢骚而已,既非真有那么一回事,依小说里情事来讲也很不通。据书上说,绛珠要报神瑛的恩,所以把眼泪来还他。但还了泪,神瑛有什么好处呢?没有。像《红楼梦》里林黛玉这样的哭哭啼啼,宝玉是非常的糟心。最后她"泪尽夭亡",当然更糟。以之报恩,无乃颠倒。可是这非但是神话,且是虚而又虚之笔,用笔虽虚,感慨却是真实的。主要的意思毕竟只是:

  满纸荒唐言,一把辛酸泪。都云作者痴,谁解其中味。

谩言红袖啼痕重,更有情痴抱恨长。字字看来都是血,十年辛苦不寻常。

即另一脂评所谓:

以顽石草木为偶,实历尽风月波澜,尝遍情缘滋味,至无可如何,始结此木石因果,以泄胸中悒悱。古人云,一花一石如有意,不语不笑能留人,此之谓耶。

这里说明"木石因果"并属他自己而言。石既如此,木亦当然。雪芹以黛玉自寓只在这一点上,不过"夺他人的酒杯浇自己的垒块",并非处处肉肉麻麻将美人来比自己,像后来才子佳人鸳鸯蝴蝶派的小说一般。这一点我最后必须郑重说明的。不然,才脱了一重魔障,又掉到另一个迷魂阵里去了。

三十一　梨园装束

《红楼梦》虽是现实主义的名著,其中非现实的部分却也很多。为什么这样,我想到的有两层:(一)浪漫主义的成分;(二)因有所违碍,故意的回避现实。这两层也不大分得开的,皆所谓"荒唐言"是也。不明白这个,呆呆板板考之证之,必处处碰壁。譬如它的官制非明非清,它的称呼非满非汉,它的饮食未必好吃,它的活计未必好做等等。这儿举一例子,请看北静王爷的打扮。

> 话说宝玉举目见北静王水溶,头上带着洁白簪缨,银翅王帽,穿着江牙海水五爪坐龙白蟒袍,系着碧玉红鞋鞓带。面如美玉,目似明星。(第十五回)

清朝"王爷"的装束吗?不是的。那又是甚么?原来这是晚明阮胡子的一身打扮,当时人讶为梨园装束的。夏完淳《续幸存录》曰:

> 阮圆海誓师江上,衣素蟒,围碧玉,见者诧为梨园装束。钱谦益家妓为妻者柳隐,冠插雉尾,戎服,骑入国门,如明妃出塞状。大兵大礼皆倡优排演之场,欲国之不亡,安可得哉。

素蟒袍,碧玉带,真够漂亮的呵。阮胡子既云偷自梨园,而曹雪芹偏给北静王穿上,岂无深意。像这样的"流传有绪",真是"备致嘲讽"。

《红楼梦》一书如看呆了,认真了,果然不对;若以为失真,便怀疑它的现实性,那是更错。其实作者自己说得最明白:

> 满纸荒唐言,一把辛酸泪。

真与非真,当作如是观。以非现实的荒唐无稽之言来表示真情实感的辛酸之泪,这是本书的特征,种种笔法由此而生,种种变局由此而幻,而种种误会曲解亦由此而起。我常说

《红楼梦》是中国有文字以来的一部奇书，读者听者恐不免稍稍疑惑，或以为卖药的自夸药灵，过甚其词；或以为空言赞美不很切实，殊不知我确有此感，只言词笨拙，不能形容其百一罢了。

三十二　宝玉想跟二丫头去

《红楼梦》多用虚笔。所谓虚笔者，指既不必符合事实，且似于书中的情理亦不允惬，或过重，或过轻，或所言在此而所感在彼，……总之他不愿意分明地说，如实地说的。为什么要这么写？动机各各不同，高低总有他的理由。如第五回说宝钗对黛玉浑然不觉，而宝钗决不会不觉。第十五回说馒头庵因发面而得名，其实何尝是那么一回事。第六十二回末，香菱对宝玉说不要告诉薛蟠，事实上宝玉本不会说的，香菱决无须叮嘱，作者有意要告诉我们罢了。第六十九回说，大夫因尤二姐的貌美着迷而用错了药，事实上是凤姐买嘱的。以上各例，有些已另文说明。

亦有后人不知虚笔的用处而妄改的，这儿举第十五回的二丫头为例：

> 只见迎头二丫头怀里抱着他小兄弟，同着几个小女孩子说笑而来，宝玉恨不得下车跟了他去，料是众人不依的，少不得以目相送，争奈车轻马快，一时展眼无踪。

再看程甲本，则作：

却见这二丫头怀里抱了个小孩子,想是他的兄弟,同着几个小女孩子说笑而来,宝玉情不自禁,然身在车上只得以目相送.一时电卷风驰,回头已无踪迹了。

似乎刻本改对了[1],实在改错了。就事理说,宝玉恨不得下车跟了她(二丫头)去,这不大通,而且也不对。宝玉看了个乡下丫头就想跟了她去,不可能这样的,难怪后人要把它改了。不过这是虚笔,特用过重之笔来表示宝玉之倾倒备至。不但此也,严格说来,宝玉也未必就这样,只是作者对于田庄生活的朴素自然辛勤劳苦,有所爱好,有所憧憬罢了。我认为这有关于本书的思想性,非常重要的,还想多说几句。

这一段关于村庄的记叙描写,抄本刻本差别很多,这差别表示思想的问题。除上引文外,对照引录如下,有关系的文句均为圈出。

(一)同入一庄门内,早有家人将众庄汉撵尽,那村庄人家无多房舍,婆娘们无处回避,只得由他们去了。那些村姑庄妇见了凤姐宝玉秦钟的人品、衣服、礼数、款段,岂有不爱看的。(脂庚本)

同入一庄门内,那庄里人家无多房舍,妇女无处回避。那些村姑庄妇见了凤姐宝玉秦钟的人品、衣服、几疑

---

[1] 这是甲辰抄本改的,程本依甲辰本,而通行刻本又依照程本。因程本较习见,故以为例。

天人下降。(程甲本)

刻本将贵家豪横的情形给删了,反而夸张地说劳动人民对富贵人的羡慕为"几疑天人下降"。

(二)宝玉听了因点头叹道,怪道古人诗上说,谁知盘中餐,粒粒皆辛苦,正为此也。(脂庚本)

程本删一"叹"字,将重事轻报。

(三)宝玉听说便上来拧转作耍,自为有趣。只见一个约有十七八岁的村庄丫头跑了来乱嚷,"别动坏了"。众小厮忙断喝拦阻。宝玉忙丢开手,陪笑说道:"我因为没见过这个,所以试他一试。"那丫头道:"你们哪里会弄这个。站开了,我纺与你瞧。"秦钟暗拉宝玉笑道:"此卿大有意趣。"宝玉一把推开笑道:"该死的,再胡说,我就打了。"(脂庚本)

宝玉便上炕摇转作耍。只见一个村妆丫头约有十七八岁走来,说道:"别弄坏了。"众小厮忙喝住了。宝玉也住了手,说道:"我因不曾见过,所以试一试顽儿。"那丫头道:"你们不会,我转给你瞧。"秦钟暗拉宝玉道:"此卿大有意趣。"宝玉推他道:"再胡说,我就打了。"(程甲本)

刻本将二丫头的"乱嚷"改为较有礼貌的"说道";小厮的"断

喝"改为较轻的"喝住了"。宝玉"陪笑",刻本以为大可不必,不许他陪笑。二丫头说"站开了",乃命令口气,脂评曰"三字如闻",刻本大约亦以为对贵人失礼罢,将它删去。秦钟有调戏她之意,宝玉说"该死的",亦删去了。

从上三个例子比较看来,再合了以前所说,作者对农村的人民和他们的生活,至少,的确很羡慕,而且表示相当的尊敬,却被甲辰抄本、程甲本以下胡乱删改坏了。

由此可知,宝玉想跟了二丫头去,不必有其事,不可无此说;似乎不近情理,实在大有情理。虚笔的用处在这里可见一斑了。

三十三　谈《红楼梦》的回目

引言

《红楼》一书荟萃中国文字的传统优异,举凡经史诗文词曲小说种种笔法几无不具,既摄众妙于一家,乃出以圆转自在之口语,发挥京话特长,可谓摹声画影,尽态极妍矣。未知来者如何,若云空前诚非过论。即以回目言之,笔墨寥寥每含深意,其暗示读者正如画龙点睛破壁飞去也,岂仅综括事实已耶。作者自己借书中人说过,试引其文:

宝钗笑道:"世上的话到了凤丫头嘴里也就尽了,幸而凤丫头不认得字,不大通,不过一概是市俗取笑。更有颦儿这促狭嘴,用《春秋》的法子,将市俗的粗话,撮其

要,删其繁,再加润色,比方出来一句是一句。……"(第四十三回)

窃欲以之转赠此书,若论回目尤为切至。明知管窥一豹,所见甚陋,似有所会,亦泚笔记之,聊供同人谈笑之助。举例诠明,取其较为醒豁耳。

(一)总括全书不必黏合本回之例

第一回"贾雨村风尘怀闺秀"。

这在本书已有说明:

> 然闺阁中本自历历有人,万不可因我之不肖自护己短一并使其泯灭也。……虽我未学,下笔无文,又何妨用假语村言敷演出一段故事来,以悦人之耳目哉,故曰贾雨村风尘怀闺秀。(新校脂本第一回)

所以第一回之目,乃全书的提纲,简单说来,作者用假语村言的写法来怀念当日的情人女友,并不必黏定本回甄士隐、贾雨村两个人的事迹。若切定本回说,情事反而不合。贾雨村既不曾怀念金陵十二钗,他不过看中娇杏丫环罢了,实无所谓"怀",所怀更非"闺秀"。且娇杏这角色根本上是虚的,用谐音的名字暗示倘来富贵无非侥幸而已。所谓"偶然一着错,便为人上人",微文刺讥溢于言外。不然,娇杏偶因回顾雨村,居然做了夫人,正是不错之极了,何错之有。今本作"偶因一回顾",想必也因为这个缘故。

(二)虚陪一句之例

第二回"贾夫人仙逝扬州城,冷子兴演说荣国府"。

回目两句,有一句虚,一句实的。第一、第二两回为全书总纲。首回说甄士隐去了,即真事隐去;次回记贾雨村谈话,即假语村言,事实不过如此。但若照此写去,每回只有一句。且"贾雨村风尘怀闺秀"既已见前,本回就得设法回避,所以改用冷子兴出面。其实荣府诸事虽从冷子兴讲来,而本回最主要的议论即古人所谓"间气钟灵",却出于贾雨村之口,其中自有深意。并非雨村有此说法,实系作者有此意见。不然,雨村在这回书既对宝玉一流人有这样透辟的了解,但从第三回雨村到京后和荣府人交往,只贾政赏识他,雨村既不了解宝玉,宝玉又很厌恶雨村,好像作者忘却前文,失于照应。其实不然,贾雨村好比一只棋子,作者好比下棋的人,一会把它这样用,一会那样用,根本无所谓前后不符。

本回既仅此一事,而单句不成回目,只得陪上一句"贾夫人仙逝扬州城"。冷子兴已在宾位[1],林夫人尤虚而又虚,所以本文只有"不料女学生之母贾氏夫人一疾而终"这样十五个大字,即说黛玉居丧,亦非常简单[2]。在第一、第二两回所用的笔墨完全跟以后两样。看第三回写林黛玉什么光景,就明白了。

第十四回"林如海捐馆扬州城"当与此同例。不过下一句

---

[1] 脂砚斋甲戌本评:"此人不过借为引绳,不必细写。"
[2] 同书:"故一句带过,恐闲文有妨正笔。"

"贾宝玉路谒北静王"亦系随文点缀,而且宝玉谒北静事,大部见于第十五回,又稍不同。

(三)文字未安可见初稿面目之例

第七回"送宫花贾琏戏熙凤"。

第十三回"秦可卿死封龙禁尉"。

关于这两回,我从前曾说过:

> 言贾琏戏熙凤者乃作者初稿,(可能文字和今本不同,因为《红楼梦》本由《风月宝鉴》改写,文字是相当猥亵的。)犹第十三回本作"秦可卿淫丧天香楼"也,言周瑞叹英莲者乃是作者改稿,犹十三回之改作"秦可卿死封龙禁尉"也。其有语病亦相若,周瑞的老婆固不能省文作周瑞,秦可卿的丈夫捐得龙禁尉,似乎也不该就说秦可卿死封龙禁尉呵。这可见有些回目,都是未定之稿,作者也在改来改去之中。(《红楼梦研究》二百页)

现在我的意思也差不多。先谈第十三回,奇怪的地方并不在秦可卿封龙禁尉,而在她不曾封龙禁尉。龙禁尉五品职,书中有明文,应封宜人,而旧本皆作封恭人(作"宜人"出于后人妄改)。恭人是三品,不合于贾蓉的五品龙禁尉,倒合于贾珍的三品威烈将军的品级,可谓奇文。作者难道胡涂到连三品恭人五品宜人这样的常识都没有了,这是不可想象的。说明白了,"死封龙禁尉"正顶着原来"淫丧天香楼"的缺,完全是一回事;不过原本明书,所以回目亦明;改本删去文字自不得不改回目,却从回目与本文的违异处微示其意作为暗笔,如此而已。换句话说,作者虽取消"淫丧天香楼"这事,却并不曾改变他的作意。本回怪笔甚多,即为此,前人亦多点破,不重提了。

再看七回"贾琏戏熙凤",我认为这是《风月宝鉴》的旧回目。虽然"脂评"这样说:

> 阿凤之为人岂有不着意于风月二字之理哉,若直以明笔写之,不但唐突阿凤声价,亦且无妙文可赏;若不写之,又万万不可;故只用柳藏鹦鹉语方知之法,略一皴染,不独文字有隐微,亦且不至污渎阿凤之英风俊骨。所谓此书无一不妙。
>
> 余所藏仇十洲幽窗听莺暗春图,其心思笔墨已是无双,今见此阿凤一传,则觉画工太板。

但这可能已是进步的改写。想象这第七、第十三回的原文,色情描写显露,很有点像《金瓶梅》。后来删去"天香楼"之文,却借"笔法"点破一二;戏熙凤一回则用了"暗春"的写法(这样写法当然好一些,如脂评所说)。第十三回之目改了去,第七回没有改,作者也想改的,想改得更暗一点,甚至于做了像"周瑞叹英莲"这样不大通顺的文字,从这里可以揣测作者的心情。其结果没有改成,好在亦无大碍,就至今留下了。

"送宫花"与"戏熙凤",照今本看来,两事偶然凑合,并没什么关连,但原本是否有大大的不同也很难说。可惜《风月宝鉴》的旧文已不可见了。以上这些话,揣想的成分原很多,不过供"谈助"而已。

(四)名字互见之例

第十二回"贾天祥正照风月鉴"。

第三十回"椿灵画蔷痴及局外"。(脂庚本)

一人的名字,或见本文,或见回目。如贾瑞在本文始终只称贾瑞,并不见贾瑞字天祥之文,但回目上却出了一个"贾天祥正照风月鉴"。这所谓互文见义,似没有特别提出的必要,不过却也有因此引起可笑的误解的。

如龄官这个人书中只叫龄官而已,亦没有其他名字,如有正本回目作"龄官画蔷",一点不错。但其他各本都不如此:

椿灵画蔷(脂庚辰本、甲辰本)

椿龄画蔷(程甲、乙本)

程本还关合了一个龄字,庚、晋两本作"椿灵",与龄官一名竟若不相干,岂她名椿灵又叫龄官耶?可能当初真有这么一回事,故作者随笔记之,在本文与回目中参互出现。若今传戚本作"龄官"自妥,不过要知道旧本并不如此,作"椿灵"或"椿龄"的都不算错。颇疑原作"椿灵",程、高改写了一个字。

这名字互见正与"贾天祥"一回同例,不过彼回大家似乎看得顺眼,不觉得有问题,而这回龄官的名字便发生了笑话。如《红楼梦索隐》便从"八千龄为椿"这个典故上,疑心龄官,书上虽说她是个小女孩,实际上是个老头儿,影射清初的范承谟。因他被耿藩拘囚,在牢狱的墙壁上画来画去,写出大篇的文章。这虽是有名的故事,但如此揑合,亦可谓想入非非,疑神见鬼了。

(五)与本文相违,明示作意之例

第十五回"王凤姐弄权铁槛寺,秦鲸卿得趣馒头庵"。

回目说王凤姐弄权在铁槛寺,秦鲸卿得趣在馒头庵,地点再明白没有了。但看本文并不如此,馒头庵与铁槛寺是两个地方,明说:

> 这馒头庵便是水月寺……离铁槛寺不远。

凤姐弄权的事实与尼姑净虚勾结,得贿三千两都在馒头庵,与铁槛寺无干,书中叙述得又很分明。回目上怎么说她弄权铁槛寺呢?关于这点,我觉得从前人已说得很透彻,无须我多讲,引《金玉缘》本十五回总评:

> 凤姐弄权,因净虚而揽张、李之讼,乃馒头庵事,何尝在铁槛寺,乃上半回云弄权铁槛寺,醉语耶,睡语耶。殊不知馒头庵即是铁槛寺。写一弄权之凤姐,则凡为凤姐者无不送入馒头矣。写一铁槛寺,则送大殡而入铁槛寺者亦无不送入馒头矣。何必既到馒头方弄权耶?抑既到馒头又从何而更弄权耶?甚矣铁槛之限人也。

意思很不错,文字或稍欠醒豁。文章上只能说"王凤姐弄权铁槛寺"，决不能说弄权馒头庵。弄权馒头庵虽切合事实，在意义上却大大的不通。一个人到了土馒头里还"弄权"么？若问馒头庵里可以"得趣"么，那你得问秦钟去。铁槛、馒头虽说明是两地却只代表一个概念，即是"纵有千年铁门槛，终须一个土馒头"。引第六十三回之文：

"他（妙玉）常说，古人中自汉晋五代唐宋以来皆无好诗，只有两句好，说道'纵有千年铁门槛，终须一个土馒头'，所以他自称槛外之人。"……宝玉听了如醍醐灌顶，嗳哟了一声，方笑道："怪道我们家庙说是铁槛寺呢，原来有这一说。"

已明点这是本书主要作意之一。因此，回目的乖互，不但有意，且有深意。他故意卖个破绽，让咱们知道、觉得。那些贪财纳贿、为非作歹、害人自害的家伙或者会回头猛省罢。事实上怕不见得会，不过作者一片婆心，为尘俗痛下针砭，已算尽到心了。

这回本文里还有一个特点，不妨附带一谈，便是多用虚笔。从馒头庵一名水月寺，表示这无非镜中花、水中月。既名为水月，即无所谓地点的问题，无所谓是一是二是三，（《金玉缘》总评："不出铁槛，便是水月，便是馒头，一而三，三而一也。"）也无所谓合与不合，这都好像痴人说梦。作者有时非常狡狯，会楞说谎话。如本回说：

原来是这馒头庵就是水月寺，因他庙里做的馒头好,就起了这个浑名。

照书直讲,馒头庵的得名,因尼姑们发馒头发得好,请问作者,真格的这样,还是骗我们的?我想他或者会微笑罢。《红楼》一书虚笔甚多,读者不可看呆了,在这里不过举一个例罢了。

(六)后人分回拟改目录不妥之例

第十七、十八合回"大观园试才题对额,荣国府归省庆元宵"。

这例表示回目不很易做,作者有时尚且为难,教咱们来搞,一定会搞糟的。

如上引脂庚本虽不分回,这目录却没有毛病。各本分回之后,拟改的目录始终没有妥贴[1]。这可以见得回目的确有些不好做。我在《红楼梦研究》八二页上曾说戚(即有正)高(即程)二本分回的不同。

戚本之第十七回,较高本为短,以园游既毕宝玉退出为止,所以回目上只说"怡红院迷路探曲折"。至于黛玉剪荷包一事,戚本移入第十八回去。高本之第十七回,直说到请妙玉为止,关涉元春归省之事,所以回目上说"荣国府归省庆元宵"。这两本回目所以不同,正因为分回不同之故。我们要批评回目底优劣,不如批评分回底优劣较为适当些。高戚两本底分回我以为戚本好些。

---

[1] 贴,旧同"帖"。编者注。

虽说戚本比高本稍好一些,实在有些半斤对八两。先引两本十七、十八两回之目于下:

第十七回　　大观园试才题对额,荣国府归省庆元宵(高)
　　　　　　大观园试才题对额,怡红院迷路探曲折(戚)
第十八回　　皇恩重元妃省父母,天伦乐宝玉呈才藻(高)
　　　　　　庆元宵贾元春归省,助情人林黛玉传诗(戚)

原来这儿有两种的改法:(一)把十七、十八合回之目整个儿给了第十七回,而在第十八回上另做了一个,例如高本。(二)把合回目录两句拆散,把第一句给了第十七回,第二句稍变其形(庆元宵贾元春归省,即荣国府归省庆元宵)给了第十八回,例如戚本。虽改法似乎不同,却犯了同样的毛病:重复。高本的重复,一望可知不用说了;戚本字面上虽不重见,而事实上亦系复出。他们在怡红院迷路之事,即逛大花园的一部分。而且宝玉到怡红院后也题了"红香绿玉"匾额,这难道不是"大观园试才题对额"么?此外两本又同犯一种毛病,即大观园之赐名本在十八回,而十七回先出了目录;戚本十七回的目录更多了一个怡红院,也在第十八回才定了名的;这虽然无大关系,却也是个小错。一言以蔽之,都不妥当。

是戚、高二本改的不好吗?这也不尽然。这一段书的分回原有一个基本的困难,我甚至猜想作者当时也感到了这个,所以直到他临死,这两回始终没有分家(庚辰在曹雪芹死前两年)。从十七回到十八回这大块文章只有两回事:(一)宝玉题园中各处的匾额,(二)元宵节元春归省。所以原本这十六个字:"大观园试才题对额,荣国府归省庆元宵"是情真理当,千真万确的。若分作两回书,十七回得上句,十八回得下句,而在第十七回上出大观园也不大好,事实如此而已。每回只一句不成回目,必须配上一句。配上一句呢,即毛病百出,非重复即琐细。如戚本第十七回之"怡红院迷路探曲折",即兼重复琐细之病,若亚东初排本作"疑心重负气剪荷包",更觉伤于琐碎。这段书在分量上过重,原该分做两回的,但实际上只是一大回书。我们将来的校本仍拟从脂庚合回,不独可存原稿之真,且各本的目录都不好,亦无所适从。假如容易出词,雪芹早已分了回,写好回目了。作者尚且为难,你我如何能成。

(七)句似未工,意义却深之例

第二十五回　魇魔法叔嫂逢五鬼,通灵玉蒙蔽遇双真(甲戌本)
　　　　　　魇魔法姊弟逢五鬼,红楼梦通灵遇双真(庚辰本)

这两个旧的回目殆都出于作者之手,甲戌本所作似乎是初稿,而庚辰本所作是再稿,改稿是应该要好一些,不过文字反不如初稿之醒豁,所以后来各本如程甲乙本王刻本俱从甲戌本,只有正本从庚辰本。这两稿的优劣有稍稍一谈之必要。

先就对偶来说,两稿都不够工稳,而"蒙蔽遇双真"与"叔嫂逢五鬼"尤其对不上。"蒙蔽"如何能对"叔嫂"呢?自不如用"通灵遇双真"对"叔嫂逢五鬼"还工一些,但这是末节,丢开不论。

就意义来说,两稿原也差不多,文字颠倒一下罢了。所谓"红楼梦"者即梦幻境界,即所谓"蒙蔽"。不过"通灵玉蒙蔽遇双真"者,有通灵被僧道救护之意,而红楼梦通灵遇双真,则意思很圆浑包括甚广。以下就这点来说。

这句目录好像对偶既不很工,文义也很朦胧晦涩,"红楼梦"三字写入回目也很有点儿特别。仔细想来,此句却佳。请看这一段文字:

那和尚接了过来擎在掌上,长叹一声道:"青埂一别,展眼已过十三载矣。人世光阴如此迅速,尘缘满目,若似弹指,可羡你当时的那段好处:天不拘兮地不羁,心头无喜亦无悲。却因煅[1]炼通灵后,便向人间觅是非。

可叹你今日这番经历:粉渍脂痕污宝光,绮栊昼夜困鸳鸯。沉酣一梦终须醒,冤孽偿清好散场。"(脂庚辰本)

此即所谓"红楼梦通灵遇双真"也。盖大荒顽石与双真本有夙缘,自从历劫投胎,幻形入世,被多少粉侵脂涴,阅几许离合悲欢,今忽在茜纱如烟的梦境中重见故人,诚不禁感慨系之矣。持诵使其复灵,不过小说家关目,说说而已,不关宏旨。主要的是这一段感慨,作者写入回目有深情,因不能以文

---

[1] 煅,旧同"锻"。编者注。

字形迹求之。如曰对或未工,句或未醒,虽亦似有理,毕竟搔不着痒处也。

(八)用典寓意之例

第二十七回"滴翠亭杨妃戏彩蝶,埋香冢飞燕泣残红"。

写宝钗扑蝴蝶、黛玉咏葬花诗,是很风流旖旎的一回书,而回目上却又见煞风景的特笔。不说宝钗而曰杨妃,不说黛玉却云飞燕[1],既非记实,亦不关合本文,显明地有关于本书的微旨。原来作者对十二钗(广义的)表面上似褒多于贬,实际上非褒而不贬,而且有时贬斥得很厉害。

环燕以喻佳人,从传统的某种意义上说并非赞美之词。如李太白的《清平调》以飞燕比杨妃,本不是什么好话,相传把贵妃都给惹恼了。以本书而论,宝玉将宝钗比杨妃,宝钗冷笑了两声:"我倒像杨妃,只是没个好哥哥好兄弟可以做得杨国忠的。"见第三十回。对于宝钗有微词,原不消说得。惟以飞燕比黛玉仅在这里一见。大约作者对钗黛晴袭之间确乎有些抑扬的,只不如后来评家那样露骨罢了。

在回目只此一条,本文里和这个可相提并论的,见于第五回:

> 案上设着武则天当日镜室中设的宝镜,一边摆着赵飞燕立着舞的金盘,盘内盛着安禄山掷过伤了太真乳的

---

[1] 各抄本,程甲乙本,王刻本均同。改作"宝钗戏彩蝶,黛玉泣残红",大约是很晚的事。我藏的光绪己丑石印《金玉缘》本已经改了。

木瓜……

这全然胡说,全非好话,比回目又显明得多多。甲戌本脂评却说:

> 设譬调侃耳,若真以为然,则又被作者瞒过。

评者也在瞎说。读者纵低,何至于"真以为然"。说为"设譬调侃耳",明明重事轻报。设譬固然,而又何调侃之有,后边又另有一条脂批:

> 一路设譬之文,迥非《石头记》大笔所屑,别有他属,余所不知。

他何以亦不知?究竟是怎么一回事呢?大约作者觉得太显露了,就借"脂批"来掩护一下;作者不愿叫破的,自然脂砚斋也不肯把它说漏了。脂评作用如何,且不详论。不管怎样,这两条脂评还不如甲戌本后人所加的墨笔眉批。

> 历叙室内陈设皆寓微意,勿作闲文看也。

以没有关碍,实话实说,反有一二中肯处。

以上是关于书法的比拟。至将钗黛一起抹杀这样奇怪的议论,则见于第二十一回宝玉拟《庄子·胠箧篇》:

焚花散麝,而闺阁始人含其劝矣。戕宝钗之仙姿,灰黛玉之灵窍,丧灭情意,而闺阁之美恶始相类矣。彼含其劝则无参商之虞矣,戕其仙姿无恋爱之心矣,灰其灵窍无才思之情矣。彼钗玉花麝者,皆张其罗而邃其穴,所以迷惑缠陷天下者也。

虽似戏发牢骚,殆暗伏后文线索。宝玉这种心思,当然代表了作者的一部分。他一方面极端崇拜女儿,一方面又似一个"憎恶女性者"。这样矛盾的心情,往往表现在《红楼梦》里,不过有明暗之别,赞美在明处,憎恶在暗地,造成了恋爱的至上观,也造成了恋爱的虚无观。情榜云:"宝玉情不情",大概指此等地方说,故事发展下去,随着客观条件的推移,暗的一面会渐渐地表面化起来,等到毁灭性占了优势,那"悬崖撒手"一回就跳出来了。尝疑宝玉之出家并非专为黛玉之死,如今程、高续书所云,惜原本既不可见,那亦无从谈起了。

(九)与本文错综互明之例

第四十四回"变生不测凤姐泼醋,喜出望外平儿理妆"。依回目看,文义明清,这第二句"喜出望外平儿理妆",当然是平儿为了宝玉给她理妆才喜出望外的。从本文看恰好相反,乃宝玉为平儿理妆而喜出望外也。引脂庚本之文:

宝玉因自来从未在平儿前尽过心,且平儿又是个极聪明极清俊的上等女孩儿,比不得那起俗蠢拙物,深为恨怨。今日是金钏儿的生日,故一日不乐,不想落后闹出这件事来,竟得在平儿前稍尽片心,亦今生意中不想之乐也。因歪在床上心内怡然自得。忽又思及贾琏惟知以淫乐悦己,并不知作养脂粉,又思平儿并无父母兄弟姊妹,独自一人供应贾琏夫妇二人,贾琏之俗,凤姐之威,他竟能周全妥贴,今儿还遭涂毒,想来此人薄命比黛玉犹甚。想到此间便又伤感起来,不觉洒然泪下。

所谓"亦今生意想不到之乐",则"喜出望外"应当属于宝玉,再明白没有了。本文这么说,回目偏那么说,是闹蹩扭?还是回目的文字欠通?都不是的,此正错综互见之妙。盖宝玉固然喜出望外,平儿亦然;不过宝玉之喜在明处,故见本文,而平儿的心理作者并不曾多写,只不过如此一表:

平儿今见他这般,心中也暗暗的掂掇,果然话不虚传,色色想的周到。

正面再多说下去即不大好,故只在回目暗暗一点。详不必重,略不必轻。平儿之喜出望外或且过于宝玉。回目虽简,仍为主文,书文虽详,反是虚笔,固不必说什么背面傅粉法,亦是"空里传神,闲中着色"也。《红楼梦》一意有多少方面层次,一笔可当多少笔用,随处皆是。

又第四十六回"尴尬人难免尴尬事,鸳鸯女誓绝鸳鸯侣",好像两句蝉联而下,指鸳鸯不肯做贾赦的妾说,实际上都暗示鸳鸯与宝玉的感情。所谓"誓绝鸳鸯侣"者,即本书所谓:

> 我这一辈子,莫说是宝玉,便是宝金、宝银、宝天王、宝皇帝,横竖不嫁人就完了。

指宝玉而言,并非指贾赦。贾赦与鸳鸯本不得称鸳鸯侣或鸳鸯偶。《金玉缘》本评曰,"所云誓绝,乃绝此人",这是不错的。此亦系借回目叫醒本文,不过回目与本文相合,并非错综互见,与前例稍有不同耳。

(十)主文在宾位不见回目之例

第四十八回"滥情人情误思游艺,慕雅女雅集苦吟诗"。

这回说两段事:(一)薛蟠出门游历,(二)香菱入园学诗,并见于回目,可谓没有什么问题。两事之中,上一事系陪衬之笔,只为下一事作因。庚辰本有一段长评,说得最明白:

> 细想香菱之为人也,根基不让迎探,容貌不让凤秦,端雅不让纨钗,风流不让湘黛,贤惠不让袭平,所惜者青年罹祸,命运乖蹇,是为侧室。且虽曾读书,不能与林湘辈并驰于海棠之社耳。然此一人岂可不入园哉。故欲令入园,终无可入之隙。筹画再四,欲令入园,必呆兄远行后方可。然阿呆兄又如何方可远行?曰名不可,利不可,正事不可,必得万人想不到自己忽一发机之事方可,因此思及情之一字及呆素所误者,故借"情误"二字生出一事,使阿呆游艺之志已坚,则菱卿入园之隙方妥。回思因欲香菱入园,是写阿呆情误,因欲阿呆情误,先写一赖尚

华,实委婉严密之甚也。(脂砚斋评)

仔细看来,本回的最重要的意义非但不在薛蟠出门,而且不在香菱进园,而另有所在。当薛蟠去后香菱方要入园,中间有一横插笔,碰见平儿,从平儿口中说出贾赦、贾雨村与石呆子的事,暴露贾家的如何勾结官府,欺压良善,迫害人命,用笔非常犀利。作者借了贾琏来骂贾赦:

> 为这点子小事,弄得人坑家败业,也不算什么能为。

贾琏本来够糟的,却被他父亲给抬起来了。作者甚言贾赦之恶,连他儿子都看不过。又借平儿来骂贾雨村:

> 平儿咬牙骂道:"都是那贾雨村什么风村,半路途中哪里来的饿不死的野杂种,认了不到十年,生了多少事出来。……谁知雨村那没天理的听见了,便设了个法子,讹他拖欠官银子,拿他到衙门里去,说所欠官银,变卖家产赔补,把这扇子抄了来,作了官价送了来。那石呆子如今不知是死是活。"

"不知死活"不过一句冠冕些的好听话,其实他早已死了。这是本回的主文,却当作插笔书用,作者有意或无意地这样做,都可以谅解的。既搁在宾位,便亦不出回目。若上引脂评,虽委宛动人却不得要领,读者自应分别观之。须知本书不但作者时时给我们当上,评者也会帮着作者使咱们上当呵。

(十一) 词藻表现意境之例

第四十九回"琉璃世界白雪红梅,脂粉香娃割腥啖膻"。

意、意义,境、境界,用词藻来表现它,词藻并非空设。

本书虽现实意味很浓,但现实性不排斥想象。通过了想象,与它融会,表现了更高度的现实。如"琉璃世界白雪红梅"气魄何等开阔,景象何等清净,沾滞在北京有无这样的风景一点来讨论,怕没有什么用处。北京纵然没有,中国之大岂能没有,这就够了,决不能说作者违反了现实。

作者生平虽多住在北京,看他的朋友赠诗,有"秦淮残梦""扬州旧梦"等句,他非但到过江南,而且有些陈迹往事,何况他家三代为江宁织造,所以《红楼》一书实将南北的人情风物,冶合为一个整体。书记贾府的"末世"当在北京,本书又名"金陵十二钗"(金陵指广义的江南,并非专指南京。第二回林如海出场,称为"本贯姑苏人氏",甲戌本评曰,"十二钗正出之地,故用真"。可见金陵包括苏州,即江南之代用语也)。其为江南佳丽可知,何尝只是梳两把头的旗下贵女呢。再说,这"金陵十二钗"一词跟"秦淮八艳"有些仿佛的。

人物如此,风景可知。像大观园这样的园林岂北京本地风光所能范围。看元春题诗,"天上人间诸景备,芳园应锡大观名",至少是全国性的,而且是理想性的。所谓"琉璃世界"显然受了佛教西方极乐世界的暗示。有人对我说,《红楼梦》一书不但有南边的空气,江南的情趣也很重,他举黛玉引诗"留得残荷听雨声"为例,(北京当然有荷花荷叶,不过这就情趣说)我想这是对的。此外还有一条可以帮助说明大观园为

南北园林的综合,即有正本第四十九回的目录作:

> 白雪红梅园林集景,割腥啖膻闺阁野趣。

作者明知北方不可能有这样风景的,所以才说"集景",若非会合南北风光,何谓集景呢。

女儿们大吃鹿肉,野意野趣,固甚风流洒脱,但以"割腥啖膻"对"白雪红梅"两两相形,作者宁无微意?就借黛玉说道:

> 罢了,罢了,今日芦雪庵遭劫,生生被云丫头作践了。我为芦雪庵一大哭。

至于说了,旋即抹去,惯弄狡狯,固《红楼梦》之长技也。

(十二)字义深隐,仓卒[1]难明之例

第五十七回"慧紫鹃情辞试忙玉,慈姨妈爱语慰痴颦"。

宝玉为什么叫"忙玉"?奇怪得很,怕是错字罢。我说,非但不错,而且很好。这事说来话长,我也经过一些曲折才得到这样的结论的。本节标目曰"仓卒难明",并不敢说别人难明,这指我自己说的。

各本大抵均作"试莽玉",也有作"试宝玉"的。一般的意见,认为"莽玉"不错,我最初也这样想的。我的想法有三步:

---

[1] 卒,同"猝"。编者注。

(一)认"忙"为"莽"之误。(二)从版本上知道"忙"字不错,那"莽"字自然错了。(三)经过谈论,才知道"忙玉"之所以为佳,且非它不可;莽玉的何以不通。这思想转折的经过在这里自不能详说,只把我最近见到的说出来。

先假定为"莽玉",得问宝玉莽在哪里？本回说他摸了紫鹃一把,难道就算他鲁莽吗？还是他曾面向黛玉求婚呢？这些解释显然不通,只有一个解释:宝玉实心眼儿,鲁莽地轻信紫鹃的谰言致大发痴病,故称为莽。这才比较可通。然而这"莽"的形象,均发生在紫鹃试他以后,并不在受试以前。宝玉工于体贴女儿们的心情,二百年来,可谓通国皆知,未试以前,何尝莽呵。紫鹃要试他的心,自有不得不试的原故。紫鹃若早知他这样心直情多,给了一根针当作棒槌看,如本回所示,也就不必试了。

把莽玉撇开,才能够明白忙玉之忙的真意。"忙"是未试以前的宝玉形景,这字是有来历的,见第三十七回宝钗给下的考语：

你的号早有了,"无事忙"三个字恰当得很。

咱们让宝钗来做注解,再好没有了。宝玉不又叫"富贵闲人"(亦见三十七回),何忙之有？宝钗回答得好,"无事忙"。语含讽刺,精绝妙绝。懂得这"无事忙"三字之形容宝玉如何传神,则忙玉之所以为忙玉,自然迎刃而解,无须多说了。

盖宝玉之为人,虽一往情深而波澜千尺,偶遇佳丽,便要瞎张罗一起的,如游蜂浪蝶,处处拈花惹草。怡红公子这样的忙忙碌碌的生涯,若钗若黛均平日深知。宝钗已谥之曰"无事忙",而黛玉尤不放心。紫鹃的不放心,当然是黛玉的不放心。紫鹃之试玉虽非黛玉授意,她也是体贴了黛玉的心才这样干的,回目所以曰"慧紫鹃"。不然,闯这样大祸,应当说莽紫鹃才对,何慧之有?

简简单单只有一两句话。惟其为貌似泛爱不专之"忙玉",才有一试之必要,若确知其为情有独钟之"莽玉",压根就不消试得。故忙之一字非凡贴切,莽之一字绝对不通。

话可又说回来,把贾宝玉唤作"忙玉",骨子里虽精绝,表面上够怪的,若非体会全书,仅就本回看来,自容易疑为"莽"之音误,亦不足深病。我从前也这样想过的。幸而脂庚本上文字分明,证据确凿,不然,怕谁也会搞错的。这亦可见《石头记》文字很不易读。"忙"字用得这样古怪,显出于原稿;若非作者,谁也想不到这样古怪的用法的。

(十三)似一句自对各明一事,实两句相对,以上明下之例

第五十八回"杏子阴假凤泣虚凰,茜纱窗真情揆痴理"。

这一回目似乎本句自对,如以"假凤"对"虚凰","真情"对"痴理",一句说明一事;实际上并不如此,上下两句相对,主要的对偶,以"假凤"对"真情"(真对假是《红楼梦》的主要观念),而上句之义已包于下句之中,下句之义即由上句而来,仿佛又像诗中的流水对。即以对偶论,亦交互错综,变幻之至。当然不止此,上段述藕官与药官的同性爱,所以说"虚"说"假",但宝玉对女儿们的情恋是真的,所以说"真情""痴理"。翻成白话,即以虚假的恋爱明真实的感情道理。就回目

的本身说,不过这样简简单单一句话罢了。若讲到本文如何写,却很繁复,以下预备多引原文,非如此不能明了。因本回在《红楼梦》里是特别重要的一回,尤其八十回后的原稿"迷失"了,关系就更大——牵涉到黛玉死后,宝玉究竟取怎样一个态度的问题。

先要详察本回登场扮演的角色,书上载明:

将正旦芳官指与宝玉,将小旦蕊官送了宝钗,将小生藕官指与了黛玉。

这似乎也看不出宝、黛、钗三人的关系。他并不曾将小生指给宝玉,而把两个旦色分给钗、黛呵。这样一来便成笨伯,岂是《红楼梦》文字。将蕊官指给宝钗,这一句是老实的,将芳官给宝玉,藕官给黛玉,这两句是巧妙的。先要把这三个登场角色正变的情形分别清楚了,才可以读下去。

本回上半虽系虚幻之情,空灵之笔,而开首写"杏子阴"一段感慨甚深,关注全书,已非泛泛,试抄这一段:

宝玉便也正要去瞧林黛玉,便起身拄拐辞了他们,从沁芳桥一带堤上走来,只见柳垂金线,桃吐丹霞,山石之后一株大杏树,花已全落,叶稠阴翠,上面已结了豆子大小的许多小杏。宝玉因想道,能病了几天竟把杏花辜负了,不觉到"绿叶成阴子满枝"了。因此仰望杏子不舍。又想起邢岫烟已择了夫婿一事,虽说是男女大事不可不行,但未免又少了一个好女儿,不过两年便也要绿叶成阴子满枝了。再过几日这杏树子落枝空,再几年岫烟未免乌发如银红颜似槁了,因此不免伤心,只管对杏流泪叹息。正悲叹时,忽有一个雀儿飞来落于枝上乱啼。宝玉又发了呆性,心下想道:这雀儿必定是杏花正开时,他曾来过,今见无花,空有枝叶,故也乱啼。这声韵必是啼哭之声,可恨公冶长不在眼前,不能问他。但不知明年再发时,这个雀儿可还记得飞到这里来与杏花一会了。

情文相生,自系妙笔,虽指邢岫烟说,实在岂只她一人。但咱们却不知这故事怎样发展下去,怎样用人物来表现这感慨。看他又这样说:

　　正胡思间,忽见一股火光从山石那边发出,将雀儿惊飞,宝玉吃一大惊。

我们不禁也吃一大惊,下叙藕官烧纸不用说了。宝玉帮助藕官斥退婆子之后,便问藕官究竟是怎么一回事。

　　藕官因方才护庇之情感激于衷,便知他是自己一流的人物,便含泪说道:"我这事除了你屋里的芳官并宝姑娘的蕊官,并没第三个人知道。今日被你遇见,又有这段意思,少不得也告诉了你,只不许再对人言讲。"又哭道:"我也不便和你面说,你只回去背人悄问芳官就知道了。"说毕,伴常而去。

这一段话有很重要的一点,说"除了芳蕊并无第三人知道";又说"背人悄问芳官就知道了"。蕊官是她(当作他)恋爱的对象,芳官又是什么呢?这里应当看做芳官与藕官即一人的化身。这样就把这上面迷惘的公式给解决了一大半。下文接说:

> 宝玉听了心下纳闷,只得踱到潇湘馆瞧黛玉,益发瘦的可怜,问起来比往日已算大愈了。黛玉见他也比先大瘦了,想起往日之事不免流下泪来,些微谈了谈,便催宝玉去歇息调养。宝玉只得回来,因记挂着要问芳官那原委,偏有湘云、香菱来了。

这段看黛玉的文字似乎闲笔、插笔,都不是的,实系正文,看完本篇就明白了。以下穿插了许多情节,到最后宝玉才有机会问了芳官:

> 芳官笑道:"你说他祭的是谁,祭的是死了的药官。"宝玉道:"这是友谊也应当的。"芳官笑道:"哪里是友谊,他竟是疯傻的想头,说他自己是小生,药官是小旦,常做夫妻,虽说是假的,每日那些曲文排场皆是真正温存体贴之事,故此二人就疯了,虽不做戏,寻常饮食起坐两个人竟是你恩我爱。药官一死,他哭的死去活来至今不忘,所以每节烧纸。后来补了蕊官,他们俩一般的温柔体贴。我也曾问过他,得新弃旧的。他说,这又有个大道理,比如男子丧了妻,或有必当续弦者,也必

要续弦为是,便只是不把死的丢过不提,便是情深意重了。若一味因死的不续,孤守一世,妨了大节,也不是理,死者反不安了。你说可是又疯又呆,说来可是可叹。"宝玉听说了这篇呆话,独合了他的呆性,不觉又是欢喜又是悲叹,又称奇道绝,说:"天既生这样人,又何用我这须眉浊物玷辱世界了。"

看他这样"称奇道绝","独合了他的呆性",藕官的意思显明代表了宝玉的意思。她跟药官的关系,显明是宝黛的关系,她跟蕊官的关系,显明是黛玉死后,钗玉的关系。咱们平常总怀疑,宝玉将来以何等的心情来娶宝钗,另娶宝钗是否"得新弃旧"。作者在这里已明白地回答了我们:嗣续事大必得另娶,只不忘记死者就是了。这就说明了宝玉为什么肯娶宝钗,又为什么始终不忘黛玉。作者圆满地将这"假凤泣虚凰"来表现这真情揆痴理。揆者量度之意,即人世一切的道理,必须要用感情来量度它,回目上说得再明白没有了。不过宝玉之情虽属真情,而宝玉之理只是一种痴理而已。

这已够分明了,譬如把登场人物改排一下,尤一目了然。

藕官给了宝玉,蕊官给了宝钗,药官给了黛玉。

上文说过,果真这样一个代表一个,未免太呆板、太显露了。作者因此稍稍移动了一下:蕊官一句不动,把藕官的替身芳官给了宝玉,而藕官本人反在黛玉处,她情侣药官早死了。如此一变换便有错综离合之妙,顿觉文有余妍题无剩义。

回看"杏子阴"一段明似写景,已到正文,其无端怅触,寄意甚深。"绿叶成阴子满枝"固然可叹,"乌发如银红颜似槁"

尤其可叹,殊不知还有"茜纱窗下我本无缘,黄土陇中卿何薄命"哩。"茜纱窗"三字不见正文,这里用来对"杏子阴"好像拼凑,其实不然,不但叫起七十八回《芙蓉诔》,七十九回宝黛对话(修改《芙蓉诔》),笔力已直贯本书的结尾。书虽未完,却也可从此想见不凡了。

正文已入神品固不待言,即以回目论,用心之深,叹观止矣。

(十四)不见全书,回目点破之例

第六十三回"寿怡红群芳开夜宴,死金丹独艳理亲丧"。

本书状美人,有虚实明暗种种写法,不及备说,却有一个最特别的写法须一表的,即尤氏之是否美及其如何美,全书一概没有,只在本回上用"独艳"点明。记得从前曲园先生曾谈及《红楼》,说尤氏是很美的,想必也根据这回目罢。

前文曾说,详不必重,略不必轻,回目之文必不会长,正当作如是观。万绿丛中一点红,原非常突出;以"独艳"对"群芳"又是很有分量的。且尤氏之美,从她的得姓亦可以知道。本书六十六回宝玉讲起二尤,"真真一对尤物,他又姓尤"已明点出来。二尤如此,则尤氏可知矣。

像这样的笔法,的确有点像《春秋》了。作者小题大做,难道专为写尤氏的美貌?当然别有用意的。

我以为本书是以《风月宝鉴》和《十二钗》两稿凑合的。《风月宝鉴》之文大都在前半,却也并非完全在前半部。若宝玉、秦氏、凤姐、贾瑞、秦钟、智能等事固皆《宝鉴》旧文,但下半部也是有的,如贾敬之死只尤氏理丧以及二尤的故事,疑

119

皆《风月宝鉴》之文。仔细看去，文章笔路也稍微有些两样，不知是我神经过敏否。

"死金丹独艳理亲丧"实和"王熙凤协理宁国府"遥遥相对。叙贾敬之死与秦氏之死，对文还多，兹不详列。《红楼梦》有一个人物，老在暗地里，非常隐晦的，即贾敬是。如贾赦、贾珍之恶不言可知，贾政之假正经亦不言可知，惟独贾敬不大引人注意，作者却在《红楼梦》曲文里给点破了，所谓"箕裘颓堕皆从敬"，将贾氏一门种种罪恶归狱于贾敬，文笔深冷之至。尤其应该注意，此句用合传法写在秦氏曲中，殆所谓上梁不正下梁歪欤。脂评虽说得是，后人却尽有不解的，认为贾敬有什么错呵[1]，亦可见深隐之笔，每不被时人所知。若体会了这句话，则本回及以下各回便迎刃而解了。

仅就尤氏之美着想，自未得作者之心，却也算找着了一条线索。区区一尤氏，其为美恶皆属寻常，何必深文。既有深文岂无微意，再思再想，就明白了。

(十五) 回目直书，正文兼用曲笔之例

第六十九回"弄小巧用借剑杀人，觉大限吞生金自逝"。

尤二姐之死，一曰"杀人"，二曰"自逝"。到底她自杀还是被杀呢？缘凤姐有必死二姐之决心，故归狱凤姐，称为"杀人"，老当之至。

---

[1] 甲戌本脂评："深意他人不解。"又曰："是作者具菩萨之心，秉刀斧之笔，撰成此书，一字不可更，一字不可少。"己卯本此句作"箕裘颓堕皆荣王"，归罪于荣国府的王凤姐，后人妄改可笑。

回目跟正文仿佛《春秋》经传的关系。这里回目用直笔，正文兼用曲笔。如杀人之法为"借剑"，而"借剑杀人"书中有的。

凤姐……用借剑杀人之法，坐山观虎斗。等秋桐杀了尤二姐，自己再杀秋桐。

似乎并无曲直之异，却正相符合了。不过二姐之死并非完全由于受秋桐的气，被她所害，主要的由于胎被打下了。书上说：

况胎已打下无可悬心，何必受这些零气，不如一死到还干净。

其记打胎之事，多遮掩之笔，荒唐之文。如胡君荣之来也，只说：

谁知王太医亦谋干了军前效力，回来好讨荫封的。小厮们走去，便请了个姓胡的太医名叫君荣。

果真这样，是小厮们走去便请了来么？最大的关键在于药误。书上又这样记胡医的胡涂，才用错了药：

尤二姐露出脸来，胡君荣一见，魂魄如飞上九天，通身麻木一无所知。

今人假如这样写小说,我想医生工会要提抗议的,难道真见了美色,即一无所知吗?况且贾琏已说过:

已是三月庚信不行,又常作呕酸,恐是胎气。

本家这样明说,医生虽庸,何至置若罔闻。况胡医既恋二姐之色,以常情论,用药必更郑重,何至于违反贾琏之意,一死儿用定了虎狼药呢。

到后来闯下了祸,贾琏查问,不过这样说:

急的贾琏查是谁请了姓胡的来的。一时查了出来便打了半死。

到底查出了下落没有呢?如果查不出来,为什么查不出来呢?

这很显明,这大段的叙述虚头很多,事实上有大谬不然者。请胡君荣的小厮乃凤姐授意的,而胡医坚决用打胎的药殆出于凤姐的贿嘱。胡医虽庸,但这儿与庸或不庸无关;他虽姓了胡,与胡涂不胡涂亦无关,循文细诵即可明了。凤姐害人的行为书多明叙,这儿忽改用暗场,必有深意。况在五十一回目录先出"胡庸医乱用虎狼药",好像胡医一向这样乱七八糟的,他用错了药打下胎来不足为奇,千里伏线,早为本文占了地步。

打胎之事关系尤二姐之死,却不见于回目;回目所谓"借剑杀人",包括胡医用药在内可知。回目上既已明说二姐被凤姐杀害,正文改用暗场什么缘故?难道回护凤姐么?再看本文这一段就明白了。

> 凤姐比贾琏更急十倍,只说:"咱们命中无子,好容易有了一个,又遇见这样没本事的大夫。"于是天地前烧香礼拜,自己通陈祷告,说:"我或有病,只求尤氏妹子身体大愈,再得怀胎生一男子,我愿吃长斋念佛。"

她要吃长素念佛,保佑尤氏妹子生男,咱们信不信?下文接说:

> 贾琏众人见了,无不称赞。

明明真人面前说谎话哩。荒唐肉麻到如此,作者岂有不感觉之理,盖借以形容凤姐之恶耳。若上边不用暗场,这一段文字便安插不下了。不但本回如此,即六十八回凤姐骗赚尤二姐,句句通文达道,口口声声自称奴家,正亦此意。

须知回目用直笔者,断凤姐之毒辣;正文用曲笔者,状凤姐之虚伪;言非一端,各有所当,实为互明,并无两歧。甚言凤姐之恶,已情见乎词,非但不曾替她回护,而且进一步去批判她。

(十六)叙次先后颠倒之例

第七十九回"薛文龙悔娶河东狮,贾迎春误嫁中山狼"。

按回目薛蟠之娶在前,迎春之嫁在后。本文呢,先叙迎春将嫁,宝玉感慨赋诗,后碰见香菱,说出薛蟠娶亲一事,其叙述程序恰好先后相反。

以上十五例的说明,大都出于我个人的看法,本节完全依据庚辰本"脂评",且有作者自评之可能。原文抄写讹误极多,略以意校正,引录如下:

> 此回题上半截是"悔娶河东狮",今却偏连"中山狼"倒装,工(致)细腻写来,可见迎春是书中正传,阿呆夫妻是副。宾主次序严肃之至。其婚娶俗礼一概不及,只用宝玉一人过去,正是书中之大旨。

这文大体上还算明白。我想有些问题大家会提出的,既然正文的"宾主次序严肃之至",那末回目为什么颠倒叙次呢?是否把这宾主次序搞乱了呢?若作"贾迎春误嫁中山狼,薛文龙悔娶河东狮"岂不符合正文,一切都对了么?这些疑问,如不细看本书也很难回答。我以为回目应当肯定的。

第一,回目依据本事而来,不能改写。按本回的故事虽迎春待嫁在先,薛蟠之娶在后;但金桂河东狮吼之威本回之末已见大凡,而七十九回书上于迎春只言其将嫁,未言其已嫁,更别提误嫁什么中山狼了。其事见于第八十回。事实既先河东狮而后中山狼,回目自然不得不如此,无所谓错误。

第二,脂评所谓"宾主",虽从次序说,也并不限于次序,更有文章风格的关系,所谓"工致细腻写来"。用这样的风格来表示"主位正传",并非先主后宾这形式所能束缚的。既然这样,回目的先薛蟠而后迎春,并不会搞乱这宾主关系可知。

第三,就回目说,上下句法的先后排列,非即重轻的区分。以本书而论,如第二、第三、第十、第五十八、第七十八回重点均在下一句。此外,还有重点在上一句的,也有不分轻重平列的。回目本不以上下句分"轻重",自亦无关于"宾主"了。

以上说明,回目正文虽次序互倒,而意不相违。脂评里更有一些值得注意的话,稍费解释。如曰:

今却偏连中山狼倒装。

按"中山狼"事不见本回,而回目逆探下文连类书之,故曰"偏连"。"偏连"者,本不连而把它连起来也。何谓倒装?"倒装"者,无论就回目、就本文看,迎春误嫁事均在后,今却将其待嫁情形先作一冒放在薛蟠将娶以前,故曰倒装。此外还有一句:

只用宝玉一人过去,正是书中之大旨。

文理似欠通顺,意却甚精。宝玉到紫菱洲一带徘徊瞻顾,另有脂评云:"先为对竟(境)悼颦儿作引。"这里方见作者真意。阿呆夫妻其非正传不必说了,即迎春之为正传,脂评虽这般说,还是相对的虚笔,直引起宝玉追怀黛玉,才是真正的正传呵。所谓"书中大旨"指此而言,若阿呆之与二木头,河东狮之与中山狼,亦伯仲之间耳,又何必斤斤较量其孰为宾主耶。

是脂评虽佳,每多虚笔,却借此看出作者写定本书,安排回目,的确费了一番苦心。有好几回书,至今犹缺回目,则当时下笔郑重可知。今日虽作闲谈,亦谈何容易。以上诸例若有一二中肯处,也只好算蒙对了罢。

余文

引言提到的熟故事恕我引用全文。《宣和画谱》曰:

张僧繇尝于金陵安乐寺画四龙不点目睛,谓点则腾骧而去。人以为诞,固请点之。因为落墨,才及二龙,果雷电破壁,徐视画已失之矣。独二龙未点睛者在焉。

回目的作用也仿佛如此,只未免说得过于神奇耳。

要了解回目的做法,先要了解回目的三种最基本最简单的情况:(一)文字总比较简短,(二)上下两句相对,(三)与正文有密切的关系。根据这三点来说:从(一),须用最精简的文字,于是有了"炼字"和"用典";从(二),须用骈偶的文字,于是有了"对比"与"相因"的写法;从(三),须与正文发生配合的作用,却不一定重复,于是有了"离合"与"错综"。当然也还有别的,就一时想到的说来如此,这些都从回目的基本性质上来的。

第一点尤为凸出。回目大都没有几个字,如何能容纳拖沓的文章呢?因此有必要,也更容易接受中国文字精简的古老传统。所谓"凝炼""紧缩"在诗词中例子很多,不用说了。在近古的小说戏剧里却比较少用,因为这里需要的是口语流畅。若过分凝炼,便会妨害了流利之美,减弱了普及的功能。

但《红楼梦》在白话小说为异军突起，非其他小说可比，它综合了、发展了中国文字语言的一切长处而自成一家。所以兼备凝炼与流畅之美，即在正文中已往往有之，在回目里凝炼的状况尤其显著。

"炼字""用典"同为文字的精简，而稍稍不同。典故每把一个整的故事紧缩成几个字，暗示当更多一些。如本篇第八例"环燕"即用典之例。十二例"慧""忙""慈""痴"，十三例"假""虚""真""痴"，十四例"独艳"，并炼字之例。此外本篇未及载的，如第四十二回"蘅芜君兰言解疑癖，潇湘子雅谑补余香"，今本多作"补余音"。补余香似乎费解，而含蕴却深。所谓"同心之言其臭如兰"，香字从此翻出，示钗、黛二人之交谊渐深，补余音好像易懂，其实意义反不明确。这是炼字和用典的混合型。

第二点是回目两句之间的关系，如第十一例以"割腥啖膻"对"白雪红梅"；第十四例以"独艳"对"群芳"，即是"对比"；第五例始于铁槛终于馒头；第十三例以"假凤虚凰"明"真情痴理"，即是相因。自然，第五例"铁槛""馒头"欲作为对比看亦未尝不可，随文立说，无须拘执也。

第三点是回目与正文的关系在本篇中比较多，如第一例贾雨村所怀乃丫环娇杏，而回目上书闺秀；第五例王熙凤在馒头庵弄权而回目称铁槛寺；第十三例本文不见"茜纱窗"，第十回本文不言尤氏美，而回目俱特笔点明，并皆"离合"之例。如第四例名字互见；第九例"喜出望外"，回目指平儿说，本文指宝玉说；第十五例，直书曲笔之异；第十六例事实叙次的不同，虽情形各别，并为"错综"之例。

本篇偶举十六例,在全书回目的比重上,不过百分之二十左右,以上概括得也很不完备,聊表大意而已。以回目论回目,固有这些情形,此外《红楼梦》本身也另有一种情形必须一表的,即有过多的微言大义。引言中曾拿它来比《春秋》经,读者或未必赞成,不过我确是那样想的。以纲目来比,则回目似纲,本文似目。以《春秋》来比,则回目似经,本文似传。上边所举回目的特点,大都可以在《春秋》经上去找的。就与本文离合这一点来说,与《春秋》经传的关系十分相似。如《左传》上明说赵穿弑灵公于桃园,而经文承晋史董狐之旧,书赵盾弑其君。本篇第十四例以"独艳理亲丧"贬斥贾敬,第十五例以"借剑杀人"归狱凤姐,用笔深冷,实私淑《春秋》得其神髓。盖作者生值专制淫威之朝,出身封建礼法之家,追忆风月繁华,历尽凄凉境界,悼红轩削稿,黄叶村著书,岂独情深,实茹隐痛,固未尝不以石破天惊古今第一奇书自命,虽托之于小说,亦只可托之于小说,妄揣其心,实有不甘于小说者,于是微言间出,幻境润翻,读者或讶其过多,殊不知伊人自有其衷曲,所谓"满纸荒唐言,一把辛酸泪。都云作者痴,谁解其中味";又云,"字字看来都是血,十年辛苦不寻常",诚慨乎其言之矣。残墨未终,泪尽而逝,于今百世之下识与不识皆知《红楼梦》为奇书,宿愿之偿在于身后,作者自可无憾于九原。然而知人论世,谈何容易,若兹野人芹献,君亦姑妄听之可耳。

三十四　记吴藏残本(一)

近承吴晓铃先生借阅所藏钞本《红楼梦》四十回,原系八十回本,今缺四十一回以下。有乾隆五十四年序,出程高排本三年以前,诚罕见之秘笈也。是否乾隆时原抄固亦难定,但看本文的情形,以原抄论殆无不可。抄者非一手,乃由各本凑合而成者。

这儿先谈它的序文。作序者乃杭州人舒元炜字董园。他和他弟弟舒元炳同来北京赶考。藏校这抄本的却另是一人,舒应他的请而写这篇序,故自称为"客",称那人为筠圃主人(筠字残半,以意揣补)。序文是骈偶的滥调,而且很长,不能全录,摘出有关系的几条。其弟有《沁园春》一词题《红楼梦》亦敷衍故事而已,无甚精采。

(一)他告诉我们,当乾隆五十四年(一七八九)还只有八十回的《红楼梦》。

　　惜乎《红楼梦》之观止于八十回也,全册未窥,怅神龙之无尾,阙疑不少,隐斑豹之全身。(舒序)
　　重展卷,恨未窥全豹,结想徒然。(舒《沁园春》)

(二)筠圃所藏亦只有八十回,而且这八十回是拼凑起来的。

　　于是摇毫掷简,口诵手批,就现在之五十三篇特加雠校,借邻家之二十七卷合付钞胥。……返故物于君家,璧已完乎赵舍(若先与当廉使并录者,此八十卷也)。

(三)但《红楼梦》原本是一百二十回,在这序里有两条。

如说：

> 漫云用十而得五，业已有二于三分。

即八十回得了百二十回的三分之二。下接说：

> 从此合丰城之剑，完美无难；岂其探赤水之珠，虚无莫叩。

即拟用四十回将八十回配全，而且很有希望的。至于全书应该是一百二十回，序上有明文：

> 核全函于斯部，数尚缺夫秦关。

"秦关百二"原典出于《史记·高祖本纪》[1]，"百二"本是一百和二的意思，但"秦关百二"已是成语，流俗沿用自不必拘。此百二即一百二十之简称。

详述这第三段，因这话是很重要的，乾隆末年相传《红楼梦》原本一百二十回，这跟我以前所想到所说过的稍有不同。从他的说法有显明的两点：

（一）跟我们所说的不甚相合。我根据脂砚斋评，认原本

---

[1] 《史记·高祖本纪》载田肯之言："秦形胜之国，带河山之险，县隔千里，持戟百万，秦得百二焉。"集解索隐本有两说：一、秦二万人足当诸侯百万人；二、百二，倍之意，即秦兵百万可当二百万人用。

八十回后还有三十回,合成一百十回(详见《红楼梦研究》),但他却说有一百二十回。

(二)跟程伟元的话有些相合。程甲本程伟元序:

> 然原目一百二十卷,今所传只八十卷,殊非全本。即间称有全部者,及检阅,仍只八十卷,读者颇以为憾。不佞以是书既有百廿卷之目,岂无全璧。

我从前以为这是程、高二人的谎话,现在看来并非这样。

乾隆末年虽有《红楼梦》百二十回的传说,我们以前的说法不必因之推翻,却需要一些修正和说明。可以有下列三种不同的揣想:

(一)百二十回即百十回的传讹,因相差不过十回而已。(二)曹雪芹可能有过百二十回的计划,后来才有这样的传说。以《石头记》之洋洋大文,用三十回来结束全书,的确也匆促了些。(三)从雪芹身后(一七六三)到程本初行(一七九一)这二十八年之中,有人续作四十回合于前回,冒称原著,却被程伟元、高鹗给找着了。程序所谓:

> 爰为竭力搜罗,自藏书家甚至故纸堆中,无不留心。数年以来仅积有廿余卷,一日偶于鼓担上得十余卷,遂重价购之,欣然翻阅,见其前后起伏尚属接笋,然漶漫殆不可收拾。

也非谎言,可能是事实,不过他买了个"铣货"罢了。这样便摇

动了高续四十回的著作权,而高的妹夫张船山云云,不过为兰墅夸大其词耳。程伟元所云:

乃同友人细加厘剔,截长补短,抄成全部。

当然指的是高鹗。但他究竟写了多少,现在无法知道。以上所云也不过是我的悬想,尚留待海内学人论定。

书本是八十回,下半遗失,剩了四十回,回目应该是全的。但后人因书不全,有了完全的回目反而不好,遂将回目中间扯去五页,只剩第一至三十九,第四十回用原来第八十回的目录张冠李戴着。

回目的异文:如第三回"托内兄如海酬闺师";第九回"恋风流情友入学堂,起嫌疑顽童闹家塾";第二十回"林黛玉巧语学娇音";第二十五回"通灵玉蒙蔽遇双仙",都和各本不同。差得最多的还是第十七十八回和第八十回。我们知道,第十七十八脂本合回,作者原来未分;第八十回脂本无目,从这几回差得那么多,可见这本也出于脂本,来源很古的。

第八十回作"夏金桂计用夺宠饵,王道士戏述疗妒羹",和通行本有正本均不同。第十七回下作"荣国府奉旨赐归宁",第十八回作"隔珠帘父女勉忠勤,搦湘管姊弟裁题咏",亦和各本不同,而十八回之目差得尤多。因这不仅是回目之异,且有分回的不同。原来脂本并不分回,因此后来各本分回以己意为之,如通行的程刻本系统和有正戚本,其十七十八回目均互异。回目所以不同,正因分回不同之故,我在《红楼梦研究》(八二页)曾经说过。

以十七回作标准,有正本最短,到宝玉出园为止,不包括黛玉剪荷包等事,所以它的目录作"大观园试才题对额,怡红院迷路探曲折"。程本长了一些,包括预备归省,到请妙玉为止,所以它的目录下句作"荣国府归省庆元宵",似乎与十八回的上句"皇恩重元妃省父母"重复。程高之意,大约以为十七回乃归省之准备,故就荣国府说;十八回为归省之实现,故就元妃说,似不怎么妥当,却也无可如何。

这残本回目的异文已如上引,它的分回跟上两类都不同。第十七回特别的长,直叙到元春回家,石头大发感慨为止,故目录下句有"赐归宁"之文。第十八回从元春进园开始,遂有"隔珠帘父女勉忠勤"之说。总括地说,这三种本子的目录都相当地配合了本文,很难说哪一个最好。不过残本分回自成一格,可见这本确在程高排印以前,与戚本相先后,其时《石头记》尚在传抄中,未有固定的面貌,可以自由改动的。——虽然有些地方是妄改,详见下文。

谈到本文的异同,自非短文所能列举,王佩璋同学已将全书校录了,这儿拟就第一回和第五回又第十三十六回谈一谈。

第一回记甄士隐看见太虚幻境的牌坊,上有七言对联,看《红楼梦》的大概都记得,即"假作真时真亦假,无为有处有还无"。却不道这本偏是五言:

色色空空地,真真假假天。

有人说大约从城隍庙里的"是是非非地,明明白白天"偷来的,殆非《石头》原作。这且不去说他。尤特别的到第五回上贾宝玉游太虚幻境,看见对联,又改回七言的原词,难道幻境换了楹帖吗,当然不是的。

这事证明这残本并非一个整的抄本,乃是杂凑而成。舒序已明说,而且第五回抄写的笔迹,亦跟第一回至第四回的迥别,尤为明证。

第十三回记秦可卿的死,本有个老问题,即"无不纳罕都有些疑心",脂本、程甲本都作"疑心",而程乙本以来改作"伤心",这问题算已解决了。这本不但作"疑心",在下面还多出一句话来:

彼时合家无不纳罕,都有些疑心,说他不该死。

这不见得是作者的手笔。但强调这"疑心"两字,说秦可卿决不是病死的,却不失作意。这又证明妄改作"伤心",时间比较晚,大约从程乙本开始(一七九二)。有正本作"伤心",疑亦非戚本之旧,可能近人根据刻本改的。后来的嘉庆道光本并作"伤心"。但这伤心两字并没有能够统一起来,到光绪间石印《金玉缘》本又作"疑心",且附一条很好的夹注(见《红楼梦研究》一七七页)。从这里看出,晚近的本子反而回头有些地方跟原本接近,可见《红楼梦》的版本流传,无论在前半部或后半部,其情形都是非常复杂的。

此外这第十三回还有一个特点,古怪且近乎荒谬的异文特别的多。这个本子原近戚本,但在这回差得很多,姑录数段以供谈助,不再多费笔墨了。

如太监戴权来祭秦氏,贾珍趁势花一千二百两银子给贾蓉捐了一个五品龙禁尉,戴权走时,贾珍送他。

戴权在轿内躬身笑道:"你我通家之好,这也是令郎他有福气造化,偏偏遇的这们巧。"

在轿内躬身,说贾家与太监通家之好;贾蓉才死了媳妇而反说他有造化,这都是奇怪的。

又如贾珍求凤姐协理宁府这一大段,文字很特别,又添了许多,而且不见好。

贾珍笑道,"婶婶意思侄儿猜着了,是怕大妹子劳苦了。若说料理不来,我保管必料理的来。他料理的便是错一点儿,别人看着还是不错的。……婶婶不看侄儿,也别看侄儿媳妇现在病着,只看死了的分上罢。况且侄儿素日也听见说他娘儿两个很好,又很疼侄儿媳妇的。"

(凤姐)便向王夫人道:"大哥哥说的这们恳切,太太就依了罢,省的大哥只是着急。"王夫人悄悄的问道:"你可能么?"凤姐道:"有什么不能的,学着办罢咧。外面的大事大哥哥已经料理清了,不过里头照管照管,便是我有不知道的,再请示太太就是了,难道太太不赏我主意么。"王夫人听他说的有理,又兼着宝玉在傍边替贾珍说了几句,王夫人便不则声。

王夫人又说:"我方才不是不肯叫你大妹妹管理事件,但恐他年轻不懂事的原故。岂有一家子有事反不张罗,必定还等你再三求吗。你心里到别不好思想。"贾珍道:"侄儿知道,婶婶的算计周到。"便向袖中取了宁国府的对牌出来,命宝玉送于凤姐。

这些文字与今本差异很多,读者亦必一目了然罢。

又如第十六回的结尾"秦钟之死",通行刻本与有正本不同,我在《红楼梦研究》上(八六、八七页)曾说过。程排以下各刻本只写众小鬼抱怨都判胆怯为止,下边接一句"毕竟秦钟死活如何",就算完了。到第十七回开场,秦钟已死了,也就是说他始终没有醒过来。有正戚本在众鬼抱怨都判以后却多了一段:

都判道:"放屁,俗语说的好,天下官管天下民,阴阳并无二理,别管他阴,也别管他阳,没有错的了。"众鬼听说,只得将他魂放回,哼了一声,微开双目,见宝玉在侧,乃勉强叹道:"怎么不早来,再迟一步也不能见了。"宝玉携手垂泪道:"有什么话,留下两句。"秦钟道:"并无别话,以前你我见识自为高过世人,我今日才知自误了。以后还该立志功名,以荣耀显达为是。"说毕,便长叹一声,萧然长逝了。

后来知道这也就是脂本的原文。看这残本第十六回的结末,众鬼埋怨都判,也有下文,既不同刻本;而文字很特别,又不同脂戚本,引录如下:

"……他是阳,我是阴,怕他也无益。"此章无非笑趋势之人,阳间岂能将势利压阴府么。然判官虽肯,但众鬼使不依,这也没法,秦钟不能醒转了。再讲宝玉连叫数声不应,定睛细看,只见他泪如秋露,气若游丝,眼望上翻,欲有所言,已是口内说不出来了,但听见喉内痰响若上若下,忽把嘴张了一张,便身归那世了。宝玉见此光景,又是害怕,又是心疼伤感,不觉放声大哭了一场。看着装裹完毕,又到床前哭了一场,又等了一回,此时天色将晚了,李贵、茗烟再三催促回家,宝玉无奈,只得出来上车回去。

这样看来,本回记秦钟的最后,便有了三种格式:(一)没有下文,次回说他已死,当然不曾醒过来(刻本)。(二)虽有下文,都判却拗不过众鬼,也不曾醒过来(吴藏残本)。(三)众鬼服从都判,放秦钟还阳,还跟宝玉说了一些话(脂本、戚本)。自当以脂本为正,程本妄删,残本却是妄改而已。

三十五　记吴藏残本(二)

一七九一程本以前,流传的抄本,就现存材料而言,大约有两种:一种是正统的脂砚斋评本,有正戚本也可勉强附在这类;又一种也根据脂本,删去评语,随意改窜的,如甲辰抄本、郑藏残本两回、吴藏残本四十回皆是。这些改窜,极大部分没有什么道理。譬如郑藏本将贾蔷改为贾义,便不大好懂,蓉蔷这一辈取名都从草字头,若贾蔷作贾义,莫非那些人用仁义礼智信来排行的么。这例说明这些抄本虽然珍贵,好处却很少,校《红楼梦》时也不能依它定字的。又知道程、高整理《红楼》,虽非原稿之真,却从此有了一个比较可读的本子,二百年来使本书不失其为伟大,功绩是很大的,即有过失,亦功多于罪,有人漫骂程、高,实非平情之论。

闲话休题,言归正传。从上文所举第一、第十三、第十六各回,其如何妄改,可见一斑。虽然妄改,所依据的却是脂本。如上言回目不同,也可以看出。即如脂本本来矛盾的地方,它也没改,尤为显证。凤姐本有一女叫大姐儿,后来在四十二回,刘姥姥命名为巧姐儿,谁都知道,原不成问题的,但脂本前回偏说他有两个女儿,一个叫巧姐儿,一个叫大姐儿,而且说了不止一遍,两见本书(第二十七、二十九回)。这本亦同。可见它的底本,的确也是个脂本。

至于为什么要妄改,也不好懂,妄改大约没有理由,假如有理,便也不成其为妄改了。这儿举一些可笑的零碎例子:

如第一回"锦衣纨裤[1]之时",作"绸裤";第七回尤氏说,"先派两个小子送了这秦相公家去",作"小孩子";第十二回王夫人道,"就是咱们这边没了,你打发个人往你婆婆那边问问",作"婆婆家";第十六回"号山子野者",者字本是虚字,下文作"又有山子野制度",原不误。此本作"又有山子野者制度",他似乎认为有个人真叫山子野者。第十八回宝玉作诗想不起典故来,"便拭汗道",此本作"拭泪",宝玉急得哭了。这

---

[1] 裤,同"绔"。编者注。

些都是非常可笑的。

又如第十一回凤姐问秦氏的病说,"你公公、婆婆听见治得你好,别说一日二钱人参,就是二斤也能够吃得起",改成"二两",未免寒酸;在第十四回凤姐协理宁府,吩咐道,"这四个人在内茶房收管杯碟茶器,若少一件,便叫他四个人赔",又作"四十个人"阔绰得没有情理。又第三回写黛玉的形容,有名的句子如"似蹙非蹙的笼烟眉,似喜非喜的含情目",却改为"眉弯似蹙而非蹙,目彩欲动而仍留",也并不见好。

此外有因脱误而闹笑话的。如第十四回追荐秦氏,以缺了:

正伏章申表,朝三清,叩玉帝。禅僧们行香。

十六个字,变为"那道士们放焰口"了。

第十九回宝玉到花自芳家,原作:

花自芳忙出去看时,见是他主仆两个,唬的惊疑不止,连忙抱下宝玉来,在院内嚷道,宝二爷来了!

抄者把"抱"字误写作"跪",于是变为:

花自芳忙出去,看见他主仆两个,唬的惊疑不止,连忙跪下。宝玉来在院内,嚷道,宝二爷来了!

这情形够古怪的了。

所改诗句亦往往错误,如第二十三回宝玉初进大观园,赋春夏秋冬即事四首,其《春夜》云,"隔巷蟆更听未真"。乱点虾蟆,本形容更鼓,是虚说,各本已多误。此本作"蛮蟆更深听未真",变成虾蟆跟蛐蛐在春天一块儿叫了。其《秋夜》云,"沉香重拨索烹茶",改作"沉吟跌坐索烹茶",宝玉一进大观园就打起坐来了。

以上所举虽东鳞西爪,很不完全,而妄改的情形已可见大凡。所以这些"异文"不过是"异闻"而已,对我们校订《红楼梦》文字的工作,用处不很多。

一九五四,三,二十二病中

三十六　记嘉庆甲子本评语

我近来得到一部嘉庆年刻本《红楼梦》,凡百二十回,上写着"藤花榭原版耘香阁重梓",并题明"近有程氏搜辑"云云,可见离程刻不远,下署"甲子夏日",当是嘉庆九年(一八〇四)的本子。这本上有许多评语,不知何人手笔,最末有"光绪十四年三月既望古越朱湛录于襄国南窗下",这是抄录批语的姓名。这些评语都跟后来《金玉缘》本的太平闲人、护花主人、大某山民的评不同,想是嘉道年间人写的。

这些评语也不太好,每把后四十回与前八十回混合了讲,但他看本书却很细,是忠实于《红楼梦》的。现在从这本上摘录一些较好的来一谈。

(一)第一回:"当此日,欲将已往所赖天恩祖德锦衣纨裤之时,饫甘餍肥之日,背父母教育之恩,负师友规训之德,以致今日一技无成半生潦倒之罪,编述一集以告天下,知我之负罪固多,然闺阁中历历有人,万不可因我之不肖,自护己短,一并使其泯灭也。"批曰:(以下所引都是眉批,夹行批另注出)

> 九十五字作一句读,惟《左传》《史记》有此长句。

按《红楼》开首一段实为全书总批,仿佛自序性质,其中多长句。依我看,几乎一二百字可作一长句读。此批颇好。

又同回石头说话,批曰:

> 石言载在《春秋》,并非故作奇笔。

这合上例又说明了《红楼梦》与古史有一种关连。

(二)《红楼梦》上还有一个老问题经过多人提出,即第二回说生元春后次年生宝玉,与下文元妃省亲时说,虽为姊弟有如母子,明显地冲突;所以有的抄本,刻本如程乙本都往往改了。改得也不见得妥当。这原是很难的。且不去说他。这书批道:

> 次年二字误,妙在冷子兴口中演说。彼不过陪房之婿,未得其详耳。

嘉庆本偏重于程甲本。这儿用冷子兴传讹的说法,替作者圆谎,似乎也不见别人说过。虽未必是,亦可姑备一说。

(三)第七回焦大醉骂,本书特笔,极力暴露封建大家的丑恶。焦大在这里代表了作者的意思。也有两条批语:

> 作者所欲言,借醉汉口中畅言之。
> "有天没日"四字屈曲之甚,此诗人忠厚之遗也。

(四)《红楼梦》写衣服,每避免真正的满洲服装,当时有所违碍,不得已耳。如记北静王的一身打扮是梨园装束,明朝阮胡子的打扮,已见另文。但书上亦有用真的地方,不过写得很隐约。如第十一回凤姐在宁府天香楼看戏,批道:

> 上楼提衣是旂(旗)装

虽只寥寥七字却很搔着痒处。"款步提衣上了楼",这描写穿旗袍贵妇人的行动是非常形象化的。

(五)第十四回"享强寿贾门秦氏宜人之灵柩",批曰:

> 计贾蓉年二十岁(见第十三回)秦氏不过二十上下耳。享强寿三字虚诞假借已极。此正是作者妙处。

他懂得《红楼梦》多用虚笔,也是很好的。按"四十曰强,而仕",见于《礼记》。

(六)第十五回本书有这么一段:

> 老尼道:"……张家连倾家孝敬也都情愿。"凤姐听了笑道:"这事倒不大,只是太太再不管这样的事。"老尼道:"太太不管,奶奶可以主张了。"凤姐笑道:"我也不等银子使,也不做这样的事。"净虚听了打去妄想,半晌叹道:"虽如此说,只是张家也知我来求府里,如今不管这事,张家不知道没工夫管这事,不希罕他的谢礼,到像府里连这点子手段也没有的一般。"凤姐听了这话,便发了兴头,说道:"你是素日知道我的,从来不信什么阴司地狱报应的……"

这里好像看不出有什么可批的。他却批得很好。在"张家连倾家孝敬也都情愿"句上批曰:

> 吃紧语,投其所好。

在下文总括地眉批曰:

> 其实发兴头在倾家孝敬句,老尼巨猾知凤姐不肯便发兴头,故将不希罕谢礼句替他撇清,再将没有手段句一激,使凤姐发兴头原不为谢礼起见也者,而凤姐喜矣,故曰便发了兴头也。

凤姐"发兴头"虽是事实,写得却很空灵。批者说得分明,她原在听了张家肯倾家孝敬便发兴头了,书上偏不这样,把它按着,留到下文老尼激发后再点出,似乎凤姐好胜负气,并非一味的贪财,给她留了一些地步,用笔实中有虚,于老辣中见微婉。评得极是。像这按语,未免蛇足矣。

(七)《红楼梦》脱胎《西厢记》,而加以灵活的运用,评者亦有一处指出。第十六回记黛玉奔丧后回来,宝玉看见她。

> 宝玉心中忖度黛玉越发出落的超逸了。

夹行批云:

> 《会真记》,穿一套缟素衣裳,合评精细固也,然尚说出缟素来。此但从宝玉心中忖度,用"超逸"字、"越发"字不觉黛玉全身缟素活现纸上。《红楼》用笔之灵往往如此。

脱胎非抄袭之谓,这也是很好的举例说明。作者写到这里,恐怕的确会联想到双文的一身缟素衣裳,不过正惟其想到了,更得回避它。下"超逸"二字得淡妆之神而遗其貌,正是作者的置身高处,非世俗的笨伯文抄公可比。这是谈《红楼梦》的传统性时不该忽略的一点。

(八)谈到大观园也有很好的批,不过他没有发挥,他的意思亦未必跟我的完全一样。近来颇有人注意大观园所在的问题,或来问到我,我每每交了白卷。大观园虽也有真的园林做模型,大体上只是理想。所谓"天上人间诸景备",其为理想境界甚明。这儿自不能详说,且看批语。在第十七回上:

> 只见正面现出一座玉石牌坊……宝玉见了这个所在,心中忽有所动,寻思起来,倒像在哪里见过的一般,却一时想不起哪年月日的事了。

批曰:"可见太虚幻境牌坊,即大观园省亲别墅。"其实倒过来说更有意义,大观园即太虚幻境。果真如此,我们要去考证大观园的地点,在北京的某某街巷,岂非太痴了么。

(九)我常常谈到《红楼梦》多用虚笔。上文第五节批语已说秦氏"享强寿"是虚诞的。第二十八回上宝玉、薛蟠等喝酒行令,蒋玉菡酒令用了"花气袭人知昼暖",妓女云儿告诉他这是宝玉丫鬟的名字。批曰:

> 云儿偏知道,奇极。非云儿真知道也。文法必如此方见生动。

这也是明通的话,当然也可以呆说:安见得云儿不知道呢?不过宝玉的丫鬟的名字,云儿实无知道的必要,文章到此必须叫醒;若用薛蟠、宝玉等人说出,便觉呆板耳。

(十)本书有许多对话是很尖锐,甚至于有些尖刻的。如第三十回宝钗说怕热,宝玉就拿她比杨妃。宝钗冷笑了两声,便说:

> 我倒像杨贵妃,只是没一个好哥哥好兄弟可以做得杨国忠的。

批曰:

> 语妙天下。元春现是贵妃,宝钗即以杨国忠比宝玉也。

这好像没说什么新鲜的,我们也可以懂得,只"元春现是贵妃"一句便坐实了《红楼梦》的现实性和批判性。宝钗当真以杨国忠比宝玉,也就是作者之意如此。无论以杨妃比宝钗,以飞燕比黛玉是贬(第二十七回),即以杨国忠比宝玉也是贬,以《一捧雪》的严家来比贾氏也完全是贬(第十八回)。《红楼梦》对贾府,对贾宝玉,对十二钗之首座钗、黛,十二钗之殿军可卿,这样的否定,我觉得现在这通行的自传说,实在有重新考虑的必要。

(十一)主张自传说的每以曹𫖯做员外郎,贾政也做员外郎,又引脂批"嫡真实事",证明贾政即曹𫖯,贾宝玉即曹雪芹。这是比较有力的。但就《红楼梦》本书来看,对贾政、王夫人并无真正赞美之词。如第三十七回贾政"端方清肃"等语也是后人加的。《红楼》作者似并不怎么喜欢贾政、王夫人公母俩。还是雪芹对他的爸爸、妈妈感情不好呢,还是压根儿不这么一回事?这个问题暂时不易解决。

批书人对贾、王也都没有好感,得作者之意否自当别论。对于贾政的,我引两条:

> 王夫人护持宝玉,每将太君挡头阵,此时用此数语恰合,岂知政老提起老太太索性要绳来勒死宝玉。世之

不孝不慈,而自附于道学先生者,可以鉴矣。(第三十三回)

本文是这样的:

> 王夫人哭道,宝玉虽然该打,老爷也要保重。且炎暑天气老太太身上又不大好,打死宝玉事小,倘或老太太一时不自在了,岂不事大。贾政冷笑道:"倒休题这话。我养了这不肖的孽障,我已不孝,平昔教训一番,又有众人护持他(夹批,"明明是说老太太"),不如趁今日结果了他的狗命,以绝将来之患。"说着便要绳来勒死。

后来王夫人说到"夫妻分上",贾政方长叹一声向椅子坐了,泪如雨下。批曰:

> 然则非看老太太分上饶宝玉,仍看夫妻分上饶宝玉,贾政果何等人耶。

说明贾政(假正)是封建社会的假道学,很明白的。其他不满贾政的话也很多,兹不详引。

关于王夫人的,我也引两条。在第三十回上称王夫人"是个宽仁慈厚的人",眉批曰:"四字赋之。"又本回总批曰:

> 王夫人不能教子但迁怒于使婢。当时金钏跪求有"见人不见人"之语,明明示以必死;况其时金钏所云并无大

过,也卒忍心撵逐。作者特下宽仁慈厚四字,赞之乎抑讥之耳(疑乎字之误)。

他解释"宽仁慈厚"是反语,虽稍迂曲,但其治王夫人、金钏之狱,我想公平的。我们决不能说作者不站在金钏、晴雯这一面,却站在王夫人一边去。这不仅在感情上,且有思想上的问题。

(十二)第三十二回"诉肺腑心迷活宝玉",回末总批:

肺腑之言宝玉至此不得不诉,然千万不可尽诉,尽诉则黛玉必至大翻,与上两次犯复;否则终不能以礼自持,坠入小家气象。作者于此千思万算出"你放心"三字来,刻骨铭心毫不着迹。黛玉不嫌唐突,佯不明白。又算出"皆因不放心"一段文字来,肺腑之言尽诉而仍不着迹。黛玉以"知道了"三字收之。宝玉肺腑之言尚留一半,却对袭人诉之,奇奇妙妙,令人不可思议。

这说得不错。有眉批一条意思重复,不录。

(十三)第四十一回写刘姥姥不认识八哥,称为"黑老鸹子长出凤头来",似乎形容稍过,批者认为这是现实的。

余馆于吴川时,同事姚君蓄八哥,悬廊下,有挑夫数辈来均指为老鸹子,然后知北方乡里人都不认识八哥也,然后知《红楼》文字,都是真情实理,无一笔扯谎取笑也。

《红楼梦》每虚实互用,虚便极虚,实便极实。这评也说着了一面。

批者大约是南人,从有些地方不解北语看出,如第四十六回邢夫人对凤姐说:"也有叫你去的理,自然是我说去。"这本不误,"也有"云云是反语。批者不解,却说:"也字疑是那字",可见他对北语的了解,也还不如我。但关于北京风土的也有两条。

第五十一回,"那是五两的定子",批曰:

都中通用松江银,每锭五两,细甚。

第六十八回,"吩咐他们杀牲口备饭",批曰:

京腔谓鸡为牲口。

虽讲得不错,这"京腔"二字用法颇奇,批者无疑是个南方人。

(十四)第四十三回"不了情暂撮土为香",焙茗代宝玉祝告一段,批云:"焙茗滑贼,早窥宝玉之心事,与《会真记》红娘代莺莺祝告一样笔墨。"这又是摹仿《西厢》。红娘代祝,见《西厢》第三折"酬韵"。

(十五)批语也有很细的。如第四十七回薛蟠挨打以后,本文作:

忽见苇坑傍边,薛蟠的马拴在那里。众人都道:"好了,有马必有人。"一齐来至马前,只听苇中有人呻吟,大家忙走来一看。

批云:"人在苇中,如何寻得着,先听苇中有人呻吟,妙矣。人在旷野,苇中呻吟如何听得见,先看见薛蟠的马在那里。尤妙。文心之细,无一笔草率也。"

(十六)也有似乎说着,却仍被作者瞒过的。如第五十一回,胡君荣诊治晴雯,看见她的指甲一段,批曰:

此即看尤二姐之胡君荣也,使见指甲便回过头来,若见全面,又要魂飞天外矣。

胡医色迷是真,批得不错。但尤二姐之死,胡医实受凤姐的贿嘱,并非由于见了全面,魂飞天外,用错了药。作者有意在本回"胡庸医乱用虎狼药",埋伏一根,好像庸医应该如此。见色而迷尤不足怪,其实满不是这么一回事。所以我说,在这儿评家又被作者瞒过了。

(十七)亦有因版本错误而妄批的。如第七十一回宝玉听贾政回来"又喜又愁",这嘉庆本很特别,作"又喜又悲"(道光本仍作愁),这悲当是错字,而批者云:

子闻父归,喜且有余,悲于何有。父归见子,又有伤感之意。骨肉之间不应至此。孟子所谓,离则不祥莫大焉,可于贾政父子验之。

说贾政父子关系的疏远虽然不错,但根据这"悲"字,却是错的。这例比较简单,更有版本之误加上理解之误而妄批的。如本书第五十四回:

> 贾母又命宝玉道:"你连姐姐妹妹的一齐斟上,不许乱斟,都要叫他干了。"宝玉听说答应着,一一按次斟上了。至黛玉前,偏他不饮,拿起杯来,放在宝玉唇边,宝玉一气饮干。黛玉笑说:"多谢。"宝玉替他斟上一杯。凤姐儿便笑道:"宝玉别喝冷酒,仔细手颤,明儿写不的字,拉不的弓。"宝玉道:"没有吃冷酒。"凤姐儿笑道:"我知道没有,不过白嘱咐你。"

批曰:"凤姐排摈黛玉,于此见端。"这不但嘉庆本如此,即晚出的《金玉缘》本亦评曰:"薛姨、宝钗曾同劝宝玉吃冷酒,今用凤姐劝之,直是群攻黛玉。"这都受了程、高续书的影响,造成钗凤结党群攻黛玉的观念,不必说了。其他又有版本上的问题。他们似都认为宝玉喝了黛玉的残酒、冷酒,其实不是的。

先说当时的情形,贾母本叫宝玉,姐妹的酒一齐斟上,宝玉按次斟上了,当然都是热酒。莫非独不给黛玉斟么?黛玉不喝叫宝玉代饮的,正是他刚才斟的热酒。宝玉一气饮干,又替她斟上门杯,实在斟了两杯酒。所以这"宝玉替他斟上一杯""替他"之上应该有个"又"字,以有正戚本为正,它作:

> 宝玉又替他斟上一杯,

而各本每脱此字[1]。缺了"又"字,便变为宝玉喝的是黛玉以前未喝的冷酒(其实这杯冷酒早已倒掉了),而这次新斟的才是热酒(其实第二杯了)。因为版本的错,引起误解;因为误解,致有妄批。上文说过,还有对本书理解的错误,不完全由于版本。

因此下文凤姐说,宝玉别喝冷酒,用意很深。宝玉回答,没有吃冷酒,这是事实。凤姐还说,我知道没有,不过白嘱咐你。既知道没有,为什么白嘱咐呢?讽刺之妙,含蓄之深,殆非如一般评家所言,这儿不能详说了。

(十八)第五十五回探春理家时,平儿来说:

"奶奶说,赵姨奶奶的兄弟没了,恐怕奶奶和姑娘不知旧例。若照常例,只得二十两。如今请姑娘裁度着,再添些也使得。"探春早已拭去泪痕,忙说道:"又好好的添什么。"

批曰:"恐怕不知旧例,奶奶和姑娘并说;裁度添些,单请姑娘。凤姐之意,明明只照旧例,不得增添。所谓'若不按例,难见你二奶奶',探春早已逆料及之。读者偏有议探春待生母太刻者,未知探春有不得不然,探春之于赵姨尤不得不然也。"我想,这话是对的。

---

[1] 脂庚辰本此句作:"黛玉笑说多谢,宝玉宝玉(二字点去)替他斟上一杯。"重出宝玉两字。疑庚本"宝玉"之下有一"又"字傍注,而抄者以为这"又"字代"宝玉"两字的,遂写为"宝玉宝玉"了。

关于探春理家还有一条。第五十六回总批：

> 历朝有言利之臣，则国脉已伤；治家而搜括小利，则元气将绝。大观园系元妃行幸之所，原宜随时修理，谨敬封锁。兹奉命将姐妹们各住一院，既不令佳人落魄，又不使花柳无颜，而乃因赖大家花园中出息，搜括大观园中微利，此探春之败笔也。作者并不说破一字，下文五十九回特写"嗔莺叱燕"一篇，以见气象之难堪。大观园从此日形萧索矣。

他以为本回系贬探春。第五十六回总批说她"荣府人材完璧，而作者犹不满之，故接写兴利除弊一篇，以著白圭之玷"，意尤明显。得作者之意否，却大有商量之余地。"大观园从此日形萧索"，固是事实，而贾府倾颓之势已成，归罪探春不亦稍过。况五十六回目录作"敏探春兴利除宿弊，贤宝钗小惠全大体"（亦有作"识宝钗"者），似系赞美，并非贬斥。虽回目与本文有互见之例，但本文里也看不出贬词来，他所谓"并不说破一字"是也。所以这不过评者的一种看法而已。下半部文章从这里开始，大观园中因此生出多少是非，却是真的；若说是探春的过失，恐作者未必有这样的意思。

（十九）在第五十六回"甄贾宝玉"有批语四条还好。甄家女人说，"今儿太太带了姑娘进宫请安去了"，批曰：

> 进宫请安也有贵妃在内。此书但写贾贵妃，不提甄贵妃，真即是假，暗藏得妙。

又说,"我们看来,这位哥儿性情,却比我们的好些",批曰:

> 要说性情一样,偏说性情好些;惟说性情好些,正说性情一样。用笔之妙,天仙化人。

宝玉梦见甄家的丫鬟骂他"臭小子"一段,批曰:

> 就借宝玉肚里的话骂宝玉。

这也说得对,连骂人的话都是宝玉自己的。又如:

> 榻上的忙下来拉住笑道,原来你就是宝玉,这可不是梦里了。宝玉道,这如何是梦,真而又真的。

批曰:"明明是梦,偏说不是梦,然则世之明明非梦者,实无一不是梦也,此《红楼梦》之所以命名欤。"

写甄、贾二姓如镜花水月,贾家有什么,甄家必有什么。贾家有贵妃,甄家也有贵妃,便是这个道理。甄贵妃者,岂有其人,不过贾元春的影子而已。其写甄、贾宝玉,身外有身,亦同倩女离魂一般。甚至于甄家骂宝玉,亦若出宝玉口中。这种写法,跟程、高续书写甄宝玉大不相同。评者未必了解此点,但上引四条相当的好。

(二十)第六十二回:宝玉、平儿、宝琴、岫烟四人同生日。

> 湘云拉宝琴、岫烟说:"你们四个人对拜寿,直拜一天才是。"探春忙问,"原来邢妹妹也是今日。我怎么就忘了。"

有批语两条:

> 次说岫烟同日,苟非湘云说出,亦置之不问矣,隐见世态炎凉,周旋疏忽。
>
> 忘了二字是明明知道的。岫烟已从贾府过帖,与薛蝌定亲,与宝琴亲姑嫂同辰,焉有不知之理。

下文记探春忘了黛玉的生日。批曰:

> 但记宝钗,不记黛玉,以衬出本日但知宝琴,不知岫烟。探春十二钗中之表表者,亦不免随人冷暖耶。此皆作者不满探春处。

作者未必不满意探春,但人情冷暖却是真的。

(二十一)第六十二回:"湘云道:'宝玉二字并无出处,不过是春联上或有之,《诗》《书》纪载并无,算不得。'香菱道:'前日我读岑嘉州五言律,现有一句说此乡多宝玉,怎么你倒忘了。'"批曰:

> 作者于此固写湘云已醉,不然,《尚书》"分宝玉于伯叔之国",《春秋》"窃宝玉大弓","得宝玉大弓",如何说《诗》《书》纪载并无。

这条说"宝玉"在经典上有出处,话虽不错,未免拘泥了。湘云此时并无醉态,说湘云已醉亦不合。这全是虚笔。《诗》《书》记载虽有"宝玉",湘云楞说没有也无碍。如她说春联上或有之,其实又何以见得春联上有宝玉呵。这也不甚可解,不过随便说笑而已。即如香菱引岑嘉州诗来驳她,若改引《春秋》"阳虎窃宝玉大弓"如评家所云,岂不大杀风景么?小说贵机趣天然,风神谐畅,直掉书袋,便落俗套。如《镜花缘》后半部令人不耐,即此缘故耳。

(二十二)第六十三回,芳官先唱"上寿"唱了一句即被打回去,改唱"邯郸扫花"。批曰:

> 是戏子习气,却是即景生情,偏打回去,写出当时绝无拘泥,另有一番雅兴。
>
> 此出名"扫花"。此回系群芳开宴,且各占花名,第一签即唱此曲,已寓一扫而空之意。

"上寿"是伶工俗曲,却很吉祥,改唱"扫花",腔格细腻却很萧瑟,过渡处妙在使人不觉。此夕芳官未掣花名签,此曲当暗示她的结局,评家指出群芳消散,亦是。

(二十三)第六十八回凤姐到尤二姐处,她的打扮:

> 只见头上都是素白银器,身上月白缎子袄,青缎子掐银线的褂子,白绫素裙。

批曰:"贾琏与贾敬从堂,服系缌麻,无此纯素之礼,况此时百日已过,何素之有。此系凤姐要重贾琏家孝一层之罪,故意用此欺人法。"照服制讲,的确用不着这样。凤姐仿佛穿的是公公的服,对贾琏的从堂伯父何须如此。批语以为欲重家孝故意欺人,亦似有理。其实文章必如此写来方才有神。凤姐此日之对尤二姐,完全一团杀气,自非这样穿章[1]打扮不可。接着下文所谓:

眉弯柳叶,高吊两梢,目横丹凤,神凝三角。

肃杀神情活现纸上矣。批语云云,似尚隔一层。

(二十四)还有一些驳正本书错误的。如第二十三回凤姐说,"若是为小和尚小道士们的那事",批曰,"和尚应作尼姑,道士应作道姑",话虽不错,但和尚道士本是通称,未为不可,若改作"小尼姑小道姑"云云,反而显得别扭了。

有驳得较有风趣的。如二十九回凤姐说,"把那些道士都赶出去"。夹批云:"道士都赶出去,谁打平安醮。"同回"小道士也不顾拾烛剪";又说,"一手拿着蜡剪,跪在地下乱颤"。夹批云:"蜡剪已不顾拾,此时何得又有此。"看笔迹这是另一人所批,时间大约较晚[2]。

---

[1] 穿章,方言,穿着的意思。编者注。
[2] 此书的批语大部分均一种笔迹,即朱淇所录。此外另有一种笔迹,即批"不顾拾烛剪"者,批的却很少。最显明的在第五十一回,蒲东寺梅花观怀古两诗批曰:"后二首第一是帐须,第二是团扇。"此乃朱淇所录。文下又有批曰:"鞋拔。隐刺宝钗,作者深恶宝钗之词。"同一蒲东怀古诗,而一猜帐须,一猜鞋拔,其出二手甚明。

亦有虽见到，但无关宏旨的。如二十八回宝玉在王夫人处吃饭一段，批曰：

> 此次贾母吃饭，何以王夫人、凤姐均不伺候，且探、惜春等均在王夫人处。此是疑团，不敢强解。

亦有不了解程、高续书而批的，如第十五回批曰："下文水月庵馒头庵分，此处合而为一，疑有误。"不知合为一者乃雪芹的原文，分为二者乃程、高的错误也，已见《红楼梦研究》。

亦有主张一说不甚妥当者，如彩云、彩霞究竟一人还是两人，本是一个虽小而颇麻烦的问题。他主张彩云即彩霞，共有两条：

> 此处彩云彩霞明是一人，后文分而为二，疑有误。（第二十五回）
>
> 彩霞就是彩云，犹鹦哥之改名紫鹃也。（第七十二回）

说得对不对姑不论，这问题自来有两说的。但彩霞在七十二回已被打发出去了，他又说彩云即彩霞。那么，第七十七回王夫人怎么又叫彩云找人参呢？因此在本回，又批道：

> 彩云疑有误，当作玉钏儿。

我想这话不对。关于这个问题说来很琐碎,俟有机会再谈吧。

亦有对本书的毛病企图解决,而不甚妥的。如贾母的生日本是个古怪的问题。六十二回探春明说在灯节以后,即在正月;七十一回却又有"八月初三日乃贾母八旬大庆"的明文(其实庆八旬也不对)。七十一回批曰,"此中必有舛错",这话倒不错。但九十一回又批道:

生日无定,深讥之词,看者切勿被他瞒过。

这说贾母连生日都没有准日子,近乎恶骂,实无此必要,恐怕不对。

批者对程、高续书非常恭维,八十一回以后之评概不录。我在《红楼梦研究》曾说起巧姐儿忽大忽小的情形,这里也有一条批在第九十二回上:

巧姐一混就大,是此书不解处。

三十七　有正本的妄改

从一七九一以来流传的《红楼梦》都是一百二十回,直到一九一一上海有正书局才石印了八十回本,称为"国初抄本",这说法当然可笑。不过它的确是个旧抄本,后来又知道这亦是脂砚斋本。第一次印的字大,叫大字本;第二次的字小,叫小字本,至今都还可以买到。

这本开首有乾隆时人"吾乡"戚蓼生的序,所以通称为戚本。但我不很喜欢这样叫它(虽然有时我也这么叫的),我认为戚本和有正本是有差别的。有正书局并非以戚本影印,却是传抄,传抄罢了,未免妄改。究竟改了多少,什么地方改了什么地方没改,也说不上来。因为这有正底本(戚序本)早已在上海时报社烧掉了。听说这还不是狄平子的,他借的别人的。

所以这有正本是难得处理的。我这次校订《红楼梦》,虽用有正本作底本,却采用脂庚本,改动相当的多,就为这个。这儿却找到一条明显的妄改之例,而且在书上可以看出痕迹来。这不但比较有趣,而且是相当有意义的一件事。

有正本的眉批是狄平子加的。眉批上每举出文字的同异,并夸赞他这本子比通行俗本如何如何的好法,这是广告性质,不在话下。其实有些所谓好文章,是狄改的,他老先生自己喝彩。不过也不都是那样,有些大概戚本原来如此的。难得处理在此,若看了有狄批,即认为狄改,这也不妥当。

这儿所举的例,却是百分之百无问题的。在第二十五回之末,有正本有这么一段:

> 林黛玉先就念了一声阿弥陀佛。薛宝钗便回头看了他半日,嗤的一笑,众人都不会意。惟惜春道:"宝姐姐,好好的笑什么?"宝钗笑道:"我笑弥陀佛比人还忙,又要讲经说法,又要普度众生。"

这一点看不出破绽来,有正老板画蛇添足,加上一段很妙的眉批:

> "弥陀佛比人还忙",今本改作"如来佛",不知如来佛乃娑婆世界之佛,弥陀佛乃极乐世界之佛,吾乃知擅改此书者,不但不知佛法,即佛典之事迹名号亦均茫然,可笑甚矣。

说的是佛学上的 ABC,谁都知道的。他说"擅改此书",不知谁擅改。不是别人,正是他自己。又说"可笑甚矣",不知谁可笑。这是非常幽默的。

从近于原稿的旧本到民国初年有正妄改本,有一系列的倾向,即原本表面上矛盾得很厉害,后来渐渐减轻,最后矛盾消灭了,才合于佛法上的 ABC。这岂不原本反而坏了么?不然,曹雪芹做的是小说,意在摹写人情极其妙肖,并非宣传佛学的常识,何碍之有,何况矛盾只在表面,真格说来也还是通的。脂庚本作:

> 林黛玉先就念了一声阿弥陀佛,薛宝钗便回头看了半日,嗤的一声笑,众人都不会意。贾惜春道,宝姐姐好好的笑什么?宝钗笑道,我笑如来佛比人还忙,又要讲经说法,又要普度众生。

黛玉念的是阿弥陀佛,宝钗笑的是如来佛,且不管佛书上怎么讲,反正两个名字先不对头,张冠李戴着。谁都一目了然的,难道曹雪芹连这个也不曾瞧见么。这是出乎想象之外的。

后人便觉得不大好,于是从乾隆甲辰抄本到程本以下如嘉庆道光的本子,都把上文的"阿弥陀佛"简化为一"佛"字,

而下文的如来佛却没有动,便成为下列的样子,程甲本作:

> 黛玉先念一声佛,宝钗笑而不言。惜春道,宝姐姐笑什么?宝钗道,我笑如来佛比人还忙,又要度化众生。(甲辰本及其他各本同)

都归到如来佛的身上,好像通一点,虽然后来的狄平子先生还不满意。其实已经搞错了,不过他们的错正在狄说的反面。为什么改错了,我们先得问原本的何以不错。

第一,黛玉口中的阿弥陀佛,真是阿弥陀佛,不能简化为"佛"字的。因正和同回上文宝玉发病时她说的"该阿弥陀佛"相应,甲戌本脂批所谓:

> 针对得病时那一声

是也。若改为"佛"当然也不算错,但失却前后照应,非作者之意,而神理已非。

再说"阿弥陀佛"跟"如来佛"的矛盾也极其表面的。三千大千世界一切诸佛谁不普度众生?千佛即一佛也,不然,又为什么都念南无本师释迦牟尼佛,南无阿弥陀佛? 妄揣曹雪芹的佛学也未必怎样精深,但这点常识总是有的。况且一世界一如来。如来乃诸佛的通称,不限于释迦,阿弥陀佛亦称如来,经典上有明文的。不过,做小说,谈论小说,不必这般学院气罢了。

从《红楼梦》来看,林黛玉念阿弥陀佛,宝钗却笑如来佛,张冠李戴也有一种好处，使说话口气稍为错开一点，不太针锋相对，可能作者有意这样安排的。反正，俗情的说法，对诸佛名号本无须十分认真也。

总之，旧本原来不错，甲辰本以下简化佛号已非作意，有正本把旧本的"如来佛"改了去尤为大错。我虽没有看过一切的本子，就我所看到的，就常识来推测，决没有一个本子像有正本那样。这是狄平子改的，改了还为我们讲娑婆世界、极乐世界的区别。

最后还提出一个物证来，在有正本上第二十五回之末，看得出：

我笑弥陀佛

这弥陀两字，笔迹跟上下文不同，字形也稍大一些，挤在那儿不很舒服的样子。大字本最明显，小字本也看得出。这就证明戚蓼生序本亦同各本作如来佛，即有正的手民也还照抄了。其作"弥陀"者，不仅为狄平子所改，而且写好清样之后临时挖改的。

我对这有正本很觉头痛，不知它究竟改去戚本多少。这一例因非常突出，所以不惮烦的说明，别的地方咱们不见得有这样的好运气。

三十八　再谈嘉庆本

嘉庆本的评语大致如上文所引。关于这本子的本身也有些可说的。《红楼梦》从程、高以后刻本流传原是相当复杂的，从这本可以窥见一些模糊的轮廓。

（一）人与时代的问题。卷首有引言一段：

> 《红楼梦》一书向来只有抄本仅八十卷，近因程氏搜辑始成全璧。但彼用集锦板，校勘非易，不无颠倒错乱。藤花榭校雠刊刻，始极精详。兹本坊又将藤花榭刊本细加厘正，校定讹舛，寿诸梨枣，公行海内，阅者珍之。甲子夏日本堂主人谨识。

所谓耘香阁当是书贾。藤花榭，据启元白先生来信说：

> 藤花榭为额勒布斋名。额字约斋，满洲人，官至户部侍郎，于嘉庆九年刻中字本《说文》。此从刘盼遂先生处得之。刘并云，额曾刻《红楼梦》，但忘其说之出处矣。

"耘香阁重梓"在嘉庆九年，则藤花榭原版当在嘉庆初年，即紧接着乾隆末年程、高排印的本子。

（二）如何综合整理程本的问题，他说："细加厘正，较定讹舛"，但所采用的程甲还是程乙呢？当是他们的折衷。那么，偏重于程甲还是程乙呢？这本虽也有采用程乙的地方，如第十三回"都有些伤心"，不作"疑心"，同乙而异甲，不过大体上同程甲本为多。我曾对校过第一回，跟程甲几乎没有差别，而跟程乙便差得很多了。即第九十二回，"评女传巧姐慕贤良，玩母珠贾母参聚散"，乙本原比甲本要完备些，它也采用程甲不同程乙,尤为明证。

(三)除采用程本以外,也采用抄本。这事实很重要。也就是说嘉庆以来的各本,乃是"刻本加上抄本",并非程甲乙的嫡系。说各本都出于程甲,严格说来,这句话是错误的。程乙对后来各本的影响当然更小。这儿也举两个例子,如第三十二回:

宝玉一时醒过,方知是袭人进扇子来,羞的满面紫涨,夺了扇子,便忙忙的抽身跑了。(脂庚辰本)

宝玉一时醒过来,方知是袭人送扇。宝玉羞得满脸紫涨,夺了扇子,便抽身的跑了。(嘉庆本)

大体相同。至程甲、乙本却作:

宝玉一时醒过来,方知是袭人;虽然羞的满面紫涨,却仍是呆呆的,接了扇子,一句话也没有,竟自走去。

差别便很多了。又如第四十一回:

(刘姥姥)便心下(嘉庆本作中)忽然想起,"常听大(无大字)富贵人家有一种穿衣镜,这别是我在镜子里头呢罢(呢罢作吗)。"说(想)毕伸手一摸(抹),再细一看,可不是四面雕空紫檀板壁,将(这)镜子嵌在中间。因说:"这已经拦住,如何走出去呢。"一面说,一面只管用手摸这镜子。(脂庚辰本)

嘉庆本小异处,已记在括弧内,可见两本相同。看程甲、乙本则大不然了。

> 刘姥姥便伸手去,羞他的脸,他也拿手来挡,两个对闹着。刘姥姥一下子却摸着了,但觉那老婆子的脸冰凉挺硬的,倒把刘姥姥唬了一跳。猛想起常听见富贵人家有种穿衣镜,这别是我在镜子里头吗。想毕,又伸手一抹,再细一看,可不是四面雕空的板壁将这镜子嵌在中间的,不觉也笑了。因说:"这可怎么出去呢。"一面用手摸时,只听咯噔一声,又吓的不住的展眼儿。

这不但表示嘉庆本从脂本不从程本,并且表示它校订的不错。因照程本,把乡下人挖苦得太厉害了,刘姥姥不至于那么傻。

(四)后来的刻本,我虽没有什么材料,大体上他们根据这嘉庆本或道光王本,并非出于程甲、乙本。还有一种特别的情况,即晚近的本子会比在它以前的本子,有地方更接近于古本。如第二十七回目录,嘉庆本已改"杨妃"为"宝钗"、"飞燕"为"黛玉"了,道光本仍作"杨妃戏彩蝶飞燕泣残红",反而近古。又如第十三回程乙、嘉庆、道光各本俱作"都有些伤心",而光绪间的《金玉缘》本却作"疑心",跟脂庚本、程甲本相同。这重新回头的趋势,表示《红楼梦》刻本的流变,并非愈古愈好,愈晚愈差。用时间机械地排列,非但不能解决什么问题,反而把情形更搞乱了。详细的情形必须有人掌握大量的材料,加以仔细的校勘,才能明白。

　　综合以上所说四点,已分明表示出来用刻本或抄本混合的校理《红楼梦》这个方法,从十九世纪初年直到现在,已有了一百五六十年的历史。最近的作家出版社新本,混合了程乙、亚东、有正各本加以校订,用的方法完全和前人相同。至于这综合的成绩,究竟如何,须看个别的情形,不能一概而论的。我这里不过指出这混合的校订法,在《红楼梦》是古已有之,并非新事而已。

《红楼梦》中关于"十二钗"的描写

※ 原载《文学评论》一九六三年第四期,一九六三年八月。

曹雪芹之卒到今年已有二百年了。他的《红楼梦》一书,彗星似的出现于中国文坛,谓为前无古人殆非虚誉。这残存的八十回书比之屈赋、太史公书、杜甫诗等也毫无愧色。二百年中有抄本,有排本、刻本,有新印本,万口流传亦已久矣。然而从另一角度看,它的遭遇也非常不幸:尚未完成,一也;当时以有"碍语",[1]而被歧视,二也;妄评,三也;续貂,四也;续而又续,五也;屡被查禁以致改名,[2]六也。除此以外,还有一特点,即其他的小说不发生什么"学",如《水浒》《三国》等小说亦复脍炙人口,却不曾听说过有什么"水浒学""三国学",独有《红楼梦》却有所谓"红学"。这本是一句笑话,含有讽刺的意味,但也是社会上的一种事实;以《大学》《中庸》说之,以《周易》说之,以《金瓶梅》比较言之,以清代政

---

[1] 清宗室弘旿(瑶华道人)评永忠《吊雪芹》诗:"此三章诗极妙,第《红楼梦》非传世小说,余闻之久矣,而终不欲一见,恐其中有碍语也。"
[2] 《红楼梦》板行以后,以诬蔑满人,及以有色情语,屡遭查禁。最后的一次在同治七年,丁日昌任江苏巡抚,查禁书籍二百六十九种,其中有《红楼梦》。后来将本书改名《金玉缘》,或用《石头记》原称,即由于此。

治或宫廷说之,以曹雪芹自叙生平说之……这样《红楼梦》是十分的煊赫了,然而它的真相亦未免反而沉晦。是幸运么,是不幸呢?它在过去始终未曾得到足够的评价和适当的批判。解放以来在党的"百花齐放,百家争鸣"政策的指导下,各式各样的文艺都欣欣向荣,《红楼梦》的研究也开始走上了正确的道路。我这篇文章谈关于人物的描写,不免陈旧肤浅,又偏而不全,对于这样伟大的著作,多么的不相称呵。若能够较比我以前徘徊于索隐考证歧路之间所写的要稍好一点,那在我已很觉欣幸了。

本篇所谈十二钗实指《红楼梦》中的诸女子,在一种意义上不足十二人(如第五回册子及曲文所列"正十二钗"),在另一意义上又不止十二人(如脂评所谓"情榜",有正、副、又副、三副、四副共六十人)。这里只就大家熟悉的,且在本书比较突出的,举数例一谈。

"十二钗"不过书中人物的一部分,而本篇所谈,又是"十二钗"的一部分,自难概括。还有一点困难,后四十回乃后人所续,他对书中人物看法不同,以致前后歧出,已广泛地引起读者的误解。即以"十二钗"的眉目钗黛为例:如宝钗顶着黛玉的名儿嫁给宝玉,从八十回中关于她的种种描写看来是不合式的。她只以"始则低头不语,后来便自垂泪",(第九十七回)这样默认的方式了之,又哪里像以前宝钗的行径呢。如黛玉临死时说:"宝玉,宝玉,你好!"(第九十八回),恐怕久已喧传[1]于

---

[1] 见于北宋周邦彦《诉衷情·当时选舞万人长》:喧传京国声价,年少最无量。编者注。

众口的了。晴雯临死时尚且不这样说,[1]难道黛玉就肯这样说么?本篇所谈,自只能以曹氏原著八十回为断限,却亦带来了一些不可避免的缺点。因书既未完,她们的结局不尽可知,除在脂砚斋批里有些片段以外,其他不免主观地揣想。虽则如此,我却认为比连着后四十回来谈,造成对书中人物混乱的印象毕竟要好一些。

一　总说

要了解曹雪芹怎样描写"十二钗",先要提出作者对于这些女子的看法,即用他自己的话来说明,有下列几个方面:

一、她们都是有才、有见识的。第一回总序:

> 今风尘碌碌一事无成,忽念及当日所有之女子,一一细考较去,觉其行止见识皆出于我之上,何我堂堂须眉诚不若彼裙钗哉。……然闺阁中本自历历有人,万不可因我之不肖,自护己短,一并使其泯灭也。[2](校本一页)

他有"传人"之意。欲传其人,必有可传者在;若不值得传,又

---

[1] 第七十八回记晴雯之死(校本八八九页):"宝玉忙道:'夜叫的是谁?'小丫头子说:'一夜是叫娘。'宝玉拭泪道:'还叫谁?'小丫头子道:'没有听见叫别人了。'宝玉道:'你糊涂,想必没有听真。'后来便有另一个小丫头胡诌了一大篇话,引起'杜撰芙蓉诔'来。"

[2] 各脂本讹异较多,以下所引只据《红楼梦八十回校本》,注明页数。如有个别异文,另注出。

传她做什么?即有褒贬,亦必其人有值得褒贬者在;若不值褒贬,又褒贬她做什么?上引两段文字并非照例一表,实关系全书的宗旨。后来续书人似都不曾认清这"开宗明义第一章",非常可惜。

二、她们遭遇都是不幸的。第五回叙宝玉梦游太虚幻境时:

> 惟见几处写着:痴情司、结怨司、朝啼司、夜怨司、春感司、秋悲司……宝玉喜不自胜,抬头看这司的匾上,乃是"薄命司"三字。两边对联写着:"春恨秋悲皆自惹,花容月貌为谁妍。"宝玉看了,便知感叹。(四九页)

"薄命司"已包括了全部的十二钗(广义的)。况且从上文看其它各司,如痴情结怨、朝啼夜怨、春感秋悲等虽名字各别,而实际上无非"薄命",宝玉虽只在"此司内略随喜随喜",无异已遍观各司了,也就等于说一切有才有识的女子在封建社会里都是不幸的。这个观点在本书里很明白,而续书人往往把握不住。

三、她们是"间气所钟",会有一些反抗性,同时也有缺点。第二回借了贾雨村的口气说:

> 所余之秀气漫无所归,遂为甘露,为和风,洽然溉及四海。彼残忍乖僻之邪气不能荡溢于光天化日之中,遂凝结充塞于深沟大壑之内,偶因风荡,或被云推,略有摇动感发之意,一丝半缕误而逸出者,偶值灵秀之气适过,

正不容邪,邪复妒正,两不相下,亦如风水雷电地中既遇,既不能消,又不能让,必致搏击掀发后始尽。故其气亦必赋人,发泄一尽始散。使男女偶秉此气而生者,上则不能成仁人君子,下亦不能为大凶大恶。置之于万万人之中,其聪俊灵秀之气则在万万人之上;其乖僻邪谬不近人情之态,又在万万人之下。若生于富贵公侯之家,则为情痴情种;若生于诗书清贫之族,则为逸士高人;纵然偶生于薄祚寒门,断不能为走卒健仆,甘遭庸人驱制驾驭,必为奇优名娼。如前代之许由、陶潜……卓文君、红拂、薛涛、崔莺、朝云之流,此皆易地则同之人也。(一九—二〇页)

这一段话显然很有毛病。但有一点可以注意的,这些人不受"庸人驱制驾驭",大部分都是受封建制度压迫的,有些是不被封建统治的道德观念所束缚的。且上文虽说在正邪二气之间,实际上恐怕偏于邪的方面要多一些,看上引文可知。他们的反抗性怕是从这里来的,所谓"彼残忍乖僻之邪气不能荡溢于光天化日之中,遂凝结充塞于深沟大壑之内,偶因风荡,或被云推,略有摇动感发之意,一丝半缕误而逸出者",在这里反抗封建统治很尖锐,仿佛《水浒传》之误走妖魔也。亦正因此,他们不但有缺点,而且很多,即所谓:"其乖僻邪谬不近人情之态,又在万万人之下"是也。《红楼梦》描写十二钗不必完全是那样,但也有相合的随处可见。

四、她们有胜于男人的地方。这每借了书中人宝玉的见解行为来表示。如他有名的怪话,在第二回:"他说,女儿是水做的骨肉,男人是泥做的骨肉。"同回又说:"这女儿两个字,极尊贵、极清净的,比那阿弥陀佛、元始天尊的这两个宝号,还更尊荣无对的呢。"过去都重男轻女,他偏要倒过来说重女轻男,在十八世纪的封建统治阶级里有人说这样的话,确实是石破天惊之笔了。

他为什么看重女子呢,引文里已说到,"极尊贵极清净的"。因为她们清净,所以尊贵。宝玉并不认为任何女子都是尊贵清净的。第七十七回:

> 守园门的婆子听了,也不禁好笑起来,因问道:"这样说,凡女儿个个是好的了,女人个个是坏的了。"宝玉点头道:"不错,不错。"婆子们笑道:"还有一句话,我们糊涂不解,倒要请问请问。"(八七三页)

婆子一句话没有说完,就打断了,这句"请问请问"的话不妨把它补全,她大概想说:女儿既这么好,女人又这么坏,但女人(妇人)不就是从前的女儿么?宝玉怎样回答不知道。问题正在这里。女儿之可贵自有她可贵之处,如果混账起来那就比男人更可杀了。第三十六回宝玉说:

> 好好的一个清净洁白女儿,也学的沽名钓誉,入了国贼禄鬼之流。这总是前人无故生事,立言竖辞,原为导后世的须眉浊物。不想我生不幸,亦且琼闺绣阁中亦染此风,真真有负天地钟灵毓秀之德。(三三页)

原来"琼闺绣阁"之所以清净而可贵,正因为她们距离"国贼禄鬼"总较男人们远些;若她们也染此颓风,那就真正有负天地钟毓之德了。

五、她们不以身份分美恶。《红楼梦》不但反对男尊女卑,即同样的妇女也不以阶层身份而分美恶。譬如太太们不必比奶奶们高,如凤姐儿是个著名的坏人,但是谁能说她婆婆邢夫人比她强?又有哪个人喜欢邢夫人过于喜欢凤姐儿?小姐们也不必比丫头们高,如平儿绝不比凤姐差,而且更可爱;如绣橘也不比迎春差。即同样的丫头,而二三等的婢女中也有人材,如红玉,脂评说她对宝玉将有大得力处[1]。质言之,在本书里也反对妇女界的尊卑观念,而且写那些丫头们,好文章又特别多,这恐非偶然的。本篇论"十二钗",于正册尚不完全,却拉扯到副册、又副册去,即根据这些事实。如谈论《红楼梦》,我们尽可撇开李纨、巧姐等,却决不能放过袭人和晴雯,本文谈她二人且特别长,其理由亦在此。

把握了上面的五点,《红楼梦》对十二钗为什么要这样写,为什么不那样写,总可以有一些理解。

二 对宝钗、黛玉的抑扬

此书描写诸女子以黛玉为中心,以宝钗为敌体,而黛玉虽为第一人,书中写黛玉并不多用正面的夸赞法。我昔年曾

---

[1] 甲戌本第二十七回末批:"且红玉后有宝玉大得力处,此于千里外伏线也。"

藏有嘉庆九年(一八〇四)耘香阁重梓本《红楼梦》,上有批语:

> 《会真记》穿一套缟素衣裳[1],金评精细固也,然尚说出缟素来。此但从宝玉心中忖度用超逸字,不觉黛玉全身缟素,活跳纸上。《红楼》用笔之灵,往往如此。(第十六回"宝玉心中品度黛玉,越发出落的超逸了"旁夹批)

他说得很好,本书描写黛玉往往如此。——在这里来点岔笔,本书正面描写缟素的也有,却不是黛玉,请看凤姐:

> 只见头上皆是素白银器,身上月白缎袄,青缎披风,白绫素裙。眉弯柳叶,高吊两梢;目横丹凤,神凝三角。(第六十八回,七五八页)

试问比黛玉如何?若说这里就有了褒贬予夺固亦未必,但一个楚楚可怜,一个浑身煞气,岂无仙凡之别?这些地方正不必多费笔墨,只是情文相生,而我们已不禁为之神往矣。

《红楼梦》写黛玉,不但正面说她的美不多,而且有时似乎并不说她美,且仿佛不如宝钗。这儿举三个例:

> 不想如今忽然来了一个薛宝钗,年纪虽大不多,然

---

[1] 《西厢记》第二折《借厢》"小梁州"曲曰:"可喜娘的庞儿浅淡妆,穿一套缟素衣裳。"

品格端方,容貌丰美,人多谓黛玉所不及。(第五回,四五页)

写众人看法如此。又如:

袭人笑道:"他们说薛大姑娘的妹妹更好,三姑娘看着怎么样?"探春道:"果然的话。据我看,连他姐姐并这些人,总不及他。"(第四十九回,五二三页)

据探春说连宝钗都不如她,实际上以宝钗为群芳的领袖。再看上文宝玉的话:

更奇在你们成日家只说宝姐姐是绝色的人物,你们如今瞧瞧他这妹子,还有大嫂子这两个妹子,我竟形容不出了。老天,老天,你有多少精华灵秀,生出这些人上之人来!可知我井底之蛙,成日家只说现在的这几个人是有一无二的,谁知不必远寻,就是本地风光,一个赛似一个。(五二二页)

宝玉说大家的看法如此。至后文的叙述,有借花喻人者,如第六十三回"寿怡红群芳开夜宴",宝钗掣的签是牡丹,题着"艳冠群芳"四字,下文又叙"众人说:巧的很,你也原配牡丹花",及轮到黛玉,她就想到:"不知还有什么好的被我掣着方好。"后来她掣的是芙蓉花。这段文章写得轻妙,而且暗示她们的结局比第五回所载更加细致,那些且不谈。就真的花说,无论色、香、品种,牡丹都远胜于芙蓉,此人人所共见者,像《红楼梦》这样的写法,不免出于我们的意外了。即脂砚斋对于钗黛容色的批评也仿佛这样:

> 按黛玉、宝钗二人,一如姣花,一如纤柳,各极其妙者……(甲戌本第五回夹批)

一如姣花,一如纤柳,谁是姣花,谁是纤柳?林黛玉本来够得上比姣花,宝钗却不能比纤柳;黛玉既只得为纤柳,而宝钗比姣花矣。花儿好看,还是杨柳好看?脂砚斋此评盖神似《红楼梦》六十三回之文也。

作者或有深意,脂评或在模拟作者,但表面上看,一般地说,宝钗要比黛玉更好看。至于性格方面,书中说宝钗胜过黛玉的尤多,这儿只能引两条,其第一条即上引第五回之下文:

> 而且宝钗行为豁达,随分从时,不比黛玉孤高自许,目无下尘,故比黛玉大得下人之心。(四五页)

其第二段见于第三十五回:

> 宝玉笑道:"这就是了,我说大嫂子倒不大说话呢,老太太也是和凤姐姐一样的看待。若是单是会说话的可疼,这些姊妹里头也只是凤姐姐和林妹妹可疼了。"贾母道:"提起姊妹,不是我当着姨太太的面奉承,千真万真,

从我们家四个女孩儿算起，全不如宝丫头。"薛姨妈听说，忙笑道："这话是老太太说偏了。"王夫人忙又笑道："老太太时常背地里和我说宝丫头好，这倒不是假话。"宝玉勾着贾母，原为赞林黛玉的，不想反赞起宝钗来，倒也意出望外，便看着宝钗一笑。宝钗早扭过头去，和袭人说话去了。（第三十五回，三六五页）

《红楼梦》在这些地方实在写得过于灵活了，例如此处很容易使人想到贾母喜欢宝钗而不怎么喜欢黛玉，读者一般会有这样的印象，我却以为其中也有世故人情的关系，这儿且不能谈了。

　　《红楼梦》写宝钗，其性格、容貌、言语、举止、学识、才能无一不佳，合于过去封建家庭中女子的"德、容、言、工"四德兼备的标准。本书虽肯定黛玉为群芳中的第一人，却先用第一等的笔墨写了宝钗，又用什么笔墨来写黛玉呢？

　　作者是用双管齐下的方法来写钗、黛的，然而这两枝[1]笔却能够有差别，表现作者的倾向来。双管齐下并不妨碍他的"一面倒"，反而使这"一面倒"更艺术化，也更加复杂深刻了。《红楼梦》有些地方既表示黛玉不如宝钗，却又要使我们觉得宝钗还不如黛玉，他用什么方法呢？其一，直接出于作者的笔下；其二，也出于作者的笔下，却间接地通过宝玉的心中眼中。先谈其二。

---

[1] 枝同"支"。编者注。

请回看上引第五回、第四十九回：一曰"人多谓"，二曰"探春道"，三曰"你们成日家只说"；"你们"如此，那么我呢？宝玉也不曾回答这问题。不妨具体地看宝玉眼中的钗、黛。于黛玉这样说：

两湾似蹙非蹙笼烟眉，一双似喜非喜含情目。（第三回，三二页）

于宝钗那样说：

唇不点而红，眉不画而翠，脸若银盆，眼如水杏。（第八回，八三页）

容貌二人谁美，文章两句孰佳，不待注解，已分明矣。

再看上引第三十五回，贾母虽然夸赞了宝钗，而宝玉原意是要引起贾母夸赞黛玉的。宝之于黛，情有独钟，意存偏袒，原因本不止一个，有从思想方面来的，如第三十六回："独有林黛玉自幼不曾劝他去立身扬名等话，所以深敬黛玉"是也；有从总角交谊来的，如第五回："其中因与黛玉同随贾母一处坐卧，故略比别个姊妹熟惯些；既熟惯，则更觉亲密"是也；主要的当由于情恋，依本书所载其情恋有前因，从太虚幻境来，亦即所谓"木石盟""露泪缘"是也。在这里宝玉对钗、黛的看法除一些思想性分的因素外，恐还谈不到批判。我们再看作者的笔下，以牵涉范围太广，这里也只能谈一点，仍从本书的作意说起。

就本书的作意,大观园中的女子都是聪明美丽的,故有怀念之情,传人之意,否则他就不必写"金陵十二钗"了。宝钗、黛玉为其中的领袖,自更不用说。但钗、黛虽然并秀,性格却有显著不同:如黛玉直而宝钗曲,黛玉刚而宝钗柔,黛玉热而宝钗冷,黛玉尖锐而宝钗圆浑,黛玉天真而宝钗世故。……综合这些性格的特点,她们不仅是两个类型而且是对立的;因此她们对所处环境所发生的反应便有了正反拗顺的不同,一个是封建家庭的孤臣孽子,一个是它的肖子宠儿。面对了这样的现实,在作者的笔下自不得不于双提并论中更分别地加以批判。这是本书的倾向性之一。书中对大观园中的人物每有褒贬,以钗黛为首,却不限于钗黛。

作者借了抑扬褒贬进行批判,对于钗黛有所抑扬。其扬黛抑钗,他的意思原是鲜明的;因为是小说,不同于一般的论文传记,于是就有种种的艺术手法,少用直接的评论,多用间接的暗示,从含蓄微露,到叙而不议,以至于变化而似乎颠倒,对黛玉似抑,对宝钗反扬等等。虽经过这样曲折的表现,用了如第二回总评所谓"反逆隐回之笔",但始终不曾迷路失向,在二百年来的读者方面仍然达到了近黛而远钗;同情黛玉而不喜欢宝钗这类的预期效果,仿佛狮子滚绣球,露出浑身的解数来。而这些解数围绕一个中心在转,不离这"球"的前后左右也。

话虽如此,读者对作者之意,是否亦有误会处呢,我想恐也不免。他的生花之笔,随物寓形,"既因方而为珪,亦遇圆而成璧",如黛玉直,《红楼梦》写法也因之而多直;宝钗曲,《红楼梦》写法也因而多曲。读者对宝钗的误会,也较之黛玉为多。且误会似有两种:其一种把作者的反语认作真话了,真以为宝钗好,过去评家也有个别如此的。其另一极端又把反语看得太重、太死板了,超过了这褒贬应有的限度。这两种情况,以第二种更容易发生。

《红楼梦》的许多笔墨,虽似平淡,却关于火候,关于尺寸。作者的写法真到了炉火纯青之候,又如古赋所谓:"增之一分则太长,减之一分则太短"也。褒贬抑扬都不难. 难在怎样褒贬怎样抑扬,今传续书每若不误而实甚误,盖由于不曾掌握这火候与尺寸故耳。

关于钗、黛可谈的还很多,下文于说晴雯、袭人时当再提起她们。

三 晴雯与袭人

本书写晴雯和袭人都很出色,批判之意也很明确。尤其是晴雯,她于第七十七回上死得很惨,在大观园中是个最不幸的人,同时在《红楼梦》里也是最幸运的人。她何幸得我们的艺术巨匠在他生花之笔下,塑造出这样完整的形象来,永远活在人心里,使得千千万万人为之堕泪,还赢得一篇情文相生的《芙蓉诔》。

首先要提到第五回的册子。册子预言十二钗的结局各为一幅画,下面有些说明,就书中所有、我们所知道的说,全部是相合的,只有一个例外:晴雯。"晴雯"两字的意思是晴天的云彩,画上却"不过是水墨滃染的满纸乌云浊雾而已"。究竟什么取义,我从前只认为反笔,也依然不明白。晴雯之名取义于她的性格生平,册中所谓"霁月难逢,彩云易散"是也。然而却画了乌云浊雾,指她的遭遇,那些乌烟瘴气的环境而言,诔文所谓"诼谣謑诟"等是也。这是十二钗册子唯一的特笔。

晴雯在这富有危险性的第五回上曾留下她的芳名,排入四丫鬟之列,好在只是一现,没有下文。到第八回上方才飘然而来,和宝玉一段对话,如闻其声,如见其人。那时还未有怡红院,她的地位比袭人还差得很多。后来到了怡红院的时代,就渐渐重要起来,她的地位也渐渐提高了,不仅超过了麝月、秋纹等,并且在宝玉的心中居于第一位。然而她这样的地位,由于和宝玉情投意合,却非由巧取豪夺,亦非由排挤倾轧而来。她已成为怡红院中第一个红人了,然而她的身世书中却不曾提到,直到第七十七回她被撵出去时,才声叙她的家属只有一个死吃酒的姑舅哥哥,名叫多浑虫。

作者喜欢像晴雯这样的人,又同情她,这些倾向都是显明的;他却并不曾隐瞒她有什么缺点,且似乎也很不小。如她狂傲、尖酸、目空一切,对小丫头们十分利害。第五十二回写她用"一丈青"(一种长耳挖子)戳坠儿,坠儿痛的乱哭乱喊。这在封建家庭里原是常有的事,坠儿又做了小偷,晴雯嫉恶,而非由于妒忌,但毕竟是狠心辣手。这都不必讳言。在七十七回叙她的身世,"有千伶百俐,嘴尖性大"(八七八页),然而作者在那句下边又一转,"却倒还不忘旧",这可见晴雯表面上虽甚尖刻而骨子里是忠厚的。

暂撇晴雯,提起袭人来。袭人在本书里每与晴雯相反,如一个尖酸,一个温和;一个世故,一个天真等等。作者对她们的态度也恰好相反。写袭人表面上虽是褒,骨子里净是贬,真正的褒甚少。如第三回称为"心地纯良,肯尽职任",看起来也是对的。第五回称为"温柔和顺,似桂如兰",这八个字也是好考语;可是这上面却各加上两个字"枉自""空云",立刻化褒为贬了。其贬多于褒,褒亦是贬,都非常清楚。再说袭人之名,本书有两次交代,一见于第三回,一见于第二十三回。在二十三回上,贾政特别不喜欢袭人这个名字:"丫头不管叫个什么罢了,是谁这样刁钻,起这样的名字?"既称为"刁钻",似非佳名,因此后人对它有种种的瞎猜,有谐音称为"贱人"者,有拆字称为"龙衣人"者,这都不谈。即册子所画也关合这"袭"字。书中云:"画着一束鲜花,一床破席。""席"者"袭"也,席也罢了,为什么偏偏画个破席呢? 此"袭人"一名如何解释固不可知,总之非好名字也。再说又副册中她名列第二,恐也有褒贬之意。看她在书中的地位,本应该列第一名的。

袭人的故事,在本书里特别的多。她引诱、包围、挟制宝玉,排挤、隐害同伴,附和、讨好家庭的统治者王夫人,这些都不去一一说它了。她的性格最突出的一点是得新忘旧,甚而至于负心薄幸,这一线索作者丝毫不曾放过,从开始直贯篇终她嫁了蒋玉菡,所谓"花袭人有始有终"[1]者是也。于她出场时就写道:

> 这袭人亦有些痴处,伏侍贾母时,心中眼中只有一个贾母;今与了宝玉,心中眼中又只有一个宝玉。(三四页)

---

[1] 庚辰本第二十回眉批引"正文标目"。

像这样的性格称为"有些痴处",含蓄得妙。我们再下转语,未免大杀风景了。在第三十二回借史湘云口中又微微的一逗:

> 史湘云笑道:"你还说呢,那会子咱们那么好,后来我们太太没了,我家去住了一程子,怎么就把你派了跟二哥哥。我来了,你就不像先待我了。"(三三四页)

再看袭人怎样回答:

> 袭人笑道:"你还说呢,先姐姐长,姐姐短,哄着我替你梳头洗脸,作这个,弄那个;如今大了,就拿出小姐的款儿来了。你既拿小姐的款,我怎么敢亲近呢。"史湘云道:"阿弥陀佛!冤枉冤哉!我要这样,就立刻死了。……"

袭人未免强词夺理,湘云说的是老实话。若拿出小姐的款儿来,就不是《红楼梦》里的史湘云了。

袭人这种性格正和晴雯的"却倒还不忘旧"相反,作者虽的确不曾放过这条线索,却写得非常含蓄,即当时的脂砚斋对此似也不甚了解,每每极口称赞,甚至于说"晴卿不及袭卿远矣"[1]。他说袭人嫁后还"供奉玉兄宝卿得同终始"[2],后回事无法详知,脂砚斋了解自然比我们今日为多,但其言亦未

---

[1] 甲戌本卷八,十二页。
[2] 甲戌本、戚本第二十八回总评。

可全信,我从前已经说过了[1]。

作者对她阳褒阴贬,虽措辞含蓄而意实分明。这里再说到晴雯和她的关系。我看,袭人本质上是非常忌刻的,所谓"心地纯良,温柔和顺"等等,真正不过说说而已,事实上完全不是那样。她的忌刻固不限于晴雯,对于他人也不肯轻易放过,但她的主要矛头指向晴雯。晴雯的遭忌自有她的招忌之处,册子所谓"风流灵巧招人怨,寿夭多因诽谤生",便是一句总评,不能专怪袭人;但袭人的妒忌陷害晴雯却是事实。

袭人和晴雯的斗争,以三十一回"撕扇子作千金一笑"为起点,以五十二回"勇晴雯病补雀金裘"为中峰,以七十七回"俏丫鬟抱屈夭风流"为收场。袭人妒忌晴雯,蓄意要除去她,原因很复杂,不妨归纳为几点:

1. 袭人与宝玉的叛逆的性格本不相合,袭人认为宝玉乖僻,屡谏不听(第三回,三四页)。袭人虽是宝玉忠诚的侍妾,却非宝玉的闺中知己;而晴雯之于宝玉,主要是性分上的投合。

2. 在第六回上袭人已与宝玉有性的关系,描写的笔墨相当的猥亵,把袭人写得很不堪(第六回五九、六〇页);而晴雯始终清白。

3. 因为如此,袭人便有视宝玉为"禁脔"不许他人染指之意;而晴雯不但不买这笔账,且当面揭发她:"我倒不知你们是谁,别叫我替你们害臊了。便是你们鬼鬼祟祟干的那事儿,也瞒不过我去,那里就称起'我们'来了。"(三十一回,三五

---

[1] 见《红楼梦研究》。

页)袭人之切齿于晴雯自不足怪。

4.再就晴雯方面看,她自己说并没有私情密意,当是真话,但她的确赢得了宝玉的心。以斗争开始的三十一回说,宝玉和晴雯,本不过小口角,袭人表面上做好人来劝解,遂引起晴袭间的大战来。斗争的结果以"撕扇子作千金一笑"了之,实是袭人大大的失败。在撕扇的尾声,借了袭人的党羽麝月微示不悦,袭人根本没有出场,直到宝玉叫她,才换了衣服走出来(三二八页)。书中不提袭人有任何表示,而袭人从此深忌晴雯,不言而喻矣。

略说了以上四点,再看所谓"中峰"的第五十二回。这回袭人以母丧不在家,不曾有什么冲突,怡红院里却发生了两件事。一为晴雯发见坠儿偷窃,把她打发走:

> 宋嬷嬷听了,心下便知镯子事发,因笑道:"虽如此说,也等花姑娘回来知道了,再打发他。"晴雯道:"宝二爷今儿千叮咛万嘱咐的,什么花姑娘草姑娘的,我们自然有道理。你只依我的话,快叫他家的人来领他出去。"麝月道:"这也罢了,早也是去,晚也是去,带了去早清静一日。"(第五十二回,五六八页)

便不等什么花姑娘草姑娘来,径自处理了。其二当然是补裘。等袭人来家,看她怎么样?

> 麝月便将平儿所说宋妈坠儿一事并晴雯撵逐坠儿出去也曾回过宝玉等话,一一的告诉了袭人。袭人也没

别说,只说太性急了些。(第五十三回,五七二、五七三页)

言外之意,"为什么不等我来呢?"补裘一事,书中只字未提。但撵逐坠儿之事小,补裘之事大。晴雯颇有诸葛丞相"鞠躬尽瘁"之风,在袭人方面看来真心腹之大患,叫她如何能够放得下,再看下文如何。等隔了十回,第六十二回道:

袭人笑道:"我们都去了使得,你却去不得。"晴雯道:"惟我是第一个要去,又懒,又笨,性子又不好,又没用。"袭人笑道:"倘或那孔雀褂子再烧个窟窿,你去了,谁可会补呢!你倒别和我拿三撇四的。我烦你做个什么,把你懒的横针不沾,竖线不动。一般也不是我的私活烦你,横竖都是他的,你就都不肯做。怎么我去了几天,你病的七死八活,一夜连命也不顾,给他做了出来?这又是什么原故?你到底说话,别只伴憨和我笑,也当不了什么。"(六九〇、六九一页)

这里明点袭人对这一事耿耿于心,若再用暗场就不够明白了。当然,咱们都同情晴雯,但晴雯既深中袭人之忌,则袭人自不免有"宋太祖灭南唐之意","卧榻之侧岂容人酣睡之心",如第七十九回(九〇九页)金桂之于香菱也;遂决杀晴雯矣。杀者,深文之词。像晴雯这样心高性大的人,在众目昭彰之下被撵出去,自然一口气便气死了,则撵之与杀亦只相去一间耳。若袭人说"他便比别人娇些,也不至这样起来",真宝玉所谓"虚宽我的心"也(俱见七十七回,八七六页)。

王夫人向怡红院总攻击,实际上是院中的内线策动的。书到八十回止,对于袭人始终还她一个"沈[1]重知礼、大方老实"(俱七十八回王夫人语)的面子,故暗笔极多。书上并无袭人向王夫人谗毁晴雯事,只在第三十四回载袭人与王夫人的长篇谈话,名为"小见识",实系大道理,名为大道理,实系工巧的谗言;名义上双提"林姑娘宝姑娘",实际上专攻黛玉,以后便不再见类似的记载了,直等这定时炸弹的爆发。所谓不叙之叙。既然不叙,何以知之?从两端知之。王夫人于三十四回最后这样郑重叮咛,人有托孤寄子之风:

> 只是还有一句话:你如今既说了这样的话,我就把他交给你了,好歹留心。保全了他,就是保全了我。我自然不辜负你。(第三十四回,三五六页)

袭人岂有不暗中密报之理。她已成为王夫人在怡红院的"第五纵队"了。

这就开端说,再看爆发的结果,证实了她绝不止一次进言,早已埋下的火线。这不待今日我们说,宝玉先已说了:

> 如今且说宝玉,只当王夫人不过来搜检搜检,无甚大事,谁知竟这样雷嗔电怒的来了。所责之事皆系平日

---

[1] 沈,旧同"沉"。编者注。

之语,一字不爽……宝玉哭道:"我究竟不知晴雯犯了何等滔天大罪!"袭人道:"太太只嫌他生的太好了,未免轻佻些。在太太是深知这样美人似的人,必不安静,所以很嫌他。像我们这粗粗笨笨的倒好。"宝玉道:"这也罢了。咱们私自顽话,怎么也知道了?又没外人走风的,这可奇怪。"袭人道:"你有甚忌讳的,一时高兴了,你就不管有人无人了。我也曾使过眼色,也曾递过暗号,被那人已知道了,你还不觉。"宝玉道:"怎么人人的不是太太都知道,单不挑出你和麝月秋纹来?"袭人听了这话,心内一动,低头半日,无可回答,因便笑道:"正是呢。若论我们也有顽笑不留心的孟浪去处,怎么太太竟忘了?想是还有别的事,等完了再发放我们,也未可知。"宝玉笑道:"你是头一个出了名的至善至贤之人,他两个又是你陶冶教育的,焉得还有孟浪该罚之处!只是芳官尚小,过于伶俐些,未免倚强压倒了人,惹人厌。四儿是我误了他,还是那年我和你拌嘴的那日起叫上来作些细活,未免夺占了地位,故有今日。只是晴雯也是和你一样,从小儿在老太太屋里过来的,虽然他生得比人强,也没甚妨碍去处,就只他的性情爽利,口角锋铓些,究竟也不曾得罪你们。想是他过于生得好了,反被这好所误。说毕,复又哭起来。袭人细揣此话,好似宝玉有疑他之意,竟不好再劝,因叹道:"天知道罢了。此时也查不出人来,白哭一会子也无益。倒是养着精神,等老太太喜欢时,回明白了再要他进来是正理。"宝玉冷笑道:"你不必虚宽我的心。……"(八七五、八七六页)

宝玉可谓明察秋毫,丝毫不胡涂。本来么,他也难得胡涂。又没外人走风,究竟谁说的呢?袭人。其证据有二:1.此次放逐,凡反对袭人的都有份,袭人的党羽均不在内。2.四儿在内。显然是袭人干的,怡红院内除了她还有谁?其实这话也多余,宝玉都已经说了。若书中的明文,却那样说:

> 原来王夫人自那日着恼之后,王善保家的去趁势告倒了晴雯,本处有人和园中不睦的,也就随机趁便,下了些话。王夫人皆记在心里。(八七四页)

其实邢夫人的陪房,王夫人又岂肯深信。这些不过官方发布的消息而已。

说起四儿来,暴露袭人的阴暗面尤为深刻。她忌晴雯,两美难兼,两雄不并,犹可说也。她连这无足轻重的小女孩子,为了一点小小的过节儿,就毫不放松,使我们为之诧叹。作者褒贬之意如此深刻,如此严冷!很早的第二十一回写宝玉和袭人赌气,不叫她们做事,叫四儿倒了杯茶,为了这么芝麻大一点事,想不到袭人已记下这笔账。妒忌这样深,气量这样窄,还说什么"温柔和顺,似桂如兰"。而且四儿之事由于密报,王夫人自己就这样说:"可知道我身子虽不大来,我的心耳神意时时都在这里。"(八七四页)她难道真有天眼通、天耳通么!

袭人为什么要、怎样害晴雯,大致已说明了。我们再看晴雯怎样死的,这是一般所谓"宝玉探晴雯"。叙这段故事,主要表示她的贞洁。众人颠倒贞淫,混淆黑白,说她是狐狸精,她临死表示最严重的抗议。这里用两事来说明这一点。其第一事为她直接对宝玉提出的,引原文就够了。

只是一件,我死也不甘心的:我虽生的比人略好些,并没有私情密意,勾引你怎样,如何一口死咬定了我是狐狸精!我太不服。(八七九页)

以理直而气壮,故言简而意明。其第二事,宝、晴二人话未说完,晴雯的嫂子灯姑娘进来了。多浑虫之妻灯姑娘这一段故事,脂本皆有,似乎也不太好,不知作者何以要这么写。也有两个问题:(1)他为什么要把这一对宝贝写作晴雯仅有的一门亲戚?(2)为什么宝晴诀别要用灯姑娘来搅局?这必然有深意;我以为写多浑虫夫妇,以贞淫作对文,而晴雯之出身不仅如芝草无根,而且如青莲出于淤泥之中也,则灯姑娘何足以为晴雯病。再说上文所引晴雯向宝玉自叙的话固字字是泪,点点是血,然而谁曾听之,谁曾闻之,好则好矣,了犹未了,故作者特意请出这一位以邪淫著称于《红楼梦》的灯姑娘来,让她听见他俩的密谈,作为一个硬证。于是她说:

就比如方才我们姑娘下来,我也料定你们素日偷鸡盗狗的;我进来一会在窗外细听,屋里只你二人,若有偷鸡盗狗的事,岂有不谈及的,谁知你两个竟还是各不相扰。可知天下委屈事也不少。(八八〇页)

灯姑娘先进来粗暴地调戏宝玉,后来忽然转变了,这段话的全文,看来也颇勉强,显出于有意的安排。所以要她出场,就为了要她说这一段见证的话,于是晴雯的沉冤大白矣。作者虽有粲花之妙舌,铁钺之史笔,而用心忠厚若此,固不可仅以文章论也。

再看她和宝玉换袄的情形。她说:

> 快把你的袄儿脱下来我穿。我将来在棺材内独自躺着,也就像还在怡红院的一样了。论理不该如此,只是担了虚名,我可也是无可如何了。

这已是惨极之笔了,死人想静静地躺在棺材里,这样的要求还算过奢,总可以达到了罢?哪里知道王夫人说:"即刻送到外头焚化了罢。女儿痨死的,断不可留。"(八九一页)她到底不曾如愿,难怪宝玉在《芙蓉诔》中说:"及闻槥棺被燹,惭违共穴之盟;石椁成灾,愧迨同灰之诮。"

于是晴雯死矣。诔文中更提到三点,皆特笔也。一、以鲧为比,其词曰:"高标见嫉,闺帏恨比长沙;直烈遭危,巾帼惨于羽野。"后人殆以女儿比鲧为不通,故改"羽野"为"雁塞"。其实"雁塞"更不通,晴雯之死岂宜比昭君和番?况昭君又何尝直烈。《离骚》:"曰鲧婞直以亡身兮,终然殀乎羽之野。"这里断章取义,取其"直"也。虽仿佛拟人不切,而寓意甚深。"直烈"二字足传晴雯矣。二、指奸斥佞语挟风霜,其词曰:"呜呼!固鬼蜮之为灾,岂神灵而亦妒。箝诐奴之口,讨岂从宽;剖悍妇之心,忿犹未释。"(九〇一页)悍妇或者指王善保家的等人。"诐奴"指谁呢?三、作诔之因缘,其词曰:"始知上帝垂旌,花宫待诏,生侪兰蕙,死辖芙蓉。听小婢之言,似涉无稽;以浊玉之思,则深为有据。"小丫头信口胡诌,宝玉何尝不知,只是假话真说,话虽假而情理不全假,而宝玉也就当真的听了。[1]

晴雯之生平颇合于《离骚》的"众女嫉余之蛾眉兮,谣诼谓余以善淫",诔文之模拟骚体,诚哀切矣。却有一点,晴雯以丫鬟的身份而宝玉写了这样的"长篇大论",未免稍过其分。今日诔晴雯尚且如此,他日诔黛玉又将如何?事在后回,固不可知。我以为黛玉死后,宝玉未必再有诔文,所谓至亲无文、至哀无文者是也。本回之末于焚帛奠茗以后:

忽听山石之后有一人笑道:"且请留步。"二人听了,不免一惊。那小鬟回头一看,却是个人影从芙蓉花中走出来,他便大叫:"不好,有鬼!晴雯真来显魂了。"吓得宝玉也忙看时,——且听下回分解。(九〇三页)

次回说这人就是林黛玉。无怪后来评家都说晴雯为黛玉的影子了。

第七十九回宝黛二人相遇,谈论这篇文字,黛玉先以"红绡帐里"为庸俗,拟改为"茜纱窗下",这本是改得对的。宝玉深以"如影纱事"(此文只见《红楼梦稿》)为妙,却认为此乃潇湘之窗,不能借用,唐突闺阁,万万不可,说了许多个"不敢

---

[1] 本书这段写法有点像《孟子·万章篇》叙校人烹鱼欺子产事,事伪而情真,君子可欺以其方也。

当",于是改"公子"为"小姐",易"女儿"为"丫鬟",骈文里如何能有"小姐""丫鬟"等字样呢,这就是瞎改。改来改去都不妥,自然地迸出了一句:

> 宝玉道:"我又有了,这一改可妥当了。莫若说:茜纱窗下,我本无缘;黄土陇中,卿何薄命。"黛玉听了,忡然变色,心中虽有无限的狐疑乱拟,外面却不肯露出,反连忙笑着点头称妙……。(九〇五页)

"公子女儿"本不完全平列,"小姐丫鬟"更是上下的关系了,改为"卿"对我,敌体之辞,那就不切合宝玉、晴雯,反而更切合于宝玉、黛玉。故庚辰本脂批曰:"一篇诔文总因此二句而有;又当知虽诔晴雯,而又实诔黛玉也。"于"忡然变色"句,脂批又曰:"睹此句,便知诔文实不为晴雯而作也。"照这样说来,后来黛玉死后,即宝玉无文,固亦在意中也。

《芙蓉诔》既然两用,芙蓉花又系双指。第六十三回黛玉掣签为芙蓉花,晴雯却没有掣,只把骰子盛在盒内摇了一摇,我曾说过:"且晴雯的签实在无法抓的。她要抓,一定是芙蓉。那么,叫黛玉抓什么呢?"又说:"晴雯为芙蓉无疑,而黛玉又是芙蓉。……晴雯不抽签者,是无签可抽也。"[1]且她俩不仅在芙蓉花上纠缠不清。书中也曾实写她们容态的相似。

> 王夫人听了这话,猛然触动往事,便问凤姐道:"上

---

[1] 见《红楼梦研究》。

次我们跟了老太太进园逛去,有一个水蛇腰,削肩膀,眉眼又有些像你林妹妹的,正在那里骂小丫头。我的心里很看不上那狂样子……"(第七十四回,八三一页)

这里明骂晴雯,暗贬黛玉,近则关系晴雯之死,远则牵连黛玉之终,真是"项庄舞剑,意在沛公"也。

这传统"红学"上的晴为黛影之说,也有些道理。但晴虽为黛影,却非黛副;虽是一个类型的人,晴雯却非黛玉的党羽,也举例子来谈。如上面谈到的七十九回,黛玉只和宝玉谈文,并无一语赞美或追悼晴雯。如宝玉说:"竟算是你诔他(晴雯)的倒妙。"黛玉笑道:"他又不是我的丫头,何用作此语。"(九〇五页)照我们俗人想来,黛玉随口说两句悼念晴雯、慰唁宝玉的话,似为题中应有之义,即在世故方面也不可少,她偏偏不说。又如上引三十一回叙怡红院中吵嘴,晴雯正哭着,黛玉进来,她就出去了,她们不交一语(三二六页)。我也不记得在书中别的地方有什么黛晴相契之处。相反的例倒有的,其证有二:

1. 宝玉以晴雯为密使,使于黛玉,而晴雯对这项任务似乎并不了解。第三十四回曰:

因心下记挂着黛玉,满心里要打发人去,只是怕袭人,便设一法,先使袭人往宝钗那里去借书。袭人只得去了[1]。宝玉便命晴雯来,吩咐道:"你到林姑娘那里看看

---

[1] "去了"上有"只得"两字,见《红楼梦稿》。

他做什么呢。他要问我,只说我好了。"晴雯道:"白眉赤眼,做什么去呢?到底说一句话儿,也像一件事。"宝玉道:"没有什么可说的。"晴雯道:"若不然,或是送件东西,或是取件东西。不然,我去了怎么搭讪呢?"宝玉想了一想,便伸手拿了两条手帕子撂与晴雯,笑道:"也罢,就说我叫你送这个给他去了。"晴雯道:"这又奇了。他要这半新不旧的两条手帕子!他又要恼了,说你打趣他。"宝玉笑道:"你放心,他自然知道。"……晴雯走进来,满屋魆黑,并未点灯。黛玉已睡在床上,问是谁。晴雯忙答道:"晴雯。"黛玉道:"做什么?"晴雯道:"二爷送手帕子来给姑娘。"黛玉听了,心中发闷:做什么送手帕子来给我?因问:"这帕子是谁送他的?必定是上好的。叫他留着送别人罢,我这会子不用这个。"晴雯笑道:"不是新的,就是家常旧的。"林黛玉听见,越发闷住,着实细心搜求,思忖一时,方大悟过来,连忙说:"放下,去罢。"晴雯听了,只得放下,抽身回去。一路盘算,不解何意。(第三十四回,三五六、三五七页)

这段文字似不很出名,而实在写得出色。把宝玉的惧怕怀疑袭人,信任晴雯,宝黛二人的情爱缠绵固结,晴雯的纯朴天真,(此后文众口说她妖媚,所以为千古沉冤也)都恰如其分地写出了。

2. 黛玉要进怡红院,却被晴雯拒绝了。第二十六回:

……黛玉便以手扣门,谁知晴雯和碧痕正拌了嘴,没好气,忽见宝钗来了,那晴雯把气移在宝钗身上,正在院内抱怨说:"有事没事,跑了来坐着,叫我们三更半夜的不得睡觉。"忽听又有人叫门,晴雯越发动了气,也并不问是谁,便说道:"都睡下了,明儿再来罢。"林黛玉素知丫头们的情性,他们彼此玩耍惯了,恐怕院内的丫头没听真是他的声音,只当是别的丫头们了,所以不开门。因而又高声说道:"是我,还不开么?"晴雯偏生还没听出来,便使性子说道:"凭你是谁,二爷吩咐的,一概不许放人进来呢。"林黛玉听了,不觉气怔在门外。(二七二页)

晴雯当然没有听出叫门的是黛玉的声气来,就算如此,这样写法也是我们想不到的。若移作袭人、麝月,不但性情不合,且亦庸俗。——评家以为这是贬斥宝钗,又当别论。盖黛、晴二子,虽在"红楼"皆为绝艳,而相处洒然,自属畸人行径,纵有性格上的类似,正不妨其特立独行;且不相因袭,亦不相摹拟。若拉拢勾结,互为朋比,便不成其为黛玉、晴雯矣。

袭人、宝钗之间又怎样呢?《红楼梦》对于钗袭、黛晴这两组人物用对称平行的写法,细节上却同中有异,平中有侧。上文已表,晴为黛影,却非黛副;到这里似不妨说,袭为钗副,却非钗影。袭为钗副是很显明的。在很早的二十一回上:

> 宝钗听了,心中暗忖道:"倒别看错了这个丫头,听他说话,倒有些识见。"宝钗便在炕上坐了,慢慢的闲言中套问他年纪家乡等语,留神窥察其言语志量,深可敬爱。(二一〇页)

这里宝钗以袭人为"深可敬爱"。其另一处在第三十二回记袭人对湘云的话：

> 提起这些话来，真真宝姑娘教人敬重，自己赸了一会子去了。我倒过不去，只当他恼了。谁知道后来还是照旧一样，真真有涵养，心地宽大。（三三六页）

袭人又以宝钗为"教人敬重"。像这样的互相佩服，也不好就说她们互相勾结，但显明和黛玉、晴雯间相处不同，且袭人这样喜欢宝钗，可能和后文钗、玉的婚姻有些关系。

至于袭非钗影，虽不那么清楚，也可略知一二。就一方面说，袭人既与宝钗性格相类似，和晴雯性格与黛玉相类似这一点相同，不妨用"类推"之法。但细看本书的描写，却在同异之间，所以不宜说煞了。像芙蓉诔芙蓉花这样的纠缠不清的情形，钗、袭之间绝对没有。例如第六十三回宝钗掣的是牡丹，袭人掣了桃花，以花的品格而言差得很远。袭人抽着的签题曰"武陵别景"，诗曰"桃红又见一年春"，暗示她将来的改嫁，难道宝钗也改嫁么？后来的评家在这里以"景"为"影"，而谓袭为钗影，我一向不赞成，认为未免深文周内[1]。

本书确有借袭人来贬宝钗处，却写得很有分寸。如第三十六回："绣鸳鸯梦兆绛云轩"，写宝玉在午睡，袭人在旁绣红莲绿叶五色鸳鸯的兜肚；后来袭人走开，宝钗替她代刺，从林

---

[1] 见《红楼梦研究》。

黛玉眼中看来：

> 只见宝玉穿着银红纱衫子，随便睡着在床上，宝钗坐在身旁作针线，旁边放着蝇帚子。（三七八页）

这样的描写，使黛玉手握着嘴不敢笑出来，当然是深贬宝钗。后来黛玉走了，又听得宝玉在梦中喊骂说："什么是金玉姻缘，我偏说是木石姻缘。"给了宝钗一个很大的打击，所以她也不觉怔了。但是上文写宝钗代袭人刺绣时却这样说：

> 宝钗只顾看着活计，便不留心一蹲身，刚刚的也坐在袭人方才坐的所在；因又见那活计实在可爱，由不得拿起针来，替他代刺。（三七七页）

宝钗竟坐在袭人的原位上去，上面却用了"不留心"三字；宝钗竟拿起针来替她代刺，上面却用了"由不得"三字，且说"活计实在可爱"似为宝钗留有余地，为她开脱，在严冷之中毕竟有含蓄也。

作者虽不断的贬斥宝钗和袭人，却非以一骂了之；而对于宝钗比对袭人尤为微婉。即对袭人后来改嫁，脂砚斋说回目上有"有始有终"，虽其内容可能还有讽刺，却总不是明显地糟蹋她。对于袭人的负心薄幸，尚且如此，则于宝钗可知矣。后来续书人补写十二钗似乎全不理解此等尺寸，对黛玉或宝钗、袭人来说都是很大的不幸，此本节开首所以称晴雯为《红楼梦》中最幸运的女儿也。

关于晴雯、袭人二人，不觉言之长矣，比较说钗、黛为尤多，事实上此节仍为上节的引申。《红楼梦》作者用了双线双轨的写法，加强了这两种对立的类型人物的批判性，突出了十二钗的中心部分，即《红楼梦曲》所谓"怀金悼玉"；抓住了中心点，再谈旁枝旁叶便似有个头绪了。

四　凤姐

凤姐在"十二钗"中应是个反面人物，她生平的劣迹在书中很多，但作者却把她的形象写得很好，自然另有可怕的一面。她在第三回出场，脂砚斋甲戌本眉批曰：

另磨新墨，搦锐笔，特独出熙凤一人，未写其形，先使闻声，所谓"绣幡开遥见英雄俺"[1]也。

书中描写她有"粉面含春威不露，丹唇未启笑先闻"，较之第六十八回叙她往见尤二姐时的打扮形容（已见前引），便有春温秋肃之别。

《红楼梦》于人物出场每只用一两笔就把他在全部书中的形象以至性格画出来了。如史湘云出场在第二十回，就这样叙："忽见人说史大姑娘来了。"宝玉同宝钗到贾母这边去，"只见史湘云大笑大说的。"（二〇五页）只用四个字已画出湘云的豪迈来。

---

[1]《西厢记·传书》（俗称"惠明下书"）尾声，文字与引文略异。

又如香菱,她出场最早,原名英莲,在第一、第二回她和娇杏对写,谐音"应怜"和"侥幸"[1],借来总说书中全部女子的遭遇,有幸有不幸。在这两回是虚写,她的形象不鲜明,真的出场在第七回薛姨妈呼唤她时方见。"问奶奶叫我做什么"下,脂批曰:"这是英莲天生成的口气,妙甚。"(甲戌本卷七,三页)下文还有:

> 只见香菱笑嘻嘻的走来。周瑞家的便拉了他的手,细细的看了一回,因向金钏儿笑道:"倒好个模样儿,竟有些像咱们东府里蓉大奶奶的品格儿。"金钏笑道:"我也是这么说呢。"周瑞家的又问香菱:"你几岁投身到这里?"又问:"你父母今在何处?今年十几岁了?本处是哪里人?"香菱听问,都摇头说:"记不得了。"(校本七二页)

以可卿为比,一击两鸣法也,亦见脂批。按可卿之美,第五回借了宝玉梦中的兼美,称为"其鲜艳妩媚有似宝钗,其袅娜风流则又似黛玉"者,众人口中说她像蓉大奶奶的品格儿,即香菱可知矣。上面"笑嘻嘻"三字写香菱亦非常传神。

再说凤姐儿。看本书写凤姐有一特点,即常以男人比她。如照宝玉的话,男人是混浊的,女儿是清洁的,但宝玉不见得不喜欢凤姐,其解释见下文。在第二回中冷子兴说她:"说模样又极标致,言谈又极爽利,心机又极深细,竟是个男人万不

---

[1] "乳名英莲",夹批"设云应怜也",见甲戌本卷一,九页。"看见娇杏",夹批"侥幸也",见同书卷二,二页。

及一的。"(二二页)再看第三回贾母介绍她:"你不认得他,他是我们这里有名的一个泼皮破落户儿,南省俗谓作'辣子',你只叫他'凤辣子'就是了。"(二七页)贾母介绍了一个活的凤姐儿,却弄得黛玉不知怎么称呼才好。后来说明了是琏二嫂子,书中又叙道:"自幼假充男儿教养的,学名王熙凤。"提出她学名叫王熙凤,又拉到男儿方面来了。脂评亦曾加以分析:"以女子曰学名固奇。然此偏有学名的反倒不识字,不曰学名者反若彼。"(戚本、甲戌本略同)这么一说,情形更有些异样。凤姐不识字,偏要说男儿教养,学名某某,可见并非因为关合书中事实,才有这样的写法。此意还见于后面。第五十四回:

(王忠)"……膝下只有一位公子,名唤王熙凤。"众人听了,笑将起来,贾母笑道:"这不重了我们凤丫头了!"媳妇们忙上去推他:"这是二奶奶的名字,少混说。"贾母笑道:"你说,你说。"女先生忙笑着站起来说:"我们该死了,不知是奶奶的讳。"凤姐笑道:"怕什么,你们只管说罢。重名重姓的多呢。"(五八八页)

以"凤"为女儿之名并非异事。第三回说熙凤是学名,已觉无甚必要。且第二回里贾雨村不曾说么:"更妙在甄家的风俗,女儿之名亦皆从男子之名命字,不似别家另外用那些春、红、香、玉等艳字的,何得贾府亦落此俗套?"(二一页)可见女儿之名本不限于"琬琰芬芳"等。那他为什么定要说熙凤是男子的名字,并在这里引这公子也名王熙凤为证?虽同名同姓天下有,凤姐本人就这样说的,但我们不容易了解作者的用意。

他为什么拐着弯儿把凤姐引到男人方面去呢?这就难怪后来索隐派种种的猜测了。极端的例,有如蔡子民的《石头记索隐》以民族主义释《红楼梦》,以男女比满汉;这么一比,书中的女子一个一个地都变为男人。像这样的说法,未免过当,我们仍当从本书去找回答。

我认为它有两种或两层的解答,均见于第十三回,一在本回之首,一在本回之末。这里先说第一层。凤姐在梦中秦氏对她说:"婶婶,你是个脂粉队里的英雄,连那些束带顶冠的男子也不能过你。"(一二六页)说句白话也不过说她是"巾帼英雄"罢了,未免有点庸俗,然而本书写来却不庸俗。她的所以能够比并男子,既不在装扮形容上,也不在书本知识上(此所以凤姐不识字却无碍其有学名),而在于她的见识才干上。凤姐不仅可以比并男子,且可能胜于男子,冷子兴所云是也。

《红楼梦》以荣宁二府大观园为典型环境,以宝玉和十二钗为典型人物,而其批判的对象却不限于封建家庭,看他的写法似非家庭所能局限。甲戌本第一回脂批所谓"见得裙钗尚遭逢此数,况天下之男子乎"。作者当日或因政治的违碍而有所避忌,故每多言外之意,弦外之音,亦即脂批所云"托言寓言"。我们今天若求之过深,不免有穿凿附会之病;若完全不理会它,恐也未免失之交臂。

书中荣宁二府,其排场之豪华阔大,不仅超过封建社会一般的富贵家庭,就是当年满洲的王府怕也不会那样阔。自可解释为浪漫主义的表现,夸张的笔法等,而在书中出现了人间幻景的风光,恐不止卖弄才华,或有更深的用意。其写元春归省还可以说"拿着皇帝家的银子往皇帝身上使",(第十六回,一五六页)至于秦氏之丧,地地道道贾家的事,这是书中第一个大场面,充分表现了他们的奢侈和僭越。而且作者虽删去"淫丧天香楼"的回目及本文,却并不曾取消这事实。现第十三回留下许多未删之笔,第五回秦氏还是吊死的。她以邪淫而死,身后办事却那样"恣意奢华"。以棺木而论,书中四大家族之一薛蟠就说:"拿一千两银子只怕也没处买去",其他可知。(或以为买棺木一事模拟《金瓶梅》)[1]这不仅是一般的奢侈,且是这样极端不合理的浪费。其尖锐的讽刺,无情的抨弹,因天香楼已改为暗场,现在读下去还许不甚觉得;假如保存了原稿,这第十三回应当说是全书最突出、最火炽、最尖锐的一回了。我们觉得这样删了很可惜,但对于可卿说,她的形象这样就蕴藉一些,《红楼梦》比较洁净一些,和后文的风格也比较调和,或亦未为全失也。

凤姐出场后第一桩大事为"协理宁国府",也是她生平得意之笔。第十三、十四回笔墨酣畅,足传其人,第十四回写"伴宿"一段,尤为简括。甲戌本脂批所谓:写凤姐之珍贵、英气、声势、心机、骄大是也[2]。又庚辰本总批说:"写秦死之盛,贾珍之奢,实是却写得一个凤姐",话也不错,未免稍过其实。盖此两句,作意甚深,写凤姐固是一大事,尚非唯一的大事也。

即使只写凤姐,而其意义恐也不限于个人,她整理宁国府时,于第十三回曾总括该府的混乱实情:

---

[1] 阚铎《红楼梦抉微》引《金瓶梅》第六十二回之文相比较,而曰:"同是父亲带来,同是有主之物,同一说明尺寸,同一说明香味,更可一目了然。"(五十六、五十七页)

[2] 甲戌本第十四回开首。庚辰本写作眉批,文字略异。

头一件是人口混杂,遗失东西;第二件,事无专执,临期推委;第三件,需用过费,滥支冒领;第四件,任无大小,苦乐不均;第五件,家人豪纵,有脸者不服钤束,无脸者不能上进。——此五件实是宁国府中风俗。(一三三页)

除了这五条,在本回之末更有两句诗的总评:"金紫万千谁治国,裙钗一二可齐家。"这两句话对于上文提出的问题做了进一步的回答。虽指的是凤姐,却不限于凤姐。其意义有二:其一,裙钗胜于金紫,也就是女子胜于男子,符合本书开首总评:"一一细考较去,觉其行止见识皆出我之上;我堂堂须眉,诚不若彼裙钗",也合于第二回宝玉"女儿水做的,男人泥做的"那样的说法。原来书中屡以凤姐比男人,以男人为标准,总似在尊男,实际尊女;名为尊女,又实系贬男。何以知之,从以凤姐为实例知之。若引一个四德兼备的女子从而尊敬之,褒扬之,在那个时代谓之尊女可也。现在却引了一个缺点很多,且有罪恶的妇女凤姐为例;夫何足尊,而竟尊之,岂非痛贬这"万千金紫",贵族的男人们乎!他文章很轻妙,像我这样说法恐过于着迹,而大意或者不误,信乎《红楼梦》之多疑语也。

　　其二,这里又提起《大学》的"齐家治国"的老话来,在古代封建社会统治阶级有这么一套的制度,小型的单位叫做家,大型的单位叫做国,更大型的可以叫做天下;家长是关门皇帝,皇帝便是全国的总家长。家国既属相通,齐家之道自可通于治国之道,这和后来的情形迥然不同。今曰"金紫谁治国,裙钗可齐家",是以家国对举,又不止抑男扬女而已。《红楼梦》所写东西二府,其规模甚大,亦从这里可得到一点线索,作者微意之所在,尽非泛泛的铺张夸大也。古人所谓"微而显,志而晦,婉而成章"[1],或可借评《红楼梦》欤?

这里又说"裙钗一二"。"一二"与"万千"属对,盖非有他意;但书中有治家才能的女子却不止一人,其第二个便是探春。她在十二钗中是不应忽略的。此处不及专论,只能连着凤姐一谈。《红楼梦》对于她二人都非常惋惜,有一点关合,盖皆为末世之英才也。这里又须回溯本书的起笔。原来书中初写东西两府并为末世,而非其盛时,第二回载贾雨村、冷子兴一段对话,将这点交代得很清楚(一七、一八页),以文长不引了。第三回黛玉之入府,所见荣府已在衰落的时期,因为写得那样豪华气派,使读者容易误认为盛世;再说不久又有元春封妃归省之事,此秦氏所谓"烈火烹油鲜花着锦之盛"(第十三回,一二七页),其实不过回光返照而已,秦氏也说"瞬息的繁华,一时的欢乐"。因此无论探春,或者凤姐、平儿,都在那边以一木支这将倾之大厦,这样写法本身就是一个悲剧。举例以明之。第五回册子"探春词"道:"才自精明志自高,生于末世运偏消。""凤姐词"曰:"凡鸟偏从末世来,都知爱慕此生才。"凤姐那一幅且画了一座冰山,那就快要倒了[2](五一页)。

探春在书中的大事当然是理家,我们也就谈这一点。《红楼梦》的原来规划不过一百十回左右,到了第五十四回已到

---

[1]《左传》成公十四年。
[2]《通鉴·唐纪》叙当时对于右相杨国忠的看法。贾家亦是外戚。宝钗说:"我倒像杨妃,只是没有一个好哥哥好兄弟,可以作得杨国忠的。"见本书第三十回,三一七页。

顶峰，以后便要走下坡路。早在第一回疯僧对甄士隐说："好防佳节元宵后，便是烟消火灭时。"（七页）如今且替他算算看，第一个元宵在十八回，第二个元宵在五十四回，这样的佳节元宵不知以后还有几个；但到了第二个元宵之后，夕阳虽好，已近黄昏，无可疑者。第三个元宵即使有，恐怕已在演锣鼓喧天的全武行了。

探春就是在荣国府岌岌不可终日的形势下来支撑残局的，却淡淡写来，使我们不甚觉得。我喜欢引用的那一条，在这里不妨再引一下：

> 此回接上文，恰似黄钟大吕后，转出羽调商声，别有清凉滋味。（有正戚序本第五十五回总批）

我们读五十五回以后的《红楼梦》确有这样的感觉。"清凉"如改为"凄凉"，我看倒也很好。悲哀的气氛实弥漫于此书的后半。

宁府与荣府本是鲁卫之政，其体系规模均相同，但宁府比荣府更荒淫混乱。第五回《红楼梦曲》"可卿词"所谓"家事消亡首罪宁"者是，即东府的人自己也说："论理，我们里面也须得他来整治整治，都忒不像了。"（第十四回，一三四页）凤姐是在这样的舆论下来协理宁国府的，本是帮忙性质，她的整理也是临时性的，大刀阔斧的干一下，"威重令行"便"心中十分得意"了。（一三六页）至于探春理家，情形不同，比之从前，表面未动，实际上更加衰落了。她以小姐的身份代理凤姐，所处理的都是一些日常琐屑的家务，所对付的是自己家中的一班管事奶奶们,那些人,平儿说过,虽凤姐心里也不算不怕他们(六○五页),可见很难缠的。其另一方面,管的既是自己的家,可以想出一些比较经常的一套计划来。若说凤姐的协理是大刀阔斧,那么探春的理家便是细磨细琢;若说第十四、十五两回是作者得意之笔,那么第五十五、五十六两回更是用心之作了。

从第五十五、五十六两回看出封建家庭里勾结把持、营私舞弊等等,其范围尽管很小,却有典型性质。如第五十六回探春、李纨和平儿谈头油脂粉钱,以文字很长,只节引一段:

> 探春李纨都笑道:"你也留心看出来了。脱空是没有的,也不敢,只是迟些日子。催急了,不知哪里弄些来,不过是个名儿,其实使不得,依然得现买。就用这二两银子,另叫别人的奶妈子的或是弟兄哥哥的儿子买了来,才使得。若使了官中的人,依然是那一样的。不知他们是什么法子。是铺子里坏了不要的,他们都弄了来,单预备给我们?"平儿笑道:"买办买的是那样的,他买了好的来,买办岂肯和他善开交,又说他使坏心,要夺这买办了。所以他们也只得如此,能可得罪了里头,不肯得罪了外头办事的人。姑娘们只能可使奶妈妈们,他们也就不敢闲话了。"(六一○页)

过去衙门里、宫廷里,积弊之深,采办的情况何尝不是这样,不过更扩大多少倍罢了。

探春理家大约从三方面下手:节流、开源、除弊。其所得的成绩似乎不大,范围也还小,以作意论却又不能算小,记得从前戏上说过,北京城好比大圈里套着许多小圈儿。《红楼梦》的典型环境也可以借用这层叠的看法。其外围一层且不说,大的圈儿为东西两府,再小一圈是荣国府,而荣国府中有一个大观园。探春的政策自然扯不到东府,即以西府论,亦尚不离"内壸"的范围,影响也是局部的。但在十二钗所处的大观园内,却来了一个翻天覆地的大改革。书中回目对此褒扬备至,称为"敏探春兴利除宿弊,识宝钗小惠全大体"。于第六十二回又借了书主人宝、黛的对话作为重要的舆评:

> 宝玉道:"你不知道呢。你病着时,他干了好几件事。这园子也分了人管,如今多掐一草也不能了。又蠲了几件事,单拿我和凤姐姐做筏子禁别人,最是心里有算计的人,岂止乖而已。"黛玉道:"要这样才好。咱们家里也太花费了。我虽不管事,心里每常闲了替你们一算计,出的多,进的少,如今若不省俭,必致后手不接。"(六八八页)

照黛玉的说法,"要这样才好",当亦认为这是深悉利弊,救时之良策。探春以一个女孩儿就想做这倒挽末运的大事业,不管怎样,总是难得的。作者的赞美固为恰当。——话虽如此,她成功了没有?我看也没有。而且后回园中有许多事都从这"新政"上生出来的。如第五十回"柳叶渚边嗔莺咤燕,绛芸轩里召将飞符",以采撷花草而生冲突,即因一花一草以可生利而有人管理之故。又如第七十三回记大观园中抽头聚赌,"有三十吊、五十吊、三百吊的大输赢"(八一八页)也未必不由于婆子们收入增多之故。大观园经过整理后,自有一番新气象,而已非复当年承平光景矣。作者之笔移步换形,信手续弹,不知不觉已近尾声了。

凤姐和探春都在这样的气氛里主持荣国府中家政的。按说凤姐之为人其品行学识不如探春远甚,干才或过之,而书中说:"探春精细处不让凤姐"(五九八页),是亦在伯仲之间耳。书中褒探春而贬凤姐,本来是对的。我们却觉得对凤姐的批判似乎还不够。凤姐的劣迹,小之则如以公款放高利贷,大之如教唆杀人,书中并历历言之不讳。第十六回开始,总提了一笔:"自此凤姐胆识愈壮,以后有了这样的事便恣意的作为起来,也不消多记。"(一五〇页)许许多多的罪恶都包括在这"也不消多记"五字里面了,这样是否够呢?书中用了顶出色的笔墨来写她,有什么理由呢?此盖由于作者悲惋之情过于责备之意,恐是他的局限性所在。但若笼统的称为局限,却也没有什么意义。

以"怀金悼玉"主题的关系,作者对于十二钗每多恕词,原不止凤姐一人,但凤姐的情形比较特殊,故尤显得突出。所谓批判的不够,意谓掌握批判的尺度过宽了,也就是恕词过多的另一种说法。我以为批判的尺度假如符合了当时封建社会与家庭的现实,就不发生宽窄的问题,也无所谓局限;若以作者的个人感情而放松了尺度,这才有过宽的可能和局限性的问题。似乎应当采用这样分析的看法,不宜笼统地一笔抹倒。

从基本上说,封建社会里的女子都是受压迫的,被牺牲者;但她们之间仍有阶层,上一层的每将这高压力以一部分转嫁到更下一层,所谓"九泉之下尚有天衢"。本书表现这情况很清楚,如晴雯受尽了压迫却又压迫那些小丫头,如她对于坠儿。凤姐是荣国府的二奶奶,其作威作福自非晴雯之比,若说女人的身份,她亦是受压迫的一个人。本书把她放在"怀金悼玉"之列本来不曾错,如其情感过深,则未免失之于宽。如《红楼梦曲》第十支云:

> 机关算尽太聪明,反送了卿卿性命。生前心已碎,死后性空灵。家富人宁,终有个家亡人散各奔腾。枉费了意悬悬半世心,好一似荡悠悠三更梦,忽喇喇如大厦倾,昏惨惨似灯将尽。呀!一场欢喜忽悲辛,叹人世终难定。(第五回,五六、五七页)

这般一唱而三叹,感伤的意味的确过分了一些。对凤姐若如此惋惜,奈地下含冤之金哥、尤二姐等人何! 再说,作者以探春、凤姐为支撑残局的英才,好像亦说得通。实际上,这盛衰之感,"末世"的观念,皆明显地与批判的现实主义、"红楼梦"反封建的倾向相矛盾的。

对于凤姐的看法大致如此。以本书未完,作者最后对于她怎样描写今不可知。就八十回论,批判或者不够,就一百十回批判或者够了——还是更不够?脂批说她,"回首惨痛,身微运蹇",回目又有"王熙凤知命强英雄"[1],是否有诸葛五丈原之风呢?

其次,就成书的经过说,先有《风月宝鉴》而后有《金陵十

---

[1] 以上两条引文俱详《红楼梦研究》。

二钗》。凤姐当然是《风月宝鉴》里主要人物之一；因她事连贾瑞，而贾瑞手中明明拿着一面刻着"风月宝鉴"四字的镜子。但同时，她又名列"十二钗"，其情形与秦可卿相仿，则褒贬之所以看来未尽恰当，未尝不和本书这些情形有关。《宝鉴》书既不传，自只能存而不论。

五　丫鬟与女伶

她们是"十二钗"中的群众，妆成了红紫缤纷、莺燕呢喃的大观园，现在只选了其中五个人为题，不免有遗珠失玉之恨。《红楼梦》写她们都十分出色，散见全书，不能列举。以比较集中的第五十八回到六十一回，将许多丫鬟们、女伶们、婆子们的性情、形容、言语、举止，曲曲描摹，细细渲染，同中有异，异中有同，一似信手拈来，无不头头是道；遂从琐屑猥杂的家常日常生活里涌现出完整艺术的高峰。我觉得《红楼梦》写到后来，更嘈杂了，也更细致了。如这几回书都非常难写，偏偏写得这样好，此种伎俩自属前无古人也。

这些丫鬟和女伶们，其畸零身世，女儿性情等等原差不多的，却是两个类型。《红楼梦》只似一笔写来，而已双管齐下，雏鬟是雏鬟，女伶是女伶，依然分疏得清清楚楚。举一些具体的例子：女伶以多演风月戏文，生活也比较自由一些，如藕官、药官、蕊官的同性恋爱，第五十八回记藕官烧纸事，若写作丫鬟便觉不合实际。又丫鬟们彼此之间倾轧磨擦，常以争地位争宠互相妒忌，而女伶处境不同，冲突也较少，她们之间就很有"义气"。又如丫鬟们直接受封建家庭主妇小姐的压制,懂得这套"规矩",而女伶们却不大理会。譬如第六十回以芳官为首,藕官、蕊官、葵官、豆官和赵姨娘的一场大闹,女伶则可,若怡红院的小丫头们怕就不敢。如勉强也写成群众激愤的场面,也就不大合式了。这些粗枝大叶尚一望可知,至于更纤琐、更细微之处,今固不能言,言之恐亦伤穿凿。读者循文披览,偶有会心,或可解颜微笑耳。以下请约举五人,合并为A、B两部分。

A 紫鹃、平儿——紫鹃为黛玉之副,平儿为凤姐之副。她们在《红楼梦》里都赢得群众的喜爱,我也不是例外。紫鹃原名鹦哥,本是贾母的一个二等丫头(见第三回),书中写她性情非常温和,恐怕续书人也很喜欢她,后四十回中写她的也比较出色。在八十回中正传不多,当然要提这第五十七回"慧紫鹃情辞试忙玉",一字之褒曰"慧",但她究竟慧不慧呢?这是很有意味的。

忙玉之"忙",我昔从庚辰本校字,是否妥当,还不敢说[1]。首先当问:紫鹃为什么要考试这宝玉,他有被考的必要吗?今天看来,好像没有必要。然而有的,否则她为什么要试呢?她难道喜欢像下文所叙闯了一场大祸么?

宝玉的心中意中人是谁,大约二百年来家喻户晓的了,谁都从第一回神瑛侍者、绛珠仙草看起,他们怎能不知道啊。但是作者知之,评者知之,读书今日无不知之,而书中大观园里众人却不必皆知,即黛玉本人也未必尽知。否则她的悲伤

---

[1] "忙玉",校本从庚辰本改。就字面看,颇不惬人意。戚本《红楼梦稿》本并作"宝玉",比较老实,但又不能对"痴颦"。详谈《红楼梦》的回目之十二,见《红楼梦研究参考资料》九十六、九十八页。

憔悴,为的是哪条?她常常和宝玉吵嘴打架,剪穗砸玉,所为何来呢?黛玉且然,何论于紫鹃。她之所以要考验这"无事忙"的宝玉,在她看来完全有必要。

这里牵涉到宝玉的性格和宝黛的婚姻这两个大问题,自不暇细谈,却也不能完全不提。宝玉的爱情是泛滥的还是专一的?他是否如黛玉所说"见了姐姐就忘了妹妹"呢?作者在这里怕是用了开首的唯心观点来写"石头"之情——即有先天后天之别。从木石姻缘来说,是专一的,宝玉情有独钟者为此;若从被后来声色货利所迷,粉渍脂痕所污的石头来说,不但情不能专一,即欲也是泛滥的,书中所记宝玉诸故事是也。在黛玉的知心丫鬟紫鹃看来,当然只知第二点,不见第一点,她从哪里去打听这大荒顽石、太虚幻境呢。但被她这么一试,居然试出一点来了。为什么是这样,种种矛盾如何解释虽尚不可知,但宝玉确是这样,不是那样。这中心的一点却知道了。此所以紫鹃虽闯了弥天大祸,几乎害了贾宝玉,却得到正面的结论,黛玉除当时大[1]着急之外,绝无不满意紫鹃之意,这是合乎情理的。

这样一来果然很好,却有一层:以后宝玉的婚姻就和黛玉分不开了,贾母也明白其中的利害。难道《红楼梦》也写大团圆,"潇湘蘅芜并为金屋",像那些最荒谬的再续书一样吗?当然不是的。这无异作者自己给自己留下一个难题,我们今日自无从替他解答。依我揣想,黛玉先死而宝钗后嫁要好一些,但文献无征,这里也就不必谈了。

---

[1] 大,古时同"太"。编者注。

无论如何,紫鹃对她的主人尽了最大的努力,不独黛玉当日应当深感,我们今日亦当痛赞,而作者之褒更属理所当然矣。可是有一点,作者称之为"慧",她在这一回里表现得是"慧"么?仿佛不完全是那样。事实上所表现的是一味至诚而非千伶百俐,譬如她和薛姨妈的一段对话(五十七回,六三六页),谁不憎恨这老奸巨猾的薛姨妈,谁不可怜这实心眼儿的紫鹃呢!说她"忠诚""浑厚""天真"以及其他的赞语,好像都比这"慧"字更切合些,然而偏叫她"慧紫鹃",这就值得深思。作者之意岂非说诚实和决断都是最高的智慧,而"好行小慧"不足与言智慧也。[1]

平儿之于凤姐与紫鹃之于黛玉不同。写紫鹃乃陪衬黛玉之笔,不过"牡丹虽好终须绿叶扶持"这类的意思。如上说紫鹃忠厚,黛玉虽似嘴尖心窄,实际上何尝不忠厚,观第四十二回"兰言解疑癖"可知也。她们还是一类的性格。若平儿却不尽然,她虽是凤姐的得力助手,如李纨说她,"你就是你奶奶的一把总钥匙"(第三十九回),而她的治家干才不亚其主,作者且似有意把平儿写成凤姐的对立面,不仅仅是副手。在某一方面她对凤姐的行为有补救斡全之功;另一方面作者却写出她地位虽居凤姐之下,而人品却居凤姐之上。像这样的描写,提高了丫鬟,即无异相对地降低了主人,也就是借了平儿来贬凤姐。以文繁不能备引,只举大观园中舆评抑扬显明的

---

[1] 我在《谈红楼梦的回目》前文中曾说:"紫鹃之试玉虽非黛玉授意,她也是体贴了黛玉的心才这样干的。回目所以曰'慧紫鹃'。不然,闯这样大祸,应当说莽紫鹃才对,何慧之有?",见《红楼梦研究参考资料》九七页。

一条,在第四十五回:

> 李纨笑道:"你们听听,我说了一句,他就疯了,说了两车的无赖泥腿市俗专会打细算盘分斤拨两的话出来。这东西亏他托生在诗书大宦名门之家做小姐,出了嫁又是这样,他还是这么着;若生在贫寒小户人家作个小子,还不知怎么下作贫嘴恶舌的呢。天下人都被你算计了去。昨儿还打平儿呢,亏你伸的出手来。那黄汤难道灌丧了狗肚子里去了。气的我只要给平儿打抱不平儿,忖度了半日,好容易狗长尾巴尖儿的好日子,又怕老太太心里不受用,因此没来,究竟气还未平。你今儿又招我来了。给平儿拾鞋也不要。你们两个,只该换一个过子才是。"说的众人都笑了。(四七六页)

稻香老农说"换一个过子才是",只怕不是笑话罢。此外如第六十九回写凤姐"借剑杀人"而平儿对尤二姐表同情,对她很好,更就行为上比较来批判凤姐(七七三、七七六、七七七页)。可见作者对于凤姐决非胸中无泾渭,笔下无褒贬者,只不过有些地方说得委婉一些罢了。

第四十六回及上引四十七回之上半实为平儿本传,书中最煊赫的文字是第四十六回写她在怡红院里理妆,描写且都不说,只引宝玉心中的一段话:

> 忽又思及贾琏惟知以淫乐悦己,并不知作养脂粉,又思平儿并无父母兄弟姊妹,独自一人,供应贾琏夫妇

二人,贾琏之俗,凤姐之威,他竟能周全妥贴,今日还遭荼毒,想来此人薄命,比黛玉尤甚。想到此间,便又伤感起来,不觉洒然泪下。(四七一、四七二页)

总括地写出她才高命薄,而作者已情见乎词,不劳我们哓舌矣。宝玉心中以黛玉为比,在《红楼梦》中应是极高的评价,后人似不了解此意,就把"比黛玉尤甚"这句删去了。

本书描写十二钗,或实写其形容姿态,或竟未写;但无论写与不写,在我们心中都觉得她们很美,这又不知是什么伎俩。这里且借了平儿、紫鹃略略一表。实写紫鹃的形容书中几乎可以说没有,只在第五十七回说过一些衣装:

> 见他穿着弹墨绫薄绵袄,外面只穿着青缎夹背心。(六二二页)

以外我就想不起什么来了。他只写紫娟老是随着黛玉,其窈窕可想,此即不写之写也。第五十二回还有较长的一段:

> 宝玉听了,转步也便同他往潇湘馆来。不但宝钗姊妹在此,且连邢岫烟也在那里。四人围坐在熏笼上叙家常,紫鹃倒坐在暖阁里临窗作针黹。一见他来,都笑道:"又来了一个,可没了你的坐处了。"宝玉笑道:"好一幅'冬闺集艳图'。"(五六三页)

宝玉只一句话,有多少的概括!

至于平儿，书中也不曾写什么。即有名的"理妆"一回，亦只细写妆扮，反正不会"妆嫫宝黛"的呵。她的出场在第六回：

> 刘姥姥见平儿遍身绫罗，插金带银，花容玉貌的，便当是凤姐儿了。（六五页）

似乎庸俗，不见出色。我以为正惟其庸俗，方一丝不走，在刘姥姥眼中故。又书中说，"刘姥姥虽是村野人，却世情上经历过的"（三十九回，四一五页），平儿若不端庄流丽，刘姥姥亦不会无端误认她为凤姐也。

还有两段，一反一正，都从他人口中侧面写来。如第四十六回凤姐的话："琏儿不配，就只配我和平儿这一对烧糊[1]了卷子和他混罢。"（四九八页）用烧糊了的卷子来形容她自己和平儿，信为妙语解颐，咱们也要笑了。若第四十四回，"那凤丫头和平儿还不是个美人胎子"（四七二页），那倒是真话实说，贾母也是不轻易许人的。

B 龄官、藕官、芳官——龄官为梨园十二个女孩子之首（第三十回，三一九页），于宝玉眼中"只见这女孩子眉蹙春山，眼颦秋水，面薄腰纤，袅袅婷婷，大有林黛玉之态"者是也。她的事迹在本书凡三见。其一见于第十八回记元春归省：

> 太监又道："贵妃有谕，说龄官极好，再作两出戏，不拘那两出就是了。"贾蔷忙答应了，因命龄官作"游园""惊

---

[1] 糊同"煳"。编者注。

梦"二出。龄官自为此二出原非本角之戏，执意不作，定要作"相约""相骂"二出。贾蔷扭他不过，只得依他作了。贾妃甚喜，命不可难为了这女孩子，好生教习。（一八四页）

"游园惊梦"在《牡丹亭》中，"相约相骂"在《钗钏记》中[1]。龄官为什么不肯演那最通行的"游园惊梦"，而定要演这较冷僻的"相约相骂"呢？据说为了非本角戏之故。所谓"角"者，角色，生旦净末丑之类是也。龄官当然演旦角，而旦角之中又有分别，以"游园惊梦"之杜丽娘说，是闺门旦，俗称五旦；以"相约相骂"之云香言，是贴旦，俗称六旦。今谓"游园惊梦"非本角戏而定要演"相约相骂"，龄官的本工当为六旦。——但事实不完全是这样。在上文已演过四折，元春说龄官演得好，命她加演，可见龄官在前演的四折中必当了主角。那四折，旦角可以主演只两折："乞巧"与"离魂"。据脂批说：乞巧，"长生殿中"；离魂，"牡丹亭中"。"乞巧"即"密誓""离魂"即"闹殇"。而"密誓"、"闹殇"中之杨玉环、杜丽娘并为旦

---

[1] 《钗钏记》，明代作品，题月榭主人撰，名里未详。全书未见，《缀白裘》中收了九出。最常唱演的，有相约、讲书、落园，相骂（一名讨钗）。此四折情节如下（并参看青木正儿《中国近世戏曲史》译本二八一页）：皇甫吟与富家女史碧桃有婚约。女父嫌生贫寒，欲以女另嫁。史女不欲，遣侍女云香至皇甫吟家，约以中秋夜来园中，当赠以婚娶之资。后被皇甫之友韩时忠得知，阻生勿往，而己冒名前去，骗取钗钏。其后，碧桃见婚事毫无消息再遣云香催询之，值915不在，吟母说其子未去，云香说彼曾来；提起钗钏，吟母亦不承认，遂因误会而起冲突。若无中间一段穿插，首尾即不连贯，但"相约相骂"为全剧精华，每摘出连演。《红楼梦》固如此，即《缀白裘》亦将此二折并收入五集卷四，则两折单演，由来久矣。

而非贴,可见龄官并非专演六旦的。因之所谓本角戏恐不过拿手戏的意思。龄官以为对"游园惊梦"她无甚拿手,故定要演这"相约相骂"。

从戏中情节看,可能还有较深的含意。"游园惊梦"的故事不必说了,"相约相骂"的故事已略见前注中。"相骂"表现得尤为特别。写丫鬟与老夫人以误会而争辩,以争辩而争坐,云香坐在老夫人原有的椅子上,老夫人不许她坐,拉她下来,云香怎么也不肯下来,赖在椅子上,结果以彼此大骂一场而了之。[1]听说最近还上演这戏,情形非常火炽。在昆剧中丫鬟和老夫人对骂,怕是惟一的一出戏,即《西厢记·拷红》也远远不如。龄官爱演这戏,敢以之在御前承应,真泼天大胆!她借了登场粉墨,发其幽怨牢骚,恐不止本角、本工、拿手戏之谓也。元春不点戏,让她随便唱,原是听曲子的内行,但假如叫她点,也怕不会点这"相约相骂"的。

只说这一点,龄官的性格还不很鲜明,再举其二其三。第

---

[1] 录《缀白裘》五集四卷"相骂"对话一段:"(贴)好吓,你奸骗钱财,叫你须臾受祸灾。(老旦)老天应鉴察,不受这飞灾。(贴)叫你偏受这飞灾!(老)我偏不受这飞灾!(贴)还了我的东西便罢,若不还我,死也死在这里。(哭介)(老)哪里说起,什么钗钏,又是什么银子。吓,吓,吓,你看他公然上坐。啐,这个所在是你坐的?(贴)难道是龙位皇位坐不得的?(老)虽不是龙位皇位,你却坐不得。(贴)我倒偏要坐。(老)我偏不容你坐。小贱人!(贴)阿呀,老安人,不要破口吓,我云香是,喏,也会骂的嚏。(老)吓,吓,吓,你敢骂,你敢骂!(贴)你这老——(老)吓,老什么,老什么?(贴)老什么,老安人。(老)我谅你也不敢骂。你这小贱人!(贴)老不贤!骂了!(老)吓。(贴)吓。(老)阿哟哟。(贴)阿哟哟。(老)小贱人!(贴)老不贤!(老)呸,走出去,这等放肆!(下)"

三十回"画蔷",宝玉尚不知其名,到了第三十六回"情悟梨香院",方知"原来就是那日蔷薇花下划'蔷'字的那一个"。这二、三两段实为一事之首尾,分作两回叙出耳。在第十八回上有一段脂评:

> 今阅《石头记》至原非本角之戏执意不作二语,便见其忒能压众,乔酸娇妒,淋漓满纸矣。复至"情悟梨香院"一回,更将和盘托出。(己卯、庚辰、戚本)

他只从坏的方面看,上文还有优伶"种种可恶"之言,虽亦有触着处,终觉不恰。《红楼梦》之写龄官为全部正副十二钗中最突出的一个。她倔强、执拗,地位很低微而反抗性很强。虽与黛玉、晴雯为同一类型,黛晴之所不能、不敢为者,而龄官为之。第三十回记宝玉的想法:

> "难道这也是个痴丫头,又像颦儿来葬花不成?"因又自叹道:"若真也葬花,可谓东施效颦,不但不为新特,且更可厌了。"想毕,便要叫那女子说:"你不用跟着那林姑娘学了。"(三一九页)

宝玉心中只有一个林妹妹,殊不知山外有山,天外有天也。宝玉能得之于黛玉、晴雯等者,却不能得之于龄官。宝玉陪笑央她起来唱"袅晴丝",又是游园!你想龄官怎么说?"嗓子哑了。前儿娘娘传进我们去,我还没有唱呢。"(三八〇页)这大有抗旨不遵的气概。若此等地方,或出于有意安排,或出于自然流露,总非当日脂砚斋等所能了解者也。

龄官划蔷也表现了她的情痴和坚拗的品质,第三十六回写贾蔷兴兴头头的花了一两八钱银子买了一个会串戏的小雀儿来,却碰了龄官一个大钉子(见校本三八〇、三八一页)。我十一岁时初见《红楼梦》,看到这一段,"一顿把那笼子拆了",替他可惜;又觉得龄官这个人脾气太大,也太古怪了。她这脾气也是有些古怪啊。她情钟贾蔷,而贾蔷这个浮华少年是否值得她钟情,恐怕也未必。此宝玉所以从梨香院回来,"一心裁夺盘算"而"深悟人生情缘,各有分定"也。

书中人人都羡慕荣国府的富贵,而龄官不然。大观园中诸女儿都喜欢宝玉,而龄官不然。她只认为"你们家把好好的人弄了来,关在这牢坑里学这劳什子",将大观园的风亭月榭视为"牢坑",即黛玉、晴雯等人且有愧色,何论乎宝钗、袭人哉!还有眠思梦想不得进园的柳五儿呢。

这样,她当然待不多久。在第五十八回遣散十二个女孩子时也不曾单提她,只用"所愿去者止四五人"(六四〇页)一语了之。"曲终人不见,江上数峰青",她从此就不再见了。

自第五十八回梨香院解散,那些伶工子弟就风流云散了,颇有《论语·微子》所云乐官分散的空气。未去的分在园中各房就显得更活跃了。在此以前,书中只传龄官,其他提得很少。五十八回首叙藕官烧纸,被婆子看见,要去告发,得宝玉解围,问起根由,她不好意思直说,只说去问芳官就知道了。回目载芳官的一段话说明了藕、药、蕊官互恋的关系,宝玉又发了一篇大议论。这样的故事和回目"假凤泣虚凰"原是相合的,问题在于写这回书的用意。我前有《读〈红楼梦〉随笔》,在其三十三《谈〈红楼梦〉的回目》[1]一文中,大意说五十八回的目录,虽似对句平列,却是上下文的关系,似以真对假,实以假明真。就人物来说,即以本回藕、药、蕊官三人的故事暗示后回宝、黛、钗三人的结局,这里为节省篇幅起见,不重叙了,只作一点补充的说明。

那文说得很详细,已伤于繁琐,仍有一点重要的遗漏,没有谈到这回目最突出的一点:"茜纱窗"。为什么突出?"茜纱窗"在本文里完全不见。有正戚本作"茜红纱",但"茜红纱"也不见。这茜纱窗当指怡红院,那么作怡红院不干脆么,为什么不那么写?再说怡红院有没有茜纱窗呢?倒也是一个问题。

大家知道潇湘馆是有茜纱窗的(第四十回,四二二、四二三页),却不必专有,自然也可以用之怡红院。如第七十九回黛玉说:"咱们如今都系霞影纱糊的窗隔",可见怡红院、潇湘馆并以霞影纱糊窗,这样说就比较简单了。可是再看下去,反而使人迷糊。

"……但只一件:虽然这一改新妙之极,但你居此则可,在我实不敢当。"说着,又接连说了一二百句"不敢"。黛玉笑道:"何妨。我的窗即可为你之窗,何必分晰得如此生疏。古人异姓陌路,尚然同肥马,衣轻裘,敝之而无憾,何况咱们呢。"宝玉笑道:"论交道不在肥马轻裘,即黄金白璧,亦不当锱铢较量。倒是这唐突闺阁,万万使不

---

[1] 《谈〈红楼梦〉的回目》之二十:"似一句自对各明一事,实两句相对以上明下之例",见《红楼梦研究参考资料》九十八至一〇一页。

得的。"(九〇四、九〇五页)

黛玉说"我的窗即可为你之窗",而宝玉说"万万使不得的",然则怡红院又没有茜纱窗了么?

我以为五十八回之"真情揆痴理"之"茜纱窗",即七十九回宝黛二人所谈,亦即《芙蓉诔》最后改稿"茜纱窗下,我本无缘;黄土陇中,卿何薄命"之"茜纱窗"。以五十八回的事实论,芳官、宝玉二人在怡红院谈话,这茜纱窗当属之怡红院;以意思论,遥指黛玉之死,这茜纱窗又当属于潇湘馆。此所以虽见回目却不见本文,盖不能见也。如在芳官、宝玉谈话时略点"茜纱"字样,这故事便坐实了,且限于当时之怡红院矣。现在交错地写来,这样便造成了回目与本文似乎不相合的奇异现象。且引芳官和宝玉对话一段:

> 芳官笑道:"哪里是友谊,他竟是疯傻的想头。说他自己是小生,药官是小旦,常做夫妻;虽说是假的,每日演那曲文排场,皆是真正温存体贴之事,故此二人就疯了,虽不做戏,寻常饮食起坐两个人竟是你恩我爱。药官一死,他哭的死去活来,至今不忘,所以每节烧纸。后来补了蕊官,我们见他一般的温柔体贴,也曾问他得新弃旧的。他说:'这又有大道理,比如男子丧了妻,或有必当续弦者,也必要续弦为是;但只是不把死的丢过不提,便是情深意重了。若一味因死的不续,孤守一世,妨了大节,也不是理,死者反不安了。'你说可是又疯又呆,说来可是好笑。"宝玉听说了这篇呆话,独合了他的呆性,不

觉又是欢喜,又是悲叹又称奇道绝,说:"天既生这样人,又何用我这须眉浊物玷辱世界。"(六四七页)

藕官以新人代旧人,并不见用情专一,其言未必甚佳,宝玉的"称奇道绝",也颇出我们意外。书中既谓这篇呆话独合了宝玉的呆性,这里所叙显然和后回有关。而且此段引文之后,宝玉又叮嘱芳官转告藕官叫她以后不可再烧纸,应该如何纪念才对;像那样的办法,宝玉在七十八回祭晴雯已亲自实行了。

这五十八回主要的意思就是这样。否则女伶们的同性恋似颇猥琐,何足多费《红楼梦》的宝贵笔墨。回目的作法固然巧妙,如泛泛看来,也未尝不别扭。本句自对,又像两句相对。"假凤泣虚凰"很好;"真情揆痴理"费解,很难得翻成白话,版本中且有误"揆"为"拨"者[1],可见后人也不甚了解。若此等处,盖以作意深隐之故;不然,他尽可以写得漂亮一些呵。

在藕官烧纸宝玉和她分手后,又去看黛玉,在校本上只有两行字(六四三页),我从前认为虽似闲笔、插笔,实系本回的正文[2],虽似稍过,大意或不误。

以上虽说要谈藕官,然而藕官实在也谈得很少。

梨香院十二个女孩子中,八十回的前半特写一龄官,后半特写一芳官,都很出色。芳官自分配到怡红院以后,在第五十八至六十回、六十二、六十三回都有她的故事。在姿容妆饰方面且写得工细:

---

[1] "揆痴理",程本、有正本并作"拨痴理"。
[2]《红楼梦研究参考资料》一〇〇页。

那芳官只穿着海棠红的小棉袄,底下绿䌷撒花夹裤,敞着裤腿,一头乌油似的头发披在脑后,哭的泪人一般。麝月笑道:"把一个莺莺小姐,反弄成拷打的红娘了。这会子又不用妆,就是活现的,还是这么松哈哈的。"宝玉道:"他这本来面目极好,倒别弄紧衬了。"(第五十八回,校本六四五页。这里引文参用戚本及《红楼梦稿》)

当时芳官满口嚷热,只穿着一件玉色红青驼绒[1]三色缎子斗的水田小夹袄,束着一条柳绿汗巾;底下是水红撒花夹裤,也散着裤腿;头上眉额编着一圈小辫,总归至顶心,结一根鹅卵粗细的总辫,拖在脑后;右耳眼内只塞着米粒大小的一个小玉塞子,左耳上单带着一个白果大小的硬红镶金大坠子,越显的面如满月犹白,眼如秋水还清。引的众人笑说:"他两个倒像是双生的弟兄两个。"(第六十三回,六九六、六九七页)

本回脂本如庚、戚,都有芳官改名耶律雄奴,又改名温都里纳各一段。[2]不仅在梨香院十二个女孩子之中,就在十二钗中,芳官的形容是作者笔下写得最多的一个人。把她写得很聪明美丽,天真可爱,又有很多的缺点,倚强抓尖,以至于弄权,如

---

[1] 校本作"酡㺨"从己卯本,误。今改从戚、程等本作"驼绒"。驼绒为一种颜色之名。《扬州画舫录》卷一:"深黄赤色曰驼茸","茸"即"绒"也。
[2] 这两段文字在全书里显得不调和,叙芳官忽然改妆,且似与上文不甚衔接,其中宝玉的议论也很谬。不知当时为什么要这样写,后来的本子往往删去了。

柳家的五儿就想走她的门路(第六十回,六六三页)。她已成为宝玉身边一个新进的红人了。

这样,在那妒宠争妍的怡红院里,岂有不招嫉妒的。晴雯也难免拈酸,她心直口快每每说了出来;袭人却非常深沉,表面和平,不说什么,有时晴雯发了话,她还替芳官解围,如第六十三回写芳官和宝玉一同吃饭后:

> 宝玉便笑着将方才吃的饭一节告诉了他两个。袭人笑道:"我说你是猫儿食,闻见了香就好。隔锅饭儿香。虽然如此,也该上去陪他们,多少应个景儿。"晴雯用手指戳在芳官额上说道:"你就是个狐媚子!什么空儿跑了去吃饭。两个人怎么就约下了!也不告诉我们一声儿。"袭人笑道:"不过是误打误撞的遇见了;说约下了,可是没有的事。"(六九〇页)

她似乎是个好好先生。等我们看到第七十七回被逐的时候:

> 王夫人笑道:"你还强嘴!我且问你:前年间我们往皇陵上去,是谁调唆宝玉要柳家的丫头五儿来着?幸而那丫头短命死了,不然进来了,你们又连伙聚党遭害这园子。你连你干娘都欺倒了,岂止别人!"(八七四页)

王夫人怎么知道了啊!莫非也是王善保家的告发的么?还是怡红院中更有别人呢?所以宝玉质问袭人第一个就提芳官,那是很有道理的。

后来的评家说芳官在第六十三回唱的:"翠凤毛翎扎帚叉"的曲子也有寓意[1],我不大相信,但她的结局确是归入空门。在第七十七回的目录以此事与晴雯之死并提,则其重要可知。然而晴雯之死,昭昭在人耳目,传说唱演至于今不衰,而芳、藕、蕊三官的结局却不大有人提起。据说她们出去后寻死觅活,要剪了头发当尼姑去,她们的干娘没有办法,来请示王夫人:

> 王夫人听了道:"胡说!哪里由得他们起来!佛门也是轻易人进去的。每人打一顿给他们,看还闹不闹了。"当下因八月十五日各庙内上供去,皆有各庙的尼姑送供尖之例,王夫人曾就留下水月庵的智通与地藏庵的圆心住两日,至今未回,听得此信,巴不得又拐两个女孩子去作活使唤,因都向王夫人道:"咱们府上到底是善人家。因太太好善,所以感应得这些小姑娘们皆如此。虽说佛门轻易难入,也要知道佛法平等。我佛立愿,原是连一切众生无论鸡犬皆要度他,无奈迷人不醒。若果有善根能醒悟,即可以超脱轮回。所以经上现有虎狼蛇虫得道者不少。如今这两三个姑娘既然无父无母,家乡又远,他们既经了这富贵,又想从小儿命苦,入了这风流行次,将来知道终身怎样;所以苦海回头,立意出家,修修来世,也是他们的高意。太太倒不要限了善念。"王夫人原是个好

---

[1] 《妙复轩评石头记》第六十三回引太平闲人评曰:"才赏花,已扫花,却尘缘,归离恨,归水月,一齐都到。"

善的,先听彼等之语不肯听其自由者,因思芳官等不过皆系小儿女一时不遂心,但恐将来熬不得清净,反致获罪。今听这两个拐子的话大近情理;且近日家中多故……哪里着意在这些小事上。即听此言,便笑答道:"你两个既这等说,你们就带了作徒弟去如何?"二姑子听了,念一声佛,道:"善哉!善哉!若如此,可是你老人家阴德不小。"说毕,便稽首拜谢。王夫人道:"既这样,你们问问他们去。若果真心,即上来当着我拜了师父去罢。"这三个女人听了出去,果然将她三人带来。王夫人问之再三,他三人已是立定主意,遂与两姑子叩了头,又拜辞了王夫人。王夫人见他们意皆决断,知不可强了,反倒伤心可怜,忙命人来取了些东西,赍赏了他们,又送了两个姑子些礼物。从此芳官跟了水月庵的智通,蕊官、藕官二人跟了地藏庵的圆心,各自出家去了。(八八三、八八四页)

这芳官、藕官、蕊官三个小女孩子,就生生的被拐子拐走了!

这段文字相当干燥,平平叙去,并称王夫人为好善的。表面上看,王夫人处置这事也相当宽大,既不阻人善念,临了"反倒伤心可怜","赍赏了他们";两姑子高谈佛门平等,普度众生,亦复头头是道;芳官等临去时亦很干脆,并无哭哭啼啼之态,好像都没有什么,比晴雯被撵那样的凄惨差得远了。然而"拐"字一点,"拐子"二点,就九十度地转了一个弯。把王夫人的假慈悲,真残忍,心里明白,装胡涂,尼姑的诈骗阴险,小孩们的无知可怜,画工所不到的一一的写出来了,读下去有点毛骨悚然。

不由得令人想起本书开首香菱碰见的那个人来，香菱所遇确是个拐子，这里却不然，分明是一个水月庵，一个地藏庵，两个好好的尼姑呵，而竟直呼为"两个拐子"。拐子者，以拐人为业者也，这亦未免过当了罢。一点也不。作者正是说得最深刻深切，恰当不过，并非拐子，实为尼姑，而尼姑即拐子也。这里完全打破了自古相传玄教禅门的超凡入圣、觉迷度世种种伪装，而直接揭发了所谓"出家人"的诈欺、贪婪、残酷的真面目。称为拐子，应无愧色，严冷极矣。后回还有下文否不可知，反正这就足够了。

然而这样的好文章，似很少有人说它写得怎样惨，却也有些原由。乍一看来，好像从人之愿。书中说"他三人已是立定主意"；又说"王夫人见他们意皆决断，知不可强了"。其实她们何尝愿意走这空门的绝路，乃是不得不走呵。于初次遣散时，其中一多半不愿意回家者原是无家可归，在第五十八回里已交代过了。她们在荣国府大观园的环境里，也沾染了一点信佛的空气，对于空门有一些错误的憧憬，即姑子所谓"因太太好善，所以感应的这些小姑娘们皆如此"。再说这段文字固然特别的好，但在《红楼梦》全书及本回回目还有矛盾，似不调和。如回目说"美优伶斩情归水月"，仍好像忏情觉悟出于自愿是的。从全书来看，开笔第一回即写了一些神话，如甄士隐、如柳湘莲皆随了道人飘然而去，不知所终，都很容易使人误认芳官她们也是这样去的；她们是走了解脱的道路而非堕入陷坑。像这样的误会，恐也不能与原书无关，即如书中所示槛外人妙玉和"独卧青灯古佛旁"的惜春，究竟是怎样收场的，也就不很明白。

233

我们必须用批判的眼光穿透了这些乌云浊雾，才能发见"独秀"的庐山真面。批判的眼光从何而来，一方面须自己好学深思，更重要的是不断提高思想水平，用马克思列宁主义的阶级观点和阶级分析的方法来作科学的研究。曹雪芹生在十八世纪的初期，他就能写出像这样批判的现实主义的名著，我们今天纪念他，要向他遗著学习，更要向他如何写作《红楼梦》的方法来学习；要学他种种描写的技巧，更要学他的概括和批判。这篇文章写来已甚冗长，写完仍感不足，不足窥见本书伟大面貌于万一，更恐多纰缪，亟待读者批评指正。

一九六三年七月一日，北京

乐知儿语说《红楼》

※ 此文作于1978年至1979年，全文十九篇，此处辑收作者未发表的十一篇。

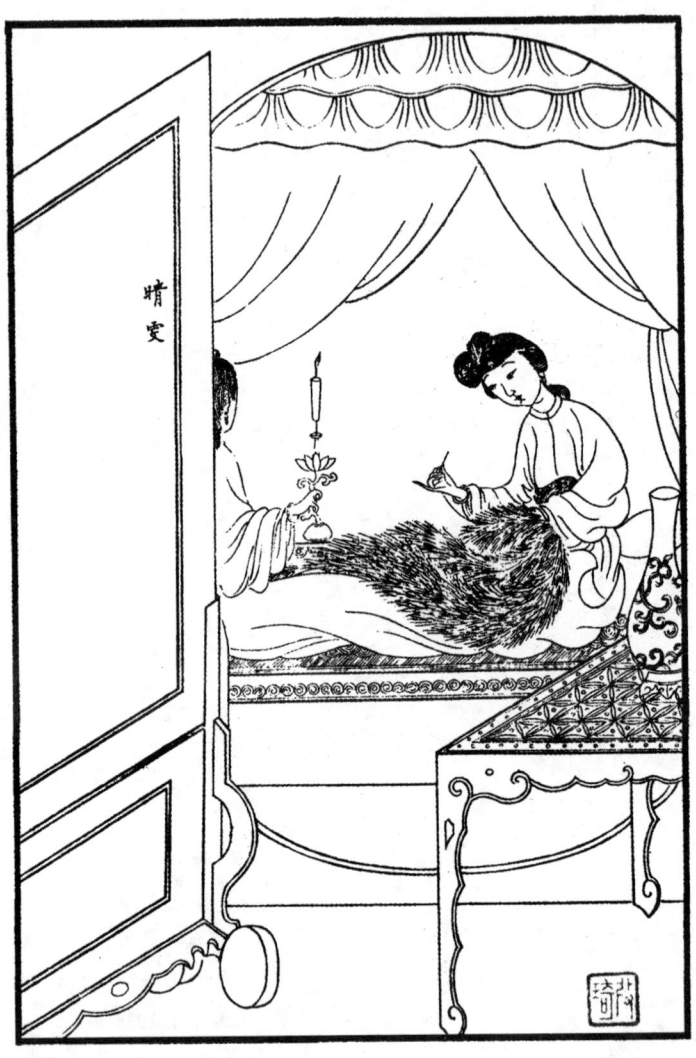

昔苏州马医科巷寓,其大厅曰乐知堂。予生于此屋,十六离家北来,堂额久不存矣。曾祖春在堂群书亦未尝以之题耑,而其名实佳,不可废也,故用作篇题云。

儿语者言其无知,余之耄学即蒙学也。民国壬子在沪初得读《红楼梦》,迄今六十七年,管窥蠡测曾无是处,为世人所嗤,不亦宜乎。炳烛余光或有一隙之明,可赎前愆欤。一九七八年年戊午岁七月二十四日雨窗槐客识于北京西郊寓次,时年八十。

漫谈红学

《红楼梦》好像断纹琴,却有两种黑漆:一索隐,二考证。自传说是也,我深中其毒,又屡发为文章,推波助澜,迷误后人。这是我生平的悲愧之一。

红学之称,本是玩笑

《红楼》妙在一"意"字,不仅如本书第五回所云也。每意到而笔不到,一如蜻蜓点水稍纵即逝,因之不免有罅漏矛盾处,或动人疑或妙处不传。

故曰有似断纹琴也。若夫两派,或以某人某事实之,或以曹氏家世比附之,虽偶有触着,而引申之便成障碍,说既不能自圆,舆评亦多不惬。夫断纹古琴,以黑色退光漆漆之,已属大煞风景,而况其膏沐又不能一清似水乎。纵非求深反惑,总为无益之事。"好读书,不求甚解",窃愿为爱读《红楼》者诵之。

红学之称本是玩笔,英语曰 Red ology 亦然。俗云:"你不说我还明白,你越说我越糊涂了。"此盖近之。我常说自己愈研究愈糊涂,遂为众所诃,斥为巨谬,其实是一句真心语,惜人不之察。

文以意为主。得意忘言,会心非远。古德有言:"依文解义,三世佛冤。离经一字,便同魔说",或不妨借来谈"红学"。无言最妙,如若不能,则不即不离之说,抑其次也。神光离合,乍阴乍阳,以不即不离说之,虽不中亦不远矣。譬诸佳丽偶逢,一意冥求,或反失之交臂,此犹宋人词所云"众里寻他千百度,蓦然回首,那人却在灯火阑珊处"也。

夫不求甚解,非求其解也。曰不即不离者,亦然浮光掠影,以浅尝自足也。追求无妨,患在钻入牛角尖。深求固佳,患在求深反惑。若夫诪张为幻,以假混真,自欺欺人,心劳日拙已。以有关学术之风气,故不惮言之耳。

更别有一情形,即每说人家头头是道,而自抒己见,却未必尽圆,略如昔人诗云"鲍老当筵笑郭郎,笑他舞袖太郎当;若教鲍老当筵舞,能更郎当舞袖长",此世情常态也,于"红学"然。近人有言:"《红楼梦》简直是一个碰不得的题目。"余颇有同感。何以如此,殆可深长思也。昔曾戏拟"红楼百问"书名,因故未作——实为侥幸。假令书成,必被人揿擫利病,诃为妄作,以所提疑问决不允恰故。岂不自知也。然群疑之中苟有一二触着处,即可抛砖引玉,亦野人之意尔。今有目无书,自不能多说。偶尔想到,若曩昔所拟"红学何来"? 可备一问欤?

百年红学,从何而来?

红学之称,约逾百年,虽似诨名,然无实意。诚为好事者不知妄作,然名以表实,既有此大量文献在,则谓之红学也亦宜。但其他说部无此诨名,而《红楼梦》独有之,何耶? 若云小道,固皆小道也。若云中有影射,他书又岂无之,如《儒林外史》《孽海花》均甚显著,似皆不能解释斯名之由来。然则固何缘有此红学耶? 我谓从是书本身及其遭际而来。

最初即有秘密性,瑶万所谓非传世小说,中有碍语是也。亲友或未窥全豹,外间当已有风闻。及其问世,立即不胫而走,以钞本在京师庙会中待售。有从八十回续下者可称一续,程、高拟本后,从百二十回续下者,可称二续,纷纷扰扰,不知所届。淫辞亵语,观者神迷。更有一种谈论风气,即为红学之滥觞。"开口不谈《红楼梦》,此公缺典定糊涂",京师竹枝词中多有类此者。殆成为一种格调,仿佛咱们北京人,人人都在谈论《红楼梦》似的。——夸大其词,或告者之过,而一时风气可想见已。由口说能为文字,后来居上,有似积薪,茶酒闲谈,今成"显学",殆非偶然也。其关键尤在于此书之本身,初起即带着问题来。斯即《红楼梦》与其他小说不同之点,亦即纷纷谈论之根源。有疑问何容不谈? 有"隐"岂能不索? 况重以丰神绝代之文词乎。曰猜笨谜,诚属可怜,然亦人情也。索隐之说于清乾隆时即有之（如周春随笔记壬子冬稿一七九二）可谓甚早。红学之奥,固不待嘉道间也。

从索隐派到考证派

原名《石头记》。照文理说,自"按那石上书云"以下方是此记正文,以前一大段当是总评、楔子之类,其问题亦正在此。约言之有三,而其中之一与二,开始即有矛盾。甄士隐一段曰"真事隐去",贾雨村一曰冒"假语村言",（以后书中言及真假两字者甚多,是否均依解释,不得而知)真的一段文辞至简,却有一句怪话:"而假通灵之说撰此《石头记》一书也。"着此一言也,索隐派聚讼无休,自传说安于缄默。若以《石头记》为现实主义的小说,首先必须解释此句与衔玉而生之事。若斥为糟粕而摒弃之,似乎不能解决问题,以读者看《红楼梦》第一句就不懂故也。人人既有此疑问,索隐派便似乎生了根,春风吹又生。一自胡证出笼,脂评传世,六十年来红学似已成考证派(自传说)的天下,其实仍与索隐派平分秋色。蔡先生晚年亦未尝以胡适为然也。海外有新索隐派兴起不亦宜乎,其得失自当别论。假的一段稍长,亦无怪语,只说将自己负罪往事,编述一集以告天下；又说"闺阁中本自历历有人",万不可使其泯灭。——此即本书有"自传说"之明证,而为我昔日立说之依据。话虽如此,却亦有可怪之处。既然都是真(后文还有"亲睹亲闻""追踪蹑迹"等等),为什么说他假？难道就是"假作真时真亦假"么？即此已令人坠入五里雾中矣。依上引文,《红楼梦》一开始,即已形成索隐派、自传说两者之对立,其是非得失,九原不作,安得而辨之,争论不已,此红学资料之所以汗牛充栋也。"愚擯勿读",似属过激,尝试览之,是使读者目眩神迷矣。

书名人名,头绪纷繁

此段文中之三,更有书名人名,即本书著作问题,亦极五花八门之胜。兹不及讨论,只粗具概略。按一书多名,似从佛经拟得。共有四名,仅一《石头记》是真,三名不与焉?试在书肆中购《情僧录》《风月宝鉴》《金陵十二钗》,固不可得也。又二百年来脍炙人口《红楼梦》之名变不与焉,何哉?(脂批本只甲戌本有之,盖后被删去。)顾名思义,试妄揣之,《石头记》似稗史传;《情僧录》似禅宗机锋;《风月宝鉴》似惩劝淫欲书;《金陵十二钗》当有多少粉白黛绿、燕燕莺莺也。倘依上四名别撰一编,特以比较《红楼梦》,有"存十一于千百"之似乎?恐不可得也。书名与书之距离,即可窥见写法之迥异寻常。况此诸名,为涵义蕴殆借以表示来源之复杂,尚非一书多名之谓乎。

人名诡异,不减书名。著作人三而名四。四名之中,三幻而一真,曹雪芹是也。以著作权归诸曹氏也宜。一如东坡《喜雨亭记》之"吾以名吾亭"也。虽然归诸曹雪芹矣,乌有先生亡是公之徒又胡为乎来哉!(甲戌本尚多一吴玉峰)假托之名字异于实有其人,亦必有一种含义,盖与本书之来历有关。今虽不能遽知,而大意可识,穿凿求之固然,视若无睹,亦未必是也。作者起草时是一张有字的稿纸,而非素纸一幅,此可以想见者。读《红楼梦》,遇有困惑,忆及此点,未必无助也。

其尤足异者,诸假名字间,二名一组,三位一体。道士变为和尚,又与孔子家连文,大有"三教一家"气象。宜今人之视同糟粕也。然须有正当之解释与批判。若径斥逐之，徒滋后人之惑，或误认为遗珠也。三名之后，结之以"曹雪芹于悼红轩中披阅"云云，在著作人名单上亦成为真假对峙之局，遥应开端两段之文，浑然一体。由此视之，楔子中主要文字中，红学之雏形已具，足以构成后来聚讼之基础，况加以大量又混乱之脂批，一似烈火烹油也。

若问："红学何来？"答曰："从《红楼梦》里来。"无《红楼梦》，即无红学矣。或疑是小儿语。对曰："然。"

其第二问似曰："红学又如何？"今不能对，其理显明。红学显学，烟墨茫茫，岂孩提所能辨，耄荒所能辨乎。非无成效也，而矛盾伙颐，有如各派间矛盾，各说间矛盾，诸家立说与《红楼梦》间矛盾，而《红楼梦》本身亦相矛盾。红学本是从矛盾中发展壮大起来的，固不足为病。但广大读者自外观之，只觉烟尘滚滚，杀气迷漫，不知其得失之所在。胜负所由分，而靡所适从焉。

昔一九六三年有吊曹雪芹一诗，附录以结篇：

艳传外史说红楼，半记风流得似不。
脂砚芹溪难并论，蔡书王证半胡诌。
商谜客自争先手，弹驳人皆愿后休。
何处青山埋玉骨，漫将卮酒为君酬。

一九七八年九月七日

红楼释名

《红楼梦》已盛传海内外，蔚成显学，而红楼何指未有定论。唐诗中习见，是否之与有关，亦不明确。如甲辰本梦觉主人序文云"红楼富女，诗证香山"即为一例。以本书言，写楼房甚少，若怡红、潇湘、蘅芜皆只平屋耳。

"红楼"典故

《资治通鉴》卷二六三叙五代建事曰："建作府门，绘以朱丹，蜀人谓画红楼。"画者，美辞。红楼即朱门也。又《成都古今记》云："红楼，先主所建，彩绘华侈……城中人相率来观，曰看画红楼。"是当时确有一金碧交辉之楼，补鉴文所未及，记时人语，多一"看"字尤妙。

夫王建据蜀，虐使其民，大兴土木，僭拟皇居，君门九重，其中宫室之美，彼行路人安得群观而赞叹之，恐不过遥瞻而已。史文虽简，盖得其实，却别有一解。吾人习见前清王府款式，而古代朱门，不必皆然，或于门上起楼，雕镂华彩，是朱门亦即红楼也。二说并通，而折衷之论固不足"红楼"解惑。撰人即非泛引唐诗，亦未必抹此故事也。窃谓有虚实二意。

就虚者言之，"红"字是书中点睛处，为书主人宝玉有爱红之病而住在怡红院，曹雪芹披阅增删《石头记》则于悼红轩。此红字若与彼红字相类，自当别含义蕴，非实指也。上一字既虚，下一字亦然，不必以书中某处楼屋实之。若泛指东西二府，即朱门之谓耳。

楼在何处？

或病斯义，虚玄惝悦，必求某地以实之，其天香楼乎？在本书中亦无其他之楼可当此称者。今本第一回楔子中并无《红楼梦》之名，独脂批甲戌本有之。其辞曰："吴玉峰题为《红楼梦》，东鲁孔梅溪则题曰《风月宝鉴》。"审其语气，此《红楼梦》盖接近《风月宝鉴》，然今传八十回之谓也，其重点当在于梦游幻境与秦可卿之死。此句何以被删？不得而知，而关系匪鲜，兹不具论。

第五回之回目与正文，并载《红楼梦》之名，但指一套散曲，非谓全书；见于梦中，又非实境。宝玉梦入太虚幻境在秦氏房中，本书详言所在，而于室内铺陈有特异之描写，列古美人名七，殆已入幻境，非写实也。（此种笔墨与后迥异，于本书为仅见，疑是《风月宝鉴》之原文。）又记：

秦氏笑道："我这屋子，大约连神仙也可以住得了。"

疑此即"红楼"也。是否即天香楼，无明文，亦可想象得之。惜第十三回"秦可卿淫丧天香楼"之文，被删已佚，无助于了解，剩得未删之句：

另设一楼于天香楼上……打四十九日解冤洗孽醮，然后停灵于会芳园中。

是天香楼在会芳园中而秦氏即死于此楼之明证。其是否为可卿卧室,尚未能定。靖应鹍藏本畸笏评语有"遗簪更衣诸文"六字,是天香楼盖为秦氏所居,即宝玉前日入梦之地,亦即所谓红楼也。虽非定论,聊益谈资,遂记之以诗云:

仙云飞去速归路,岂有天香艳迹留。
左右朱门双列戟,争教人看画红楼。

一九七八年九月二十三日

从"开宗明义"来看《红楼梦》的二元论

记云"好而知其恶",请以之读《红楼梦》。当一分为二。空言咏叹之,誉为天下第一,恐亦无助于理解也。其开篇之提纲正义,以真假并列,有可疑焉。

红楼难读,始于甄、贾

甄士隐、贾雨村云云,似相矛盾,致生红学两派之对立,已见前文(详见已发表之《索隐派与自传说闲评》),但其意义殊不止些。盖有关于《红楼梦》性质,是一元还是二元。如本为一元,则二者之关系不明,或有自语相违之失;如是二元各走各的,即无所谓矛盾,然仍融会于书中而呈复杂之观。此书之难读,未必不由于是。

略举其辞。第一"甄"节,言历过梦幻,将真事隐去,借通灵撰此书。第二"贾"节,言将自己生平编述一集,闺阁有人,不可使其泯灭,而用假雨村言来敷演故事。是一是二,孰真孰假,诚极惝恍迷离之至矣。试略提数问:"梦幻"是生平否?"真事"即家事否?既然"隐去",如何"编述"?"通灵"乃石头记本旨,又何云"假语村言"?斯二节之歧异明矣。第二节末更有附言,云:"非怨时骂世之书……阅者切记之。"有意自辩,大有"此地无银三百两"之嫌疑。于第一节无此文,却有通灵之说,亦伤时骂世否耶?吾不得而知之矣。

歧异之外,更有繁简之别。第一节至短,第二节颇长,且似拖沓重复。如既云须眉不若裙钗矣,又云闺阁中有人,万不可因我之不肖一并使其泯灭也。其尤足异者,在甄、贾对举之不恰当。真事隐去,固约谐音为甄士隐。假语村言,似不得谐音为贾雨村,以"去"字可省,而"言"字不可省也。假语、村言,平列对举。曰"假语村",不辞甚矣,曾谓绝世文心而有若此之割裂哉。其是否别有含意,故意卖一破绽,今不得知,姑就通常文理而言之耳。又第一回之目虽上下平列,而似平实侧。甄士隐诚然于梦中识通灵矣,而贾雨村未尝于风尘中怀闺秀也,所见只不过娇杏丫鬟而已。(英莲、娇杏二名,当别有说。)雨村乃极俗之人,为宝玉所怕见者,书中明写,何"怀闺秀"之有?述当日闺友闺情者,乃是作者自身,非贾雨村也。贾雨村在意义上仍当读为假语村言,却有一字之差,成为歇后语。回目上句通顺,下句费解,与开书本文第一节、第二节,情形正相若。

总之,"第一回题纲正义",非常奇特。就其内容,甄之一节似《石头记》提纲,贾之一节似《金陵十二钗》之提纲;然二名本是一书,岂能分为两段,各说一套,且下文明说曹雪芹于披阅增删之后,题曰"金陵十二钗",无论雪芹是本书作者或最后整编者,《金陵十二钗》总归是最后定本。而自来未有以"十二钗"为正式书名者,有似"情僧录"之俦,抑又何也?疑蕴重重,不可测也。

索隐、考证,分立门庭

然二元之旨既揭露于开端,则两派在本书上皆有不拔之根柢,其分立门庭、相持不下者,亦势所必然,事之无奈也。若问其能否在此开篇中得充分之启示,俾解决本书之疑难,恐未能也。何以故?两段之文繁简迥别,简者沉晦,繁亦失当,谓之俱不明也可。如索隐派旨在抉出其历史政治上之谜底,但"梦幻""真事""通灵"毕竟何谓,作者未言也。安见其必与史事有关?根据不甚明白,商谜之巧拙中否尚在其次。"自传说"在本文得到有力的支持矣,然以之读全书则往往发生障碍,令人不惬;而作者用笔狡猾之甚,大有为其所愚之嫌疑。将假语村言论,认为真人真事,虽在表面似乎有合,而实际上翩其反矣。即多方考证之,亦无关宏旨也。

人人皆知红学出于《红楼梦》,然红学实是反《红楼梦》的,红学愈昌,红楼愈隐。真事隐去,必欲索之,此一反也。假语村言,必欲实之,此二反也。老子曰:"反者道之用",或可以之解嘲,亦辩证之义也,然吾终有黑漆断纹琴之憾焉。前有句云"尘网宁为绮语宽",近有句云"老至犹如绮梦迷",以呈吾妻,曾劝勿作,恐亦难得启颜耳。

一九七八年十月二十八书

空空道人十六字闲评释

援"道"入"释"

余以"色空"之说为世人所诃旧矣。虽然,此十六字固未必综括全书,而在思想上仍是点睛之笔,为不可不知者,故略言之。其辞曰:

因空见色,由色生情,传情入色,自色悟空。

由空归空,两端皆有"空"字,似空空道人之名即由此出,然而非也。固先有空空道人之名而后得此义。且其下文云"遂易名为情僧,改石头记为情僧录",可见十六字乃释氏之义,非关玄门。道士改为和尚,事亦颇奇。其援道入释,盖三教之中终归于佛者,《红楼》之旨也。若以宝玉出家事当之,则浅矣。以下试言此十六字。

固道源于心经,却有三不同。"色"字异义,一也;经云,色即是空,空即是色,此言由空而色,由色而空,二也;且多一情字,居中运枢,经所绝无,三也。情为全书旨意所存。情色相连,故色之解释,空色之义均异心经。三者实一贯也。

"色"之异义,"空"有深旨

先谈色字之异义。经云色者,五蕴之包,包括物质界,与受想行识对。此云色者,颜色之色,谓色相、色情、色欲也。其广狭迥别,自不得言色即是空,而只云由色归空。短书小说原不必同于佛经也,他书亦有之。

如《来生福弹词》第廿八回德晖语:"情重的人,那色相一并定须打破。……心经上明说色即是空,空即是色。把这两句参透了,心田上还有恁不干净处?"下文说:"累心的岂止色相一端",盖于心经之文义有误解,故云然。但云情重之人须破色相,殆可移来作此十六字注脚也,"来生福"不题撰人名,盖在《红楼梦》之后。

窃依文解义,此所谓"空"只不过一股空灵之义,然有深旨,如"落一片白茫茫大地真干净"之类是也。空空道人者,亡是公耳,即今之无名氏。四句中上两"色"字读如色相之色,下两"色"字读如色欲之色。而"情"兼有淫义,第五回警幻之言曰:

好色即淫,知情更淫。

语意极明,无可曲解,色情淫固不可分也。若强为解释,又正如她说:

好色不淫……情而不淫……此皆饰非掩丑之语也。

不论于理是否圆足,即此痛情直捷,已堪千古。前有《临江仙》词云:"多少金迷纸醉,真堪石破天惊",盖谓此也。

未尽之意,请详他篇。

一九七八年十一月十日

漫说芙蓉花与潇湘子(外一章)

芙蓉累德夭风流,倚枕佳人补翠裘。
评泊茜纱黄土句,者回小别已千秋。

秋后芙蓉亦牡丹

余前有钗黛并秀之说为世人所讥,实则因袭脂批,然创见也,其后在笔记中(书名已忘)见芙蓉一名秋牡丹,遂赋小诗云:"尘网宁为绮语宽,唐环汉燕品评难。哪知风露清愁句,秋后芙蓉亦牡丹。"(记中第六十三回笺上注云:"自饮一杯,牡丹陪饮一杯。")盖仍旧说也。

此记仅存八十回,于第七十九回修改《芙蓉诔》,最后定为"茜纱窗下,我本无缘;黄土陇中,卿何薄命。"书上说:

> 黛玉听了,怵然变色,心中虽有无限的狐疑乱拟,外面却不肯露出,反连忙笑着点头称妙。

芙蓉一花,双关晴黛。诔文哀艳虽为晴姐,而灵神笼罩全在湘妃。文心之细,文笔之活,妙绝言诠,只觉"神光离合"尚嫌空泛,"画龙点睛"犹是陈言也。石兄天真,绛珠仙慧,真双绝也,然已逗露梦阑之消息来。下文仅写家常小别:

> 黛玉道:"我也家去歇息了,明儿再见罢。"说着,便自取路去了。

平淡凄凉，自是书残，非缘作意。黛玉从此不再见于《红楼梦》矣。曲终人去，江上峰青，视如二玉最后一晤可也，不须再读后四十回。旧作《红楼缥缈歌》曰：

芙蓉累德夭风流，倚枕佳人补翠裘。
评泊茜纱黄土句，者回小别已千秋。

即咏其事。晴为黛影，旧说得之。晴雯逝后，黛玉世缘非久，此可以揣知者也。未完之书约二、三十回，较今续四十回为短，观上引文，有急转直下之势，叙黛玉之卒，其距第八十回必不远。或即在诔之明年耶？其时家难未兴，名园无恙，"亭亭一朵秋花影，尚在恒沙浩劫前"，又如梅村所云"痛知朝露非为福"也。

黛先死钗方嫁，但续书却误

芙蓉又为夭折之征。《阅微草堂笔记》卷十二，纪晓岚悼郭姬诗自注"未定长如此，芙蓉不耐寒，寒山子诗也。"上述姬卒于九月。按《芙蓉诔》称，"蓉桂竞芳之月"，即九月也。盖晴黛皆卒于是月，虽于后回无据，以情理推之，想当然耳。

于六十三回黛玉掣得笺后：

众人笑说："这个好极。除了他，别人不配作芙蓉。"黛玉也自笑了。

书中特举,可见只有黛玉,别人不配作芙蓉。那么怎又有《芙蓉诔》呢？岂自语相违,形影一身故。上文悬揣,非无因也。

怡红夜宴,擎花名笺,书中又一次预言,钗黛结局于焉分明。牡丹芳时已晚,而况芙蓉。花开不及春,非春之咎,故曰"莫怨东风当自嗟"也。黛先死而钗方嫁,此处交待分明,无可疑者。续书何以致误,庸妄心情,诚为叵测。若云今本后四十回中,或存作者原稿之片段,吾斯之未能信。

蛾眉善妒,难及黄泉

后回情节皆属揣测,姑妄言之。黛玉之死,非关宝玉之婚;而宝钗之嫁,却缘黛玉之卒。一自潇湘人去,怡红院天翻地覆,挽情海之危澜,自非蘅芜莫可。即依前回情节,诸娣归心,重闱属望,宝钗之出闺成礼已届水到渠成,亦文家之定局,盖无所施其鬼蜮奇谋也。但木石金玉之缘,原有先后天之别,凡读者今皆知之,而当时人皆不知,且非人力所能左右。三十六回之梦话,宝玉亦未必自知。及其嫁了,如宾斯敬,鱼水言欢,皆意中事,应有义。而玉兄识昧前盟,神栖故爱,凤业缠绵,无间生死,蛾眉善妒,难及黄泉。宝钗虽具倾城之貌,绝世之才,殆亦无如之奈何矣。若斯悲剧境界,每见于泰西小说,《红楼》中盖亦有之,借余韵杳然,徒劳结想耳。"纵然是齐眉举案,到底意难平",《终身误》一曲道出伊行婚后心事。窥豹一斑,辄为三叹。

作者于蘅潇二卷非无偏向,而"怀金悼玉"之衷,初不缘此而异。评家易抑扬为褒贬,已觉稍过其实,更混以续貂盲说,便成巨谬。蘅芜厄运,似不减于潇湘也。

一九七八年十一月二十日

宗师的掌心(外三章)

一切红学都是反《红楼梦》的。即讲的愈多,《红楼梦》愈显其坏,其结果变成"断烂朝报",一如前人之评春秋经。笔者躬逢其盛,参与此役,谬种流传,贻误后生,十分悲愧,必须忏悔。

开山祖师为胡适。红学家虽变化多端,孙行者翻了十万八千个筋斗,终逃不出如来佛的掌心。[1]虽批判胡适相习成风,其实都是他的徒子徒孙。胡适地下有知,必干笑也。

何以言之?以前的红学实是索隐派的天下,其他不过茶酒闲评。若王静安之以哲理谈"红",概不多见。胡氏开山,事实如此不可掩也。按其特点(不说是成绩)有二:1.自叙说。曹家故事。2.发见脂批(上六回本)。

顷阅戴不凡《揭开〈红楼梦〉作者之谜》一文似为新解,然亦不过变雪芹自叙为石兄自叙耳。石兄何人?岂即贾宝玉?谜仍未解,且更混乱,他虽斥胡适之说为"胡说",其根据则为脂批。此即当年胡适的宝贝书。既始终不离乎曹氏一家与脂砚斋,又安能跳出他的掌心乎?

一九七九年三月十一日晨窗

---

[1] 昔年清华考试,人每以"胡适之"对"孙行者",趣闻也。

甲戌本与脂砚斋

在各脂评本中,甲戌本是较突出的,且似较早。甲戌本之得名由于在本书正文有这么一句:"至脂砚斋甲戌抄阅再评,仍用《石头记》。"

现存的胡适藏本却非乾隆甲戌年所抄,其上的脂批多出于过录。

这本的特点,在此只提出两条:一早一晚,都跟脂砚斋有关。所谓早,即上引语,甲戌为一七五四年,早于己卯、庚辰约五、六年,今本或出于传抄,但其底本总很早,此尚是细节;本文出脂砚斋,列名曹雪芹之后,于"红学"为大事。此各本所无,即我的八十回校本亦未采用。以当时不欲将脂砚之名人"正传",即诗云"脂砚芹溪难并论"之意也。其实并不必妥,姑置弗论。

脂砚"绝笔"在于甲戌本吗?

此本虽"早",却有脂斋最晚之批,可能是绝笔,为各脂本所无,这就是"晚"。这条批语很特别,亦很重要,载明雪芹之卒年而引起聚讼。我有《记夕葵书屋〈石头记〉批语》一文专论之,在此只略说,或补前篇未尽之意。

此批虽甲戌本所独有,却写得异常混乱,如将一条分为两条而且前后颠倒,文字错误甚多,自决非脂砚原笔。他本既不载,亦无以校对。在六十年初却发现清吴鼒夕葵书屋本的批语。原书久佚,只剩得传抄的孤孤零零的这么一条。事甚可怪,已见彼文,此不赘,径引录之,以代甲戌本。

此是第一首标题诗,能解者方有辛酸之泪哭成此书。壬午除夕书未成,芹为泪尽而逝。余常哭芹,泪亦待尽。每思觅青埂峰,再问石兄,奈不遇癞头和尚何,怅怅。今而后愿造化主再出一脂一芹,是书有幸,余二人亦大快遂心于九原矣。甲申八月泪笔

此批中段"每思"以下又扯上青埂峰、石兄、和尚,极不明白;石兄是否曹雪芹亦不明,似另一人。首尾均双提芹脂与本书之关系,正含甲戌本叙著作者之先提雪芹继以脂砚斋,盖脂砚始终以著作人之一自命也,此点非常明白。又看批语口气,称"余二人",疑非朋友而是眷属。此今人亦已言之矣,我颇有同感。牵涉太多,暂不详论。

曹雪芹非作者?

甲戌本还有一条批语,亦可注意:

若云雪芹披阅增删,然则开卷至此,这一篇楔子又系谁撰?足见作者之笔狡猾之甚,后文如此处者不少。这正是作者用画家烟云模糊处,观者万不可被作者瞒弊(当作蔽)了去,方是巨眼[1]。

---

[1] 此批当在"满纸荒唐言,一把辛酸泪"一诗之上,但并非第一首标题,盖别有说,今不详言。

当是脂砚斋所批。我当时写甲戌本后记时亦信其说,而定本书之作者为曹雪芹,其实大有可商者。学作巨眼识英雄人或反而上当。芹既会用画家烟云模糊法,脂难道就不会么?此批之用意在驳倒"批阅增删"之正文而仍归诸芹,盖其困人之心也。一笑。

　　脂斋为什么要这样批呢?原来当时雪芹的《红楼梦》著作权未被肯定,如裕瑞《枣窗闲笔》、程高排本《序言》皆是,此批开首"若云"句可注意,说雪芹披阅增删,即等于说不是他做的,所以脂砚要驳他。但这十六字正文如此不能否定,所以说它是烟云模糊法。其实这烟云模糊,恐正是脂砚的遮眼法也。是否如此,自非综观全书与各脂批不能决定。这里只不过闲谈而已。

红楼迷宫,处处设疑

　　还有一点很特别,《红楼梦》行世以来从未见脂砚斋之名,即民元有正书局石印的戚序本,明明是脂评,却在原有脂砚脂斋等署名处,一律改用他文代之。我在写《红楼梦辨》时已引用此项材料,却始终不知这是脂砚斋也。程、高刊书将批语全删,脂砚之名随之而去,百年以来影响毫无。自胡适的"宝贝书"出现,局面于是大变。我的"辑评"推波助澜,自传之说风行一时,难收覆水。《红楼》今成显学矣,然非脂学即曹学也,下笔愈多,去题愈远,而本书之湮晦如故。窃谓《红楼梦》原是迷宫,诸评加之帷幕,有如词人所云"庭院深深深几许,杨柳堆烟、帘幕无重数"也。

一九七九年四月廿日写

茄胙、茄鲞

二名均见本书第四十一回。有正本作"茄胙",八十回校本从之,其他各本大都作"茄鲞"。

事隔三十年,当时取舍之故已不甚记得,大致如下:小说上的食品不必真能吃,针线也不必真做,亦只点缀家常,捃摭豪华耳。话虽如此,但如三十六回说"白绫红裹的兜肚"已成合(音葛)好了,怎能再刺(音戚)?"宝钗只刚做了一两个花瓣",难道连里子一块儿扎么?此种疵累,前人已言之,固无伤大雅,若切近事实,自然更好。

做法各异,干湿有别

茄胙、茄鲞不仅名字不同,做法亦异,有干湿之别。依脂批与通行本,茄鲞是湿的,如说"用鸡汤煨干,将香油一收,外加糟油一拌",即使"盛在瓷罐子封严"亦不似今之罐头,日久岂不渥(北音)坏了?自不如有正本(亦脂批之一)茄胙的制法,晒干了"必定晒脆了,盛在磁罐子封严了"之为妥当。是书描绘多在虚实之间,这里取其较符事实者,亦未脱拘滞之见,亦姑妄言之耳。

近得语言研究所丁声树先生来信,题一月十六日,至四月初方从文学所转到。书中提起这问题,遂破甑再拾,写为短篇以志君惠。

其第一书,录其说茄胙(鲊)之一节:"茄胙也叫茄子鲊,是现在许多地区常用的食品。做法和凤姐说的大同,当然不是用那么华贵的调料，而是一般人家都可以常做的。"

书中又提到《红楼梦》上的问题（详下）。我复信询茄鲊之详，他于四月十日复书云：

> 茄子、扁豆、豇豆、酸菜、辣椒鲊等，广泛流行于湖北、湖南、贵州、四川、云南各省。茄鲊尤为常见，据说昆明市上酱菜园中，今天还有出售茄鲊的（文字可能不用鲊字）。一般地讲，普通人家自制居多。茄鲊做法确实与正本凤姐口中所说相似。茄子预先切成细丝晒干，拌上米粉、调料、盐末之后（当然不会有什么鸡丝鸡汤等等），长期贮藏在一个菜坛子里，食用从中取出若干蒸之即可。

语甚明确，自属可信。有正本之作茄胙近于写实，固较各本为长。既通行于西南，北人不知，视为新奇，亦不足怪也。

文字亦有异同

但并不止蔬菜做法，且有文字的异同。丁君专攻语文，原作为《红楼梦》版本一问题而提出的。更录其第一书之关于茄鲝者："鲝似当作鲊，与鲊同字，集韵同在上声马韵，音侧下切，今普通话读 zhǎ。有正本的'胙'，应读为'鲊'，与脂本的鲝是一字异体。"

他从《红楼梦》的两种本子来谈文字的异同，意甚新颖。先说"胙""鲊"。比较简单，其音为"侧下"zhǎ，"鲊"正体，"胙"别字，现在酱园不知写甚字，如丁君所云。按《字典》鲊训藏鱼，与"鲝"同。"鲝"从差声是古字，胙肉之胙是借字。我前校本从有正本作"茄胙",他年可修改或加注。诸本之作"茄鲞"者,其制法与有正本不同,自成一系列。"鲞"为俗字,正作"鲞",并音想,改与不改,似亦无关作意,情形尤简单,其实不尽然。

"鲞"如改"鲞",笔画似相差无几,却与"鲞"字只少了一捺。茄鲞(鲊、胙)通行于西南半壁,而茄鲞之称,《红楼》以外无闻焉。"鲞"是否"鲞"之误呢?丁君此书正是这样提出的。是文字、意义的差别,而非字体之异写。据《字典》:

鲞,从差省,侧下切,音鲊,藏鱼。鲞,从食省,息两切,音想,干鱼腊。(注鲞鲊,古今字,鲞见《说文》。鲞有想吃味美之意,音兼义。)

"鲞""鲞"形近音异,久藏干腊义亦相近,而古今异制,南北异称,今不能详,但总是两字耳。

从本书言之,茄鲞、茄胙名称制法不同,原各成系列。但有正亦是脂本,虽不着脂砚之名,何以与其他脂本不同,似是一问题。以"鲞"校"鲞",有沟通二者意,此即丁君"一字异体"之说,也就是说应以"茄鲊"为正。

作者本意何在?

首先从一般通行本看,"鲞"是否错字?鲞鱼是现在的普通食品。以把茄子做得鲜美而耐久藏,谓之茄鲞,名义亦相当,却皆似出于空想,不如作茄鲊的近乎事实,而于小说为无碍,已见前文。

如作者当时想的名字是"茄zhǎ",应当写什么字呢?总是"鲊"之类,怕不会写这古体;既然"鲊"自不会一错成"鲝"再误为"鲞"了,再退一步,即使改"鲝"再误成"鲞",欲结合有正与他脂本,恐仍无益,因其下文的制造各具一格,上虽通连,而下歧出如故也。若同是脂本系统,何以有两种格式,自是原作稿本的不同,且有关于《红楼梦》二元或多元的性质,兹不具论。

前校是书,用有正戚序本作底子,我当时不大满意,想用庚辰本而条件不够(庚辰本只有照片,字迹甚小,亦不便抄写)。现在看来,有正本非无佳处,"茄胙"之胜于"茄鲞"便是一例。余年齿衰暮,无缘温寻前书,同校者久归黄土,不能再勘切磋,殊可惜也。

一九七九年五一前夕

七九年六月九日口占

赞曰:以世法读《红楼梦》,则不知《红楼梦》;以《红楼梦》观世法,则知世法。

一九七九年五一前夕

秦可卿死封龙禁尉(外二章)

《红楼梦》文字错乱,故不易翻译。杨宪益君新译本自较好，然亦不免有误。如第十三回回目此句，译作：Ko-Ching dies and a captain of the imperial guard is appointed。用连接词将一语分为两段，其误甚明，然细辨之殆非无因。此句原文本不太通顺，一个女人怎么会被封为武官？固不能直译为英文也。但杨氏对此回目亦未尽了解。Appointed 如回译为汉文当是"授"而非"封"，见下。

这是回目经过修改的原故。本作"秦可卿淫丧天香楼，王熙凤协理宁国府"，非常工稳贴切。但既删去天香楼一段故事，自然不得不修改回目，是否修改好了？也很难说。

龙禁尉者，于清代官制当为乾清门侍卫，悠缪其词耳。贾蓉新捐这官，据说为丧礼上风光些，但官只不过"五品"，何以风光，请看铭旌："防护内廷紫禁道御前侍卫龙禁尉"。此即回目所谓"死封龙禁尉"。铭旌写法乃小说家夸言，与后来的笑话相似，非实笔也。"诰封"与"诰授"不同。古代妇女随夫之官职得封，故夫人亦俗称"诰封"。打油诗云"三品受夫封"是也。

如上所述改本回目虽亦勉强可通，终不及原目之自然。是否别有寓意不得而知。与其穿凿附会，不如径认作者措辞未善之为愈也。

将一句译成两截终觉不妥。如译为"秦可卿，龙禁尉之夫人死"，略去"新封"一事，或较径捷而不失原意。中西语法不同，此或未谙译事甘苦者之言耳。

一九七九年十一月廿一日

第十四回载铭旌全文：

奉天洪运兆年不易之朝诰封一等宁国公冢孙妇防护内廷紫禁道御前侍卫龙禁尉享强寿贾门秦氏恭人之灵柩

如此之长，实在有点像老笑话书上所载"翰林院侍讲大学士国子监祭酒隔邻王婆婆之柩"，信为语妙，岂铺张之谓欤。

一九七九年十二月九日

宝玉之三妻一爱人

在记中前八十回宝玉之婚配迄无定论，后四十回云云可备一说耳。姑妄言之，期在通俗，无取繁词，以甲乙等示之。

甲、可卿，主婚者警幻。第五回曰："再将吾妹一人，乳名兼美，字可卿者，许配与汝，今夕良时即可成姻"是也。

在人世为私情，天上是合法的，其人也"鲜艳妩媚有似乎宝钗，风流袅娜则又如黛玉"。固合钗黛为一身者。

乙、宝钗，主婚者元妃。第二十八回"薛宝钗羞笼红麝串"。端午节所赐，宝玉与钗同黛异。且恐人不注意又明点一句："怎么林姑娘的倒不同我的一样，倒是宝姐姐的同我一样？"回末借以写艳，黛玉有"呆雁"之喻，神情绝妙，岂续貂恶札所梦见。

丙、湘云。今传本记安排她嫁卫若兰，其订婚见第三十二回袭人语。但此恐只是一种稿本。宝湘婚姻，在"红学"之传说中还未停止，如所谓"旧时真本"等。依事理推测，枕霞是贾母的娘家侄女，黛玉卒后老人属意于她，亦有可能。特别是第三十一回"因麒麟伏百首双星"一语，若非宝湘结合，则任何说法终不圆满也。此属于本书稿本参错问题，今不具论。

丁、黛玉。有前生之情缘，无今生的婚姻，这在书中是最明显的。但所谓前因，依第一回之记叙却非常糊涂，神瑛顽石是一是二，惝怳迷离。程排本以神瑛侍者为警幻赐顽石之美称，自非抄本之误，盖亦出于不得已。若如脂本，两故事平行而不交叉，绛珠自以眼泪还侍者甘露之惠耳，与顽石又何干？而曰"木石前盟"耶？是"楚则失之，齐亦未为得也。"若此疑难由于稿本之错杂，非空言所能解决也。

一九七九年十一月二十三日